UM CHAPÉU CHEIO de CÉU

Livros da série **Discworld**® publicados no Brasil:

A COR DA MAGIA
A LUZ FANTÁSTICA
DIREITOS IGUAIS, RITUAIS IGUAIS
O FABULOSO MAURÍCIO E SEUS ROEDORES LETRADOS
O APRENDIZ DE MORTE
O OITAVO MAGO
ESTRANHAS IRMÃS
PIRÂMIDES
GUARDAS! GUARDAS!
ERIC
A MAGIA DE HOLY WOOD
O SENHOR DA FOICE
QUANDO AS BRUXAS VIAJAM
OS PEQUENOS HOMENS LIVRES
PEQUENOS DEUSES
LORDES E DAMAS

Série **Tiffany Dolorida**:

OS PEQUENOS HOMENS LIVRES
UM CHAPÉU CHEIO DE CÉU

Terry Pratchett

UM CHAPÉU CHEIO de CÉU

Tradução de
ALEXANDRE MANDARINO

1ª edição

BERTRAND BRASIL
Rio de Janeiro | 2016

Copyright © Terry e Lyn Pratchett, 2004

Publicado originalmente como *A Hat Full of Sky* pela Random House Children's Publishers UK; uma divisão da The Random House Group Limited

Os direitos de Terry Pratchett de ser reconhecido como autor deste livro foram assegurados.

Capa adaptada do layout original © 2015 por Jim Tierney

Texto revisado segundo o novo
Acordo Ortográfico da Língua Portuguesa

2016
Impresso no Brasil
Printed in Brazil

CIP-BRASIL. CATALOGAÇÃO NA PUBLICAÇÃO
SINDICATO NACIONAL DOS EDITORES DE LIVROS, RJ

P926u	Pratchett, Terry, 1948-2015 Um chapéu cheio de céu / Terry Pratchett; tradução Alexandre Mandarino. – 1ª ed. – Rio de Janeiro: Bertrand Brasil, 2016. 21 cm. (Discworld/Tiffany Aching; 2) Tradução de: A hat full of sky Sequência de: Os pequenos homens livres ISBN 978-85-286-1880-8 1. Ficção infantojuvenil inglesa. I. Mandarino, Alexandre. II. Título. III. Série.
15-28163	CDD: 028.5 CDU: 087.5

Todos os direitos reservados pela:
EDITORA BERTRAND BRASIL LTDA.
Rua Argentina, 171 – 2º. andar – São Cristóvão
20921-380 – Rio de Janeiro – RJ
Tel.: (0xx21) 2585-2076 – Fax: (0xx21) 2585-2084

Não é permitida a reprodução total ou parcial desta obra, por quaisquer meios, sem a prévia autorização por escrito da Editora.

Atendimento e venda direta ao leitor:
mdireto@record.com.br ou (0xx21) 2585-2002

INTRODUÇÃO

DE FADAS E COMO EVITÁ-LAS, POR MISS PERSPICÁCIA TICK:

Os Nac Mac Feegle (também chamados de Pictsies, Pequenos Homens Livres, Homenzinhos e "Pessoa ou Pessoas Desconhecidas, Possivelmente Armadas")

Os Nac Mac Feegle são a mais perigosa das raças de fadas, especialmente quando estão embriagados. Adoram beber, brigar e roubar; e vão, de fato, roubar qualquer coisa que não esteja pregada no chão. Se *estiver* pregada no chão, roubarão os pregos também.

Ainda assim, aqueles que os conheceram e sobreviveram para contar a história dizem que também são incrivelmente leais, fortes, obstinados, corajosos e, ao seu modo, donos de certa moral. (Por exemplo, não roubarão de pessoas que não têm nada.)

O homem Feegle comum (mulheres Feegle são raras — veja mais adiante) tem cerca de quinze centímetros de altura, cabelos ruivos, uma pele azulada de tantas tatuagens — e de um corante chamado pastel — e, assim tão perto, provavelmente está prestes a bater em você.

Ele usa um kilt feito de algum trapo velho qualquer, porque entre os Nac Mac Feegle o pertencimento ao clã é demonstrado pelas tatuagens. Talvez use um capacete de crânio de coelho e, muitas vezes, decore sua barba e cabelo com penas, miçangas e qualquer outra coisa que lhe chame a atenção. Ele quase certamente portará uma espada, embora seja principalmente para se exibir, já que o método preferido de combate de um Feegle é com a bota e a cabeça.

História e religião

A origem dos Nac Mac Feegle foi perdida nas famosas Brumas do Tempo. Dizem que foram expulsos do Reino das Fadas pela Rainha, por se opuserem ao seu jugo rancoroso e tirânico. Outros dizem que foram chutados de lá por estarem bêbados.

Pouco se sabe sobre sua religião, se é que existe, salvo por um detalhe: eles acham que estão mortos. Gostam do nosso mundo: a luz do sol, montanhas, o céu azul e coisas para combater. Um mundo fantástico como este não poderia ser aberto a *qualquer um*, dizem. Deve ser algum tipo de céu ou Valhalla, para onde bravos guerreiros vão quando morrem. Assim, argumentam, eles já estiveram vivos em outro lugar e então morreram e foram autorizados a vir para cá por terem sido tão *bons*.

Esta é uma noção *bastante* errada e fantasiosa, porque, como sabemos, a verdade é exatamente o oposto.

Não se lamenta muito quando um Feegle morre, e isso só é feito porque seus irmãos ficam tristes com o fato de que ele não passará mais tempo com eles antes de voltar para a terra dos vivos, que também chamam de "O Último Mundo".

Costumes e Habitat

Por escolha, os clãs dos Nac Mac Feegle vivem nos morros que servem de túmulos para os antigos chefes tribais, onde escavam cavernas aconchegantes em meio ao ouro. Geralmente haverá um ou dois espinheiros ou árvores antigas crescendo sobre eles — Feegles gostam particularmente de árvores velhas e ocas, que se tornam chaminés para suas lareiras. E, claro, também haverá uma toca de coelho. Terá a aparência exata de uma toca de coelho. Haverá dejetos de coelho ao redor e talvez até mesmo alguns pedaços de pelos de coelho, se os Feegles estiverem se sentindo particularmente criativos.

Lá embaixo, o mundo dos Feegle é um pouco como uma colmeia, com bem menos mel e bem mais ferrões.

A razão para isso é que as mulheres são muito raras entre os Feegle. E, talvez justamente por esse motivo, as mulheres Feegle dão à luz muitos bebês, muitas vezes e muito rapidamente. São aproximadamente do tamanho de ervilhas quando nascem, mas crescem extremamente rápido se bem alimentados (Por isso os Feegle gostam de viver perto de seres humanos, para que possam roubar o leite das vacas e ovelhas).

A "rainha" do clã é chamada de Kelda e, à medida que fica mais velha, ela se torna a mãe da maioria dele. Seu marido é conhecido como O Grande Homem. Quando nasce uma menina — e isso não acontece com frequência —, ela fica com a mãe para aprender os *hiddlins*, que são os segredos da *keldagem* Quando tiver idade suficiente para se casar, *ela deve deixar o clã*, levando alguns de seus irmãos como guarda-costas em sua longa jornada.

Muitas vezes, ela viaja até um clã que não tem kelda. Muito, muito raramente, quando não há um clã sem kelda, ela vai se encontrar com Feegles de vários clãs e formar um clã completamente novo, com um novo nome e seu próprio morro. Ela também escolherá seu marido. E, a partir de então, sua palavra é lei absoluta entre seu clã e deve ser obedecida, mas ela raramente se afasta muito do morro. É, ao mesmo tempo, sua rainha e sua prisioneira.

Mas uma vez, por poucos dias, houve uma kelda que era uma garota humana...

Um Glossário Feegle, ajustado para aqueles de disposição delicada:

Arabesco — esquisito, estranho. Às vezes significa decorado, por algum motivo.

Arrostar seu fado — encarar o destino que lhe é reservado

Biltre — uma pessoa *muito* desagradável

Bobajada – Besteira, idiotice

Bruaquice/Bruacagem – tudo que uma bruxa faz

Coroca – mulher velha

Emborrachado – tenho certeza de que isso significa "cansado".

Geis – uma obrigação muito importante, que tem origem na tradição e na magia.

Hiddlins – segredos

Parrudos – os seres humanos

Sacripanta – uma pessoa geralmente desagradável

Unguento Especial de Ovelha – provavelmente uísque vagabundo, sinto lhe informar. Ninguém sabe o que isso faria com as ovelhas, mas dizem que uma gota é o bastante para aquecer os pastores em uma noite fria de inverno e os Feegle a qualquer momento. Não tente fabricar isso em casa

Velhas – coisas cobertas de lã que comem grama e fazem béé.

Capítulo 1

Partindo

Esgueirava-se sobre as montanhas, como névoa invisível. Avançar sem um corpo era cansativo, e por isso movia-se muito lentamente. Nem estava mais pensando. Fazia meses que tivera seu último pensamento, porque o cérebro que fazia esses pensamentos tinha morrido. Eles sempre morriam. Então, agora, estava outra vez nu e assustado.

Poderia se esconder em uma das criaturas brancas arredondadas que faziam béé nervosamente enquanto ele rastejava sobre o relvado. Mas elas tinham cérebros inúteis, capazes de pensar apenas em pasto e fazer outras coisas que terminavam em béé. Não. Elas não serviriam. Precisava, precisava de algo melhor, uma mente forte, uma mente com poder, uma mente que pudesse mantê-lo a salvo.

Ele procurou...

As botas novas estavam todas erradas. Eram duras e brilhantes. Botas brilhantes! Aquilo era vergonhoso. Botas limpas, isso era outra coisa. Não havia nada de errado em colocar um pouco de verniz nas botas para impedir que entrasse umidade. Mas botas tinham que trabalhar para viver. Não deveriam *brilhar*.

Tiffany Dolorida, de pé no tapete em seu quarto, balançou a cabeça. Teria que escovar aquelas botas o mais rápido possível.

E também havia o novo chapéu de palha, com uma fita amarrada. Ela tinha suas dúvidas em relação a ele também.

Tentou olhar-se no espelho, o que não era fácil, considerando que o espelho não era muito maior do que a sua mão, além de rachado e manchado. Teve que movê-lo para tentar enxergar o máximo possível de si mesma e lembrar como as partes se encaixavam.

Mas hoje... Bem, ela não costumava fazer esse tipo de coisa em casa, mas era importante que parecesse inteligente hoje e, como não houvesse ninguém por perto...

Colocou o espelho na mesa bamba ao lado da cama, ficou parada no meio do tapete puído, fechou os olhos e disse:

— Me ver.

E ao longe, nas montanhas, alguma coisa, algo sem corpo e sem mente, com uma fome terrível e um medo sem fim, sentiu o poder.

Teria farejado o ar, se tivesse um nariz.

Ele procurou.

E encontrou.

Que mente estranha, como várias mentes, umas dentro das outras, ficando menores e menores! Tão forte! Tão perto!

Mudou levemente de direção e foi um pouco mais rápido. Conforme se movia, fazia o barulho de um enxame de moscas.

As ovelhas, nervosas por um momento com algo que não podiam ver, ouvir ou cheirar, fizeram béé...
...e voltaram a pastar.

Tiffany abriu os olhos. Lá estava ela, a poucos metros de distância de si mesma. Podia ver a parte de trás de sua própria cabeça.

Cuidadosamente andou pelo quarto, sem olhar para baixo, para a "ela" que estava andando, pois descobriu que, se fizesse isso, o truque acabava.

Era bem difícil, mover-se desse jeito, mas finalmente parou em frente a si mesma e olhou-se de alto a baixo.

Cabelos castanhos combinando com os olhos castanhos... nada que pudesse fazer em relação a isso. Pelo menos seu cabelo estava limpo, e o rosto, lavado.

Usava um vestido novo, o que melhorava um pouco as coisas. Era tão incomum que comprassem roupas novas na família Dolorida que, é claro, o vestido foi comprado grande para que ela "crescesse dentro dele". Mas, pelo menos, era verde-claro e não chegava a se arrastar no chão. Com as novas botas brilhantes e o chapéu de palha, ela parecia... a filha de um fazendeiro, bastante respeitável, indo para seu primeiro emprego. Teria que servir.

Dali ela podia ver o chapéu pontudo em sua cabeça, mas tinha que olhar com muita atenção. Era como um brilho no ar, que sumia assim que ela o via. Por isso tinha ficado preocupada com o novo chapéu de palha, mas o outro simplesmente passava através dele, como se o novo não estivesse ali.

Isso porque, de certa forma, não estava. Era invisível, a não ser na chuva. Sol e vento o atravessavam, mas chuva e neve de alguma forma o viam e o tratavam como se fosse real.

Ela o ganhara de presente da maior bruxa do mundo, uma bruxa de verdade com um vestido preto e um chapéu preto e olhos que poderiam atravessar alguém como terebintina passa por uma ovelha doente. Tinha sido uma espécie de recompensa. Tiffany havia feito mágica, mágica de verdade. Até fazer, ela não sabia que era capaz; quando estava fazendo, ela não sabia que estava; e, depois de ter feito, ela não sabia como acontecera. Agora, teria que *aprender* como fazer.

— Não me ver — disse ela.

A visão dela... ou o que quer que fosse, porque não tinha muita certeza sobre o que era esse truque... desapareceu.

Foi um choque a primeira vez em que fez isso. Mas *sempre* achou fácil ver a si mesma, pelo menos em sua cabeça. Todas as suas lembranças eram como pequenos retratos dela fazendo coisas ou observando coisas, em vez da visão a partir dos dois furos na parte da frente de sua cabeça. Havia uma parte dela que estava sempre olhando para ela.

Miss Tick — outra bruxa, mas uma com quem era mais fácil conversar do que a que tinha dado a Tiffany o chapéu — disse que uma bruxa devia saber como "se destacar", que ela descobriria mais sobre isso quando seu talento aumentasse. Assim, Tiffany presumiu que o "me ver" fosse parte disso.

Às vezes Tiffany achava que deveria falar com Miss Tick sobre "me ver". Sentia-se como se estivesse saindo de seu corpo, mas ainda mantivesse uma espécie de corpo fantasma capaz de andar por aí. Dava tudo certo, desde que seus olhos fantasma não olhassem para baixo e vissem que ela *era* apenas um corpo fantasma. Se isso acontecesse, uma parte de si mesma entrava em pânico e ela se encontrava imediatamente de volta ao seu corpo sólido. Tiffany havia, afinal, decidido manter isso para si mesma. Você não tinha que contar *tudo* para uma professora. De qualquer forma, era um bom truque para quando estava sem espelho.

Miss Tick era uma espécie de caça-bruxas, no sentido de um caça-talentos. Era assim que a bruxaria parecia funcionar. Algumas bruxas mantinham um olheiro mágico em busca de meninas que fossem promissoras e arrumavam uma bruxa mais velha para ajudá-las. Elas não ensinam a fazer coisas. Ensinam a saber o que se estava fazendo.

As bruxas eram um pouco como os gatos. Não gostavam muito da companhia umas das outras, mas *gostavam* de saber onde todas *estavam*, só para o caso de precisarem delas. E esse caso seria para dizerem a você, como amigas, que você estava começando a dar cacarejos.

As bruxas não temem muitas coisas, tinha dito Miss Tick, mas o que as mais poderosas temiam, mesmo que não falassem sobre isso, era o que elas chamavam de "ir para o mau". Era muito fácil ter um lapso de pequenas crueldades descuidadas, só porque você tinha poder e outras pessoas não; muito fácil pensar que as outras pessoas não importavam; muito fácil pensar que ideias como certo e errado não se aplicavam a *você*. Ao final *desta* estrada estaria você mancando e cacarejando sozinha em uma casinha de doces, com verrugas crescendo no nariz.

Bruxas precisavam saber que outras bruxas estavam cuidando delas.

E era por isso, pensou Tiffany, que aquele chapéu estava ali. Ela podia tocá-lo a qualquer momento, desde que fechasse os olhos. Era uma espécie de lembrete...

— Tiffany! — gritou sua mãe, subindo as escadas. — Miss Tick está aqui!

No dia anterior, Tiffany tinha dito adeus à Vovó Dolorida...
As rodas de ferro da velha casinha de pastoreio estavam meio enterradas na relva, no alto das colinas. O forno arredondado, que

ainda estava de pé, inclinado sobre a grama, estava vermelho de ferrugem. Era lentamente tomado pelas colinas de giz, da mesma forma que elas haviam tomado os ossos de Vovó Dolorida.

O resto da casinha tinha sido queimado no dia em que ela fora enterrada. Nenhum pastor teria coragem de usá-la, muito menos passar a noite ali. Vovó Dolorida tinha sido grande demais na mente das pessoas, muito difícil de substituir. Noite e dia, em todas as estações, ela *fora* o Giz: sua melhor pastora, sua mulher mais sábia e sua memória. Era como se a planície verde tivesse uma alma que andasse de botas velhas e avental, fumasse um cachimbo velho e sujo e aplicasse doses de terebintina nas ovelhas.

Os pastores diziam que Vovó Dolorida tinha praguejado o céu de azul. Eles chamavam as fofas nuvenzinhas brancas de verão de "cordeirinhos da Vovó Dolorida". E embora rissem quando falavam essas coisas, parte deles não estava brincando.

Nenhum pastor teria se atrevido à pretensão de viver naquela casinha, nenhum pastor entre todos eles.

Assim, desbastaram a relva e enterraram Vovó Dolorida no Giz, regando a relva em seguida para não deixar nenhuma marca; então, queimaram sua casinha.

Lã de ovelha, tabaco Marujo Feliz e terebintina...

...tinham sido os aromas da casinha de pastoreio e o cheiro de Vovó Dolorida. Essas coisas se apegam às pessoas e vão direto ao coração. Tiffany precisava apenas sentir estes cheiros agora para estar lá de volta, em meio ao calor, silêncio e segurança da casinha. Era o lugar para onde ia quando estava chateada, o lugar para onde ia quando estava feliz. E Vovó Dolorida sempre sorria, fazia chá e não abria a boca. E nada de ruim poderia acontecer na casinha de pastoreio. Era uma fortaleza contra o mundo. Mesmo agora, depois de Vovó ter partido, Tiffany ainda gostava de ir até lá.

Ela ficou ali de pé, enquanto o vento soprava sobre a relva e os sinos das ovelhas *tilintavam* a distância.

— Eu tenho... — Limpou a garganta. — Eu tenho que ir embora. Eu... Eu tenho que aprender bruxaria propriamente dita e não há mais ninguém aqui para me ensinar, sabe. Eu tenho que... cuidar das colinas como você fez. Eu posso... *fazer* coisas, mas não *sei* coisas, e Miss Tick diz o que você não sabe, o que não conhece, pode matá-la. Eu quero ser tão boa quanto você era. Eu vou voltar! Vou voltar em breve! Prometo que vou voltar, melhor do que parti!

Uma borboleta azul, desviada de seu rumo por uma ventania, instalou-se no ombro de Tiffany, abriu e fechou as asas uma ou duas vezes e, então, flutuou para longe.

Vovó Dolorida nunca se sentira à vontade com palavras. Ela colecionava silêncios como outras pessoas colecionavam barbantes. Mas tinha uma forma de dizer nada que dizia tudo.

Tiffany ficou ali por um tempo, até que as lágrimas haviam secado, e então partiu de volta montanha abaixo, deixando o vento eterno se enrolar nas rodas e assobiar pela chaminé do forno arredondado. A vida continuava.

Não era incomum que meninas tão jovens quanto Tiffany partissem "a serviço". Isso significava trabalhar como criada em algum lugar. Tradicionalmente, você começava ajudando uma velhinha que morasse sozinha; ela não seria capaz de pagar muito, mas, como aquele era seu primeiro trabalho, você provavelmente também não valeria muito.

De fato, Tiffany praticamente tomava conta sozinha dos trabalhos envolvendo laticínios da Fazenda de Casa, só era necessário que alguém a ajudasse a carregar os grandes baldes de leite, e seus pais teriam ficado muito surpresos se ela quisesse partir "a serviço". Mas, como disse Tiffany, era algo que todo mundo fazia. Você via um pouco do mundo. Conhecia pessoas novas. Nunca se sabia aonde poderia chegar.

Isso, de forma bem astuta, fez com que sua mãe ficasse do seu lado. Uma tia rica de sua mãe partira para ser auxiliar de cozinheira, depois copeira e então trabalhou até virar governanta e se casar com um mordomo e ir morar em uma ótima casa. Não era a *sua própria* ótima casa, e ela só vivia em um pedacinho dela, mas virou praticamente uma *dama*.

Tiffany não tinha a intenção de ser uma dama. Aquilo tudo era só uma fachada mesmo. E Miss Tick estava metida na história.

Não era permitido cobrar dinheiro por bruxaria, por isso todas as bruxas faziam algum outro trabalho também. Miss Tick era basicamente uma bruxa disfarçada de professora. Ela viajava por aí com os outros professores itinerantes que circulavam em bandos de um lugar para outro ensinando de tudo a todos em troca de comida ou roupas velhas.

Era uma boa forma de viajar por aí, porque as pessoas na terra do giz não confiavam em bruxas. Achavam que elas dançavam sem calcinhas nas noites de luar. (Tiffany tinha feito perguntas a respeito e ficara um pouco aliviada ao descobrir que não era preciso fazer isso para ser uma bruxa. Você poderia, se quisesse, porém só se soubesse com certeza onde ficavam todas as urtigas, cardos e ouriços).

Mas, mesmo assim, as pessoas eram um tanto desconfiadas e os professores itinerantes, também. Diziam que elas beliscavam galinhas e roubavam crianças (o que era verdade, de certa forma) e que iam de aldeia em aldeia com suas carroças espalhafatosas e usavam vestes longas com almofadas de couro nas mangas e chapéus achatados esquisitos, conversando entre si usando um jargão pagão que ninguém conseguia entender, como "Alea iacta est" e "Quid pro quo". Era bem fácil para Miss Tick se esconder entre elas. *Seu* chapéu pontudo era uma versão disfarçada que parecia um chapéu preto de palha com flores de papel até que se apertasse no local certo.

Ao longo do último ano a mãe de Tiffany tinha ficado bem surpresa — e um pouco preocupada — com o repentino apetite da filha por educação, o que as pessoas na aldeia consideravam uma coisa boa, se moderada, mas que, se recebida de maneira imprudente, podia levar à inquietação.

Então, um mês antes, a mensagem tinha chegado: *Prepare-se*.

Miss Tick, com seu chapéu florido, havia visitado a fazenda e explicado ao Sr. e à Sra. Dolorida que uma senhora idosa no alto das montanhas tinha ouvido falar da *excelente* maestria de Tiffany com queijo e estava disposta a oferecer-lhe o cargo de criada por quatro dólares ao mês, um dia de folga por semana, sua própria cama e uma semana de férias no feriado da Vigília do Porco.

Tiffany conhecia os próprios pais. Três dólares por mês era um pouco baixo e cinco dólares seria suspeitosamente alto, mas proezas com queijo valiam o dólar adicional. E uma cama só para ela era um privilégio bastante bom. Antes de a maioria das irmãs de Tiffany sair de casa, era normal que duas dormissem na mesma cama. Portanto, aquela era uma *boa* oferta.

Seus pais haviam ficado impressionados e um pouco com medo de Miss Tick, mas tinham sido levados a acreditar que pessoas que sabiam mais do que eles e usavam palavras longas eram bem importantes; por isso, concordaram.

Tiffany acidentalmente os ouviu falando sobre isso depois de ter ido para a cama naquela noite. É muito fácil ouvir acidentalmente as pessoas falando no andar de baixo; basta segurar um copo emborcado contra o piso e acidentalmente encostar seu ouvido nele.

Ela ouviu o pai dizer que Tiffany não precisava partir para lugar algum.

Ela ouviu a mãe dizer que todas as meninas se perguntavam o que haveria pelo mundo afora, por isso era melhor que ela fizesse aquilo logo. Além disso, ela era uma menina muito capaz, com a cabeça bem firme no lugar. Ora, com trabalho duro não havia razão alguma para que um dia ela não pudesse ser criada de alguém muito importante, como a tia Hetty tinha sido, e vivesse em uma casa com uma privada do lado de dentro.

O pai disse que ela descobriria que esfregar o chão era a mesma coisa em todos os lugares.

A mãe disse, bem, nesse caso ela se cansaria e voltaria para casa depois que o ano terminasse, e, a propósito, o que queria dizer "maestria"?

Habilidade superior, pensou Tiffany. Eles tinham um dicionário velho em casa, mas sua mãe nunca o abria, porque a imagem de todas aquelas palavras a perturbava. Tiffany o tinha lido de A a Z.

E foi isso: de repente lá estava ela, um mês depois, embrulhando as velhas botas, que tinham sido usadas por todas as irmãs antes dela, em um pedaço de pano limpo e colocando-as na mala de segunda mão que a mãe havia comprado para ela, parecendo feita de papelão barato ou sementes de uva prensadas misturadas com cera de ouvido e que tinha que ser amarrada com uma corda para que não abrisse.

Despedidas foram feitas. Ela chorou um pouco, a mãe chorou muito e o irmão mais novo, Wentworth, também chorou, para o caso de que isso lhe fizesse ganhar um doce. O pai de Tiffany não chorou, mas lhe deu um dólar de prata e um tanto bruscamente disse a ela que não se esquecesse de escrever para eles toda semana, o que é a maneira de um homem chorar. Ela disse adeus aos queijos na despensa de laticínios e às ovelhas em seu cercado e até mesmo a Saco-de-Ratos, o gato.

Então, todo mundo com exceção dos queijos e do gato ficou parado no portão e acenou para Tiffany e Miss Tick — bem, com exceção das ovelhas —, até que elas tivessem percorrido quase todo o caminho pela estrada branca como giz e chegado à aldeia.

Então houve silêncio, exceto pelo som de suas botas na superfície pedregosa e pela canção sem fim das cotovias no céu. Era o final de agosto, muito quente, e as botas novas a apertavam.

— Eu as tiraria se fosse você —, disse Miss Tick após algum tempo.

Tiffany sentou-se ao lado da estrada e pegou suas botas velhas na mala. Não se incomodou em perguntar como Miss Tick sabia que suas botas novas eram apertadas. Bruxas prestavam atenção. As botas velhas, ainda que tivesse que usar vários pares de meias com elas, eram muito mais confortáveis e apropriadas para caminhar. Afinal, estavam caminhando desde muito antes de Tiffany nascer e sabiam como fazê-lo.

— E vamos ver algum... homenzinho hoje? — continuou Miss Tick, quando retomaram a caminhada.

— Eu não sei, Miss Tick. Eu disse a eles há um mês que estava partindo. Eles ficam bem ocupados nesta época do ano. Mas há *sempre* um ou dois me observando.

Miss Tick olhou em volta rapidamente e disse:

— Não vejo nada. Nem ouço nada.

— Não, assim é que dá para saber se eles estão por perto — explicou Tiffany. — É sempre um pouco mais quieto quando estão me observando. Mas não vão se mostrar enquanto você estiver comigo. Têm um pouco de medo das bruacas... que é como chamam as bruxas — acrescentou rapidamente. — Nada pessoal.

Miss Tick suspirou.

— Quando eu era garotinha teria adorado ver os pictsies — contou ela. — Eu costumava deixar pequenos pires com leite do lado de fora. É claro que, mais tarde, percebi que não era a coisa certa a fazer.

— Não, você deveria ter usado um licor forte — disse Tiffany.

A menina olhou para a cerca viva e pensou ter visto, por menos de um segundo, um lampejo de cabelos ruivos. E sorriu, um pouco nervosa.

Tiffany tinha sido, ainda que apenas por alguns dias, o mais próximo que um ser humano pode ser de uma rainha das fadas. Na verdade, ela havia sido chamada de *kelda*, em vez de rainha, e só se chamava os Nac Mac Feegle de fadas se você estivesse tentando arrumar briga. Por outro lado, os Nac Mac Feegle *sempre* estavam tentando arrumar briga, de uma forma meio alegre; quando não tinham ninguém com quem brigar, brigavam entre si, e, se um deles estivesse sozinho, chutaria o próprio nariz só para se manter em dia.

Tecnicamente, eles *tinham* vivido no Reino das Fadas, mas foram expulsos, provavelmente por estarem bêbados. E agora, como nunca se esqueciam de quem já havia sido sua kelda...

...eles estavam sempre por perto.

Havia sempre um deles em algum lugar da fazenda ou circulando lá no alto em um gavião nas planícies de giz. E observavam, para ajudá-la e protegê-la, quisesse ela ou não. Tiffany havia sido o mais educada possível em relação a isso. Ela escondia seu diário bem no fundo de uma gaveta, bloqueava as fendas do banheiro com papel amassado e tinha feito o possível com as frestas no piso de seu quarto. Eram pequenos *homens*, afinal. Tinha certeza de que eles tentavam permanecer invisíveis para não perturbá-la, mas ela havia ficado bastante boa em detectá-los.

Eles concediam desejos — não os três desejos mágicos dos contos de fadas, aqueles que sempre dão errado no fim, mas desejos normais, cotidianos. Os Nac Mac Feegle eram imensamente fortes e destemidos, além de incrivelmente rápidos, mas não eram bons em entender que o que as pessoas *diziam* muitas vezes não era o que elas *queriam* dizer. Um dia, na leiteria, Tiffany disse: "queria uma faca mais afiada para cortar este queijo", e a faca mais afiada de sua mãe balançava de leve sobre a mesa ao lado quase antes que terminasse de pronunciar as palavras.

"Gostaria que esta chuva passasse" era provavelmente inofensivo, porque Feegles não podiam fazer mágica de verdade, mas ela aprendeu a ter o cuidado de não desejar nada que pudesse ser realizado por um punhado de homenzinhos determinados, fortes, destemidos e rápidos que não se furtavam de dar um bom pontapé em alguém quando assim queriam.

Desejos precisavam ser bem pensados. Ela nunca foi propensa a dizer em voz alta coisas como "queria poder me casar com um príncipe encantado", mas sabia que, se o fizesse, provavelmente abriria a porta e daria de cara com um príncipe atordoado, um padre amarrado e um Nac Mac Feegle sorrindo alegremente e pronto para servir de padrinho, e isso certamente a fazia prestar atenção no que dizia. Só que os homenzinhos podiam ser úteis, de forma casual, e ela se acostumara a deixar para eles, do lado de fora, coisas de que a família não precisava mas que pudessem ser úteis para pessoinhas pequenas, como colherzinhas para molhos, alfinetes, uma tigela para sopa que daria uma agradável banheira para um Feegle e, caso não captassem a mensagem, um pouco de sabão. Eles não roubavam o sabão.

Sua última visita ao antigo morro na planície de giz, onde viviam os pictsies, fora para assistir ao casamento de Rob Qualquerum, o Grande Homem do clã, com Jeannie, do Lago Comprido. Ela seria a nova kelda e passaria a maior parte do resto de sua vida no morro, tendo filhos como uma abelha rainha.

Feegles de outros clãs tinham ido para a celebração, porque se há uma coisa que um Feegle gosta mais do que uma festa é uma festa maior — e se há alguma coisa melhor do que uma festa maior, é uma festa maior com outra pessoa pagando pelas bebidas. Para falar a verdade, Tiffany tinha se sentido um pouco deslocada, sendo dez vezes mais alta que a pessoa mais alta de lá, mas acabou sendo muito bem tratada, com direito a Rob Qualquerum fazendo um longo discurso sobre ela, chamando-a de "nossa boa e jovem grande bruaquinha", antes de cair de cara no pudim. Tudo tinha sido muito quente e barulhento, mas ela se juntou à torcida quando Jeannie carregou Rob Qualquerum por cima de uma pequena vassoura que tinha sido colocada no chão. Tradicionalmente, a noiva e o noivo deveriam saltar sobre a vassoura, mas, também tradicionalmente, nenhum Feegle de respeito estaria sóbrio no dia de seu casamento.

Ela tinha sido avisada de que seria uma boa ideia partir naquela hora, por causa da tradicional luta entre o clã da noiva e o clã do noivo, que poderia se estender até a sexta-feira.

Tiffany tinha se curvado para Jeannie, porque é isso que faziam as bruacas, e dado uma boa olhada nela. Era pequena e doce, além de muito bonita. Também tinha um brilho nos olhos e um certo orgulho no nariz empinado. Garotas Nac Mac Feegle eram muito raras e cresciam sabendo que seriam keldas um dia, e Tiffany teve a impressão de que Rob Qualquerum acharia a vida conjugal mais complicada do que imaginara.

Ela ficaria triste de deixá-los para trás, mas não *terrivelmente* triste. Eles eram legais, de certa forma, mas depois de algum tempo podiam dar nos nervos. E, bem, ela estava com 11 anos agora e tinha a sensação de que, depois de certa idade, não se devia deslizar por buracos no chão para falar com homenzinhos.

Além disso, o olhar que Jeannie lhe lançara, só por um momento, tinha sido de puro veneno. Tiffany entendera sem ter de se esforçar. Tiffany tinha sido a kelda do clã, ainda que por apenas por um curto período de tempo. Ela também havia sido noiva de Rob Qualquerum, mesmo que o noivado tivesse sido apenas uma espécie de truque político. Jeannie sabia de tudo isso. E o olhar dissera: *Ele é meu. Este lugar é meu. Eu não quero você aqui! Caia fora!*

Um raio de silêncio seguia Tiffany e Miss Tick pela estrada, já que as coisas que normalmente farfalhariam nas cercas vivas tendiam a se manter muito quietas quando os Nac Mac Feegle estavam por perto.

Elas chegaram à pequena vila verde e se sentaram para esperar a carroça do carregador, que era um pouco mais rápida do que seus pés e levaria cinco horas para chegar à vila de Duasblusas, onde — imaginavam os pais de Tiffany — elas pegariam a grande carruagem que percorria todo o caminho até as montanhas distantes e além.

Tiffany podia mesmo vê-la chegando pela estrada quando ouviu o som de cascos pelo campo verde. Virou-se e seu coração pareceu saltar e afundar ao mesmo tempo.

Era Roland, o filho do Barão, em um belo cavalo negro. Ele desceu antes mesmo do cavalo parar e ficou ali de pé, parecendo constrangido.

— Ah, estou vendo um belo e interessante exemplar de uma... uma... uma grande pedra bem ali — disse Miss Tick, com uma voz doce. — Vou só até ali dar uma olhada nela, está bem?

Tiffany poderia tê-la *beliscado* por causa disso.

— Er, você está partindo, então — disse Roland enquanto Miss Tick saía correndo.

— Sim.

Roland parecia prestes a explodir de nervosismo.

— Eu trouxe isso para você — disse ele. — Pedi que um homem o fizesse, er, em Ganido.

Ele estendeu um pacote embrulhado em papel macio.

Tiffany o pegou e colocou cuidadosamente no bolso.

— Obrigada — disse ela, fazendo uma pequena reverência. Estritamente falando, era o que se tinha que fazer quando encontrasse um nobre, mas isso só fez Roland corar e gaguejar.

— A-abra-o mais tarde — disse ele. — Er, eu espero que você goste.

— Obrigada — disse Tiffany docemente.

— Aí está a carroça. Er... é bom você não perdê-la.

— Obrigada — repetiu Tiffany, fazendo uma reverência de novo, por causa do efeito que teve. Era um pouco cruel, mas, às vezes, isso era necessário.

De qualquer forma, seria muito difícil perder a carroça. Se você corresse rápido poderia facilmente ultrapassá-la. Era tão lento que "pare" nunca era uma surpresa.

Não havia assentos. O carregador passava pelas vilas a cada dois dias, recolhendo pacotes e, às vezes, as pessoas. Era só uma questão de achar um lugar confortável entre as caixas de frutas e rolos de tecido.

Tiffany se sentou na parte de trás, com as botas velhas dependuradas na beirada, balançando para trás e para a frente enquanto a carroça cambaleava pela estrada árdua.

Miss Tick sentou-se ao seu lado, com o vestido preto logo sendo coberto por pó de giz até os joelhos.

Tiffany percebeu que Roland não subiu de volta ao seu cavalo até que a carroça estivesse quase fora do campo de visão.

E ela conhecia Miss Tick. A essa altura, devia estar *explodindo* para fazer uma pergunta, porque bruxas odeiam não saber das coisas. E, claro, assim que a vila ficou para trás, Miss Tick disse, depois de um monte de tosses e pigarros:

— Você não vai abrir?

— Abrir o quê? — perguntou Tiffany, sem olhar para ela.

— Ele lhe deu um presente — disse Miss Tick.

— Pensei que você estivesse examinando uma pedra interessante, Miss Tick — disse Tiffany, acusadoramente.

— Bem, era só *um pouco* interessante — defendeu-se Miss Tick, completamente desembaraçada. — Então... vai abrir?

— Vou esperar até mais tarde — disse Tiffany. Não queria falar sobre Roland naquele momento, ou, na verdade, em momento algum.

Não era que Tiffany *não gostasse* dele. Ela o tinha conhecido na terra da Rainha das Fadas e meio que o havia resgatado, embora ele estivesse inconsciente na maior parte do tempo. Um encontro repentino com os Nac Mac Feegle quando eles estão meio nervosos pode fazer isso com uma pessoa. *Claro*, sem que ninguém na verdade houvesse mentido, todos em casa foram levados a acreditar que *ele* a havia resgatado. Uma menina de

9 anos armada com uma frigideira não poderia ter resgatado um menino de treze que tinha uma espada.

Tiffany não se importou. Aquilo fez com que as pessoas parassem de perguntar tantas coisas que ela não queria ou até mesmo não sabia como responder. Mas Roland tinha começado a... ficar por perto. Ela passou a esbarrar com o garoto acidentalmente pelo caminho com mais frequência do que era realmente possível, e ele parecia estar sempre nos mesmos eventos da vila que ela. Roland era sempre educado, mas ela não suportava o seu olhar de cão *spaniel* que tinha levado um pontapé.

Reconhecia — e isso exigiu um reconhecimento — que ele estava bem menos tolo do que antes. Por outro lado, havia sido muito, muito tolo antes.

E então ela pensou Cavalo e se perguntou por quê, até perceber que seus olhos fitavam a paisagem enquanto seu cérebro se voltava para o passado...

— Eu nunca tinha visto isso — disse Miss Tick.

Tiffany saudou a região como a uma velha amiga. O Giz se elevava a partir das planícies de maneira meio súbita daquele lado das colinas. Havia um pequeno vale em concha entre as descidas das montanhas e a curva que fazia formava uma espécie de desenho. A turfa se cortava em longas linhas fluidas de maneira que o giz nu tinha a forma de um animal.

— É o Cavalo Branco — disse Tiffany.

— Por que eles o chamam assim? — perguntou Miss Tick.

Tiffany olhou para ela.

— Porque o giz é branco? — sugeriu, tentando não dar indícios de que Miss Tick estava sendo um pouco estúpida.

— Não, eu quis dizer, por que eles chamam de cavalo? Não *parece* um cavalo. São apenas... linhas estendidas...

...que parecem estar se movendo, pensou Tiffany.

Havia sido cortado na relva lá nos velhos tempos, diziam, pelo povo que tinha construído os círculos de pedra e enterrado seus mortos nos grandes morros. E tinham cortado o Cavalo em uma das extremidades daquele pequeno vale verde, dez vezes maior do que um cavalo de verdade e, se não fosse observado com o estado mental adequado, com o formato errado, também. No entanto, eles deviam ter conhecido cavalos, possuído cavalos, visto cavalos todos os dias, e não haviam sido pessoas estúpidas só por terem vivido muito tempo antes.

Uma vez Tiffany perguntou ao seu pai sobre a aparência do Cavalo, quando eles costumavam fazer todo o caminho até ali para uma feira de ovelhas, e ele contou a ela o que Vovó Dolorida havia lhe contado quando ele era um garotinho. Transmitiu o que ela disse palavra por palavra e Tiffany fez o mesmo agora.

— Não é como um cavalo *parece* — disse Tiffany. — É como um cavalo *é*.

— Ah — disse Miss Tick. Mas como era professora, além de bruxa, e provavelmente porque não se conteve, acrescentou: — O engraçado, claro, é que oficialmente não existe tal coisa como um cavalo branco. São chamados de cinzentos.*

— Sim, eu sei — disse Tiffany. — Esse é branco — acrescentou, sem rodeios.

Isso aquietou Miss Tick um pouco, mas ela parecia ter algo em mente.

---

* Ela tinha que dizer isso, porque era bruxa e professora e essa é uma combinação terrível. Elas querem que as coisas estejam *certas*. Gostam que as coisas sejam *corretas*. Se você quiser irritar uma bruxa, não precisa lidar com encantos e magias. É só colocá-la em uma sala com um quadro pendurado meio torto em uma das paredes e vê-la se contorcer.

— Imagino que você esteja chateada por deixar o Giz, não? — disse, enquanto a carroça se sacudia pelo caminho.

— Não.

— Tudo bem se estiver.

— Obrigada, mas realmente não estou — disse Tiffany.

— Se quiser chorar um pouco, não precisa fingir que está com um cisco no olho ou algo assim...

— Eu estou bem, de verdade — insistiu Tiffany. — Sinceramente.

— Sabe, prender esse tipo de coisa pode causar danos terríveis no futuro.

— Eu não estou prendendo, Miss Tick.

Na verdade, Tiffany estava um pouco surpresa por não chorar, mas não iria contar isso para Miss Tick. Ela havia reservado uma espécie de espaço em sua cabeça onde pudesse explodir em lágrimas, mas isso não aconteceu. Talvez tivesse embrulhado todos esses sentimentos e dúvidas e os deixado na colina, ao lado do fogão arredondado.

— E, é claro, se estiver se sentindo um pouco abatida no momento, tenho certeza de que pode abrir o presente que ele... — arriscou Miss Tick.

— Me conte sobre a Srta. Plana — interrompeu Tiffany rapidamente.

O nome e o endereço eram tudo o que sabia sobre a senhora com quem ficaria, mas um endereço como "Srta. Plana, Casinha na Floresta perto do carvalho morto na Estrada do Homem Perdido, Parte Alta, Se Não Estiver Em Casa Deixe Correspondência na Bota Velha Em Frente à Porta" parecia promissor.

— Srta. Plana, sim — disse Miss Tick, derrotada. — Er, sim. Ela não é realmente muito velha, mas disse que ficará feliz em ter um terceiro par de mãos para ajudar.

Palavras não passavam despercebidas por Tiffany, nem se tratando de Miss Tick.

— Então já tem alguém por lá? — perguntou ela.

— Er... não. Não exatamente — respondeu Miss Tick.

— Então ela tem quatro braços? — perguntou Tiffany. Miss Tick tinha soado como alguém tentando evitar um assunto.

A professora suspirou. Era difícil falar com alguém que prestava atenção o tempo todo. Era desconcertante.

— É melhor esperar até conhecê-la — falou. — Qualquer coisa que eu disser só vai lhe causar uma impressão errada. Tenho certeza de que vai se dar bem com ela. Ela é muito boa com as pessoas e, no tempo livre, é uma bruxa pesquisadora. Ela tem abelhas... e cabras, cujo leite, acredito, é mesmo muito bom, devido às gorduras homogeneizadas.

— O que uma bruxa pesquisadora faz? — perguntou Tiffany.

— Ah, é um ofício muito antigo. Tenta descobrir novos feitiços aprendendo como os antigos foram feitos. Sabe todas aquelas coisas de "orelha de morcego e dedo de sapo"? Elas nunca funcionam, mas a Srta. Plana acha que é porque nós não sabemos exatamente que *espécie* de sapo ou qual dedo...

— Me desculpe, mas não vou ajudar ninguém a decepar sapos e morcegos inocentes — disse Tiffany com firmeza.

— Ah, não, ela nunca mata bicho nenhum! — apressou-se a dizer Miss Tick. — Ela só usa criaturas que morreram de causas naturais, foram atropeladas ou cometeram suicídio. Sapos ficam muito deprimidos, às vezes.

A carroça continuou seu caminho pela estrada branca e poeirenta, até sumir de vista.

Nada acontecia. Cotovias cantavam, tão alto lá no céu que estavam invisíveis. Sementes de grama tomavam o ar. Ovelhas faziam béé no alto do Giz.

E então algo veio pela estrada. Movia-se como um pequeno e lento rodamoinho, então era visto apenas pela poeira que levantava. Quando passava, fazia o barulho de um enxame de moscas.

E então aquilo também desapareceu colina abaixo...

Pouco depois, uma voz, lá embaixo, em meio à grama alta, disse:

— Agh, *diabos*! E está no encalço dela, com certeza!

Uma segunda voz disse:

— Com certeza a bruaca velha vai vê-lo, não?

— Quem? A bruaca professora? Ela nem é uma bruaca de verdade!

— Ela tem um chapéu pontudo debaixo daquelas flores todas, Grande Yan — disse a segunda voz, em tom de censura. — Eu vi. Ela aperta uma molinha e a ponta aparece!

— Ah, sim, Hamish, e posso até dizer que ela sabe fazer bem isso de ler e escrever, mas não sabe muito das coisas que não tão nos livros. E eu é que não vou ficar me mostrando com ela por perto. Ela tem todo o jeito de quem escreve sobre tudo o que vê por aí! Anda, vamos lá encontrar a kelda!

Os Nac Mac Feegle do Giz odiavam a escrita por vários motivos diferentes, mas o maior deles era esse: a escrita *permanece*. Fixa as palavras. Se um homem disser o que pensa, algum pequeno biltre desagradável pode anotar tudo e sabe-se lá o que vai fazer com as palavras! É como pregar a sombra de um homem na parede!

Mas agora eles tinham uma nova kelda, e uma nova kelda traz novas ideias. É assim que *deveria* funcionar: impedir um clã de ficar muito preso aos velhos hábitos. Kelda Jeannie era do clã do Lago Comprido, no alto das montanhas, e eles *escreviam* sobre as coisas.

Ela não entendia por que o marido não podia escrever também. E Rob Qualquerum aos poucos ia descobrindo que Jeannie definitivamente era uma kelda.

O suor pingava de sua testa. Ele havia enfrentado um lobo sozinho, certa vez, e faria isso de novo alegremente com os olhos fechados e uma das mãos amarrada nas costas em vez de encarar o que estava fazendo agora.

Ele já dominava as duas primeiras regras da escrita, ao menos como as entendia.

1) Roubar um pouco de papel.
2) Roubar um lápis.

Infelizmente tinha mais a fazer do que isso.

Agora ele segurava o toco de lápis à sua frente com as duas mãos e inclinava-se para trás enquanto dois de seus irmãos o empurravam na direção de um pedaço de papel pregado na parede da câmara (era uma conta velha para o pagamento de um punhado de sinos para ovelhas, roubada da fazenda). O resto do clã assistia, em fascinado horror, das galerias espalhadas pelas paredes.

— Melhor fazer isso com *calma*, aos poucos — protestou ele, as solas de seus sapatos deixando pequenas ranhuras no piso de terra batida do morro. — Melhor fazer só uma das *vírgulilas* ou pontos finaizinhos...

— Você é o Grande Homem, Rob Qualquerum, então é melhor que cê seja o primeiro a escrever — disse Jeannie. — Eu num posso ter um marido que num sabe escrever nem o próprio nome. Eu te mostrei as letras, num mostrei?

— É, mulher, aquelas coisas chatas e enroscadas! — rosnou Rob. — Eu num confio nesse Q. Essa é uma letra bem capaz de trair um sujeito. Tem um ferrão, essa daí!

— É só cê segurar o lápis sobre o papel e eu vou dizer que marcas precisa fazer — disse Jeannie, cruzando os braços.

— É, mas isso é um monte de encrenca, escrever — retrucou Rob. — Uma palavra escrita pode enforcar um homem!

— Chega, agora pare com isso! É fácil! — ralhou Jeannie. — Os bebês dos parrudos sabem fazer isso e cê é um Feegle já crescido!

— Uma escrita pode até dizer as palavras de um homem depois que ele tá morto! — disse Rob Qualquerum, sacudindo o lápis como se tentasse afastar os maus espíritos. — Num vem me dizer que isso é certo!

— Ah, então cê tá com *medo* das letras, é isso? — comentou Jeannie, ardilosamente. — Nossa, tudo bem. Todos os grandes homens têm medo de alguma coisa. Tira o lápis dele, Wullie. Num é certo pedir prum homem enfrentar seus medos.

O silêncio caiu sobre o morro enquanto Wullie Doido nervosamente tirou o toco de lápis de seu irmão. Todos os olhos se voltavam para Rob Qualquerum. Suas mãos se abriram e fecharam. Ele começou a respirar pesadamente, ainda encarando o papel em branco. Levantou o queixo.

— Nossa, cê é uma mulher difícil, Jeannie Mac Feegle! — disse ele, por fim. Cuspiu nas próprias mãos e pegou de volta o toco de lápis de Wullie Doido. — Me dá essa ferramenta da perdição! Aquelas letras num vão nem saber o que atingiu elas!

— Esse é o meu rapaz corajoso! — disse Jeannie enquanto Rob se aproximava do papel. — Certo. A primeira letra é um R. É aquela que parece um gordo andando, lembra?

Os pictsies reunidos assistiram conforme Rob Qualquerum, grunhindo ferozmente e com a língua de fora no canto da boca, arrastou o lápis pelas curvas e linhas das letras. Ele olhou para a kelda, cheio de expectativa, após cada uma delas.

— É isso — disse ela, por fim. — Um belo esforço!

Rob Qualquerum deu um passo para trás e olhou criticamente para o papel.

— É isso? — perguntou ele.

— É — disse Jeannie. — Cê escreveu seu próprio nome, Rob Qualquerum!

Rob olhou para as letras novamente.

— Eu vou pra prisão agora?

Houve uma tosse educada ao lado de Jeannie. Tinha sido o Sapo. Ele não tinha outro nome, porque sapos não procuram nomes. Apesar das forças sinistras que preferiam que as pessoas pensassem o contrário, nenhum sapo se chamava Tommy, o Sapo, ou algo assim. Isso simplesmente não acontecia.

Este sapo tinha sido um advogado (um advogado humano; sapos se viram sem eles), que foi transformado em sapo por uma fada madrinha que *pretendia* transformá-lo em uma rã, mas não sabia muito bem qual era a diferença. Agora ele vivia no morro Feegle, onde comia minhocas e ajudava com os temas mais difíceis.

— Eu já lhe disse, Sr. Qualquerum, que *apena*s escrever o próprio nome não tem problema. Não há nada ilegal nas palavras "Rob Qualquerum". A menos, claro, que seja dito como uma ordem! — E o sapo deu uma risadinha jurídica.

Nenhum dos Feegles riu. Eles preferiam um humor um tanto, bem, mais engraçado.

Rob Qualquerum olhou para a sua própria letra meio torta.

— Esse é o meu nome, é?

— Certamente, Sr. Qualquerum.

— E nada de ruim aconteceu por causa dele — notou Rob. Olhou mais de perto. — Como cê sabe que é o meu nome?

— Ah, isso já é do lado da leitura — disse Jeannie.

— É quando essas coisas de letrinhas fazem um barulho na sua cabeiça? — perguntou Rob.

— Essa é uma parte — explicou o sapo. — Mas achamos que você gostaria de começar pelo aspecto mais *físico* do procedimento.

— Eu num posso aprender só a escrita e deixar isso da leitura para outra pessoa? — perguntou Rob, sem muita esperança.

— Não, marido meu tem que fazer as duas coisas — respondeu Jeannie, cruzando os braços. Quando uma mulher Feegle faz isso, não resta esperança alguma.

— Nossa, é uma coisa horrível prum homem quando sua mulher se junta a um sapo contra ele — lamentou Rob, balançando a cabeça. Mas, quando se virou para olhar para o papel sujo, havia um leve toque de orgulho em seu rosto. — Mesmo assim, tá aqui o meu nome, né? — Sorria.

Jeannie fez que sim.

— Só ali, parado, e não num cartaz de "procura-se" ou coisa assim. Meu nome, desenhado por mim.

— Sim, Rob — disse a kelda.

— Meu nome, com minhas próprias mãos. Nenhum sacripanta pode fazer nada com ele? *Eu* tenho o meu nome, com paz e segurança?

Jeannie olhou para o sapo, que deu de ombros. Era sabido por aqueles que os conheciam que a maioria dos cérebros dos clãs dos Nac Mac Feegle estava nas mulheres.

— Um homem é um homem de moral quando tem o próprio nome num lugar onde ninguém pode tocar — disse Rob Qualquerum. — Isso é magia da séria, se é...

— O R de "Rob" está ao contrário e você deixou dois Us e o outro R de fora do "Qualquerum" — disse Jeannie, porque é um trabalho de mulher impedir que seu marido de fato exploda de orgulho.

— Nossa, mulher, eu num sabia pra que lado o gordo tava indo — disse Rob, acenando vagamente com a mão. — Não dá pra confiar em gordo. É o tipo de coisa que a gente, gente da escrita, sabe. Um dia ele pode pegar este caminho, no dia seguinte pode ir por *outro*.

Sorriu para o próprio nome:

ЯOB QALQeUm

— E acho que cê me passou um U errado — continuou. — Acho que tinha que ser Qual Qer Um. O certo é quaal... queeer...um, viu? É assim!

Ele enfiou o lápis no cabelo e lançou a ela um olhar desafiador.

Jeannie suspirou. Havia sido criada entre setecentos irmãos e sabia como eles pensavam, que muitas vezes era de forma bem rápida, mas na direção totalmente errada. E, se não podiam moldar seu pensamento ao resto do mundo, então moldavam o mundo ao seu pensamento. Normalmente, sua mãe lhe tinha dito, era melhor não discutir.

Na verdade, apenas uma meia dúzia de Feegles no clã do lago Comprido sabia ler e escrever muito bem. Era considerado um passatempo estranho, anormal. Afinal, quando se saía da cama pela manhã, aquilo serviria para quê? Não era preciso saber das letras para lutar com uma truta, agredir um coelho ou ficar bêbado. O vento não podia ser lido e não se podia escrever sobre a água.

Mas as coisas escritas duravam. Eram as vozes dos Feegles que tinham morrido havia muito tempo, que tinham visto coisas estranhas, feito estranhas descobertas. A aprovação delas ou não dependia de quão assustador alguém achasse aquilo tudo. O clã do Lago Comprido aprovara. Jeannie queria o melhor para seu novo clã, também.

Não era fácil ser uma jovem kelda. Você vinha para um novo clã, com apenas alguns de seus irmãos como guarda-costas, onde se casava e acabava com centenas de cunhados. Era preocupante se permitir pensar muito sobre isso. Pelo menos, na ilha no Lago Comprido, ela tinha sua mãe para conversar, mas uma kelda nunca mais voltava para casa.

Com exceção dos seus irmãos guarda-costas, uma kelda ficava muito sozinha.

Jeannie tinha saudades e se sentia solitária, com medo do futuro; por isso, estava prestes a entender tudo errado...

— Rob!

Hamish e Grande Yan vieram cambaleando pela falsa toca de coelho que era a entrada para o morro.

Rob Qualquerum olhou para eles e disse:

— A gente tá ocupado com um trabalho aqui.

— Sim, Rob, mas a gente tava escoltando a grande jovem bruaquinha, como cê mandou, mas tinha um enxame atrás dela! — soltou Hamish.

— Tem certeza? — questionou Rob, deixando cair o lápis. — Nunca soube de um deles neste mundo!

— Ah, sim — disse Grande Yan. — O zumbido dele fez os meus dentes doerem!

— Então cê não contou pra ela, seu tonto?

— Tem essa outra bruaca com ela, Rob — argumentou Grande Yan. — A bruaca professora.

— Miss Tick? — sugeriu o sapo.

— Sim, a que tem uma cara que parece uma piscina de iogurte — disse Grande Yan. — E você disse que a gente não devia aparecer, Rob.

— Sim, mas, bom, isso é diferente — começou Rob Qualquerum, mas parou.

Ainda não era um marido havia muito tempo, mas, após o casamento, os homens ganham uma série de sentidos extras aparafusados ao cérebro. Um deles serve para avisar que se está subitamente bem encrencado.

Jeannie estava batendo o pé. Seus braços ainda estavam cruzados. Ela tinha o sorriso especial que as mulheres aprendem quando se casam, também, que parece dizer "Sim, você está bem encrencado, mas vou deixar que piore ainda mais sua própria situação".

— O que disse sobre a grande bruaquinha? — perguntou ela, com uma voz tão pequena e mansa como a de um rato treinado no Colégio dos Assassinos Roedores.

— Oh, ah, nossa, bom, sim... — começou Rob, baixando o rosto. — Não lembra dela, querida? Ela tava no nosso casamento. Foi nossa kelda por um dia ou dois. A velha kelda a fez prometer isso antes de voltar para o Mundo dos Vivos — acrescentou ele, pois mencionar os desejos da última kelda poderia afastar as tempestades que estavam por vir. — É bom ficar de olho nela, já que é nossa bruaca e uma...

A voz de Rob Qualquerum morreu diante do olhar de Jeannie.

— Uma kelda de verdade tem que casar com o Grande Homem — disse Jeannie. — Assim como eu casei com você, Rob Qualquerum Feegle, e num sou uma boa esposa para você?

— Oh, muito boa, muito boa -- borbulhou Rob. — Mas...

— E você não pode ser casado com duas esposas, porque isso seria bigamia, não seria? — continuou Jeannie, com uma voz perigosamente doce.

— Nossa, num foi *assim* gamado — disse Rob Qualquerum, desesperadamente olhando em volta em busca de uma maneira de escapar. — E foi só temporário e ela é só uma menina e pensa muito bem e...

— *Eu* penso muito bem, Rob Qualquerum, e sou a kelda desse clã, não sou? Só pode haver uma, num é? E estou aqui pensando muito bem que num vai ter mais perseguição nenhuma a esta grande garotinha. Cê deveria se envergonhar, aliás. Duvido que ela queira Grande Yan na espreita o tempo todo.

Rob Qualquerum baixou a cabeça.

— Sim... mas...

— Mas o quê?

— Um enxame tá perseguindo a pobre menininha.

Houve um momento de silêncio antes de Jeannie dizer:

— Cês têm certeza?

— Sim, kelda — disse Grande Yan. — Aquele zumbido você nunca esquece.

Jeannie mordeu o lábio. Então, parecendo um pouco pálida, disse:

— Cê disse que ela tem jeito pra virar uma bruaca poderosa, Rob?

— Sim, mas ninguém na história sobreviveu a um enxame! Não dá pra matar um, nem parar um, nem...

— Mas cê não me contou que essa grande garotinha lutou até contra a Raía e ganhou? — comentou Jeannie. — Bateu com uma frigideira, cê disse. Isso significa que ela é boa, num é? Se ela é uma bruaca de verdade, vai achar um jeito sozinha. Todo mundo tem que arrostar o próprio fado. O que quer que esteja lá fora, ela tem que enfrentar. Se num puder, num é uma bruaca de verdade.

— Sim, mas um enxame é pior do que... — começou Rob.

— Ela pode aprender bruaquices com as outras bruacas — disse Jeannie. — E eu preciso aprender a keldar sozinha. Você precisa torcer pra ela aprender rápido feito eu, Rob Qualquerum.

Capítulo 2

Duasblusas e dois narizes

Duasblusas era apenas uma curva na estrada com um nome. Não havia nada lá além de uma estalagem para as carruagens, a loja de um ferreiro e um pequeno estabelecimento com a palavra SOUVENIRES escrita de forma otimista em um pedaço de papelão na janela. E era isso. Por toda a área, separadas por campos e pedaços de floresta, estavam as casas das pessoas para as quais Duasblusas era, provavelmente, a cidade grande. O mundo todo está cheio de lugares como Duasblusas. São lugares de onde as pessoas *vêm*, não para onde vão.

A cidade estava imóvel, em silêncio, cozinhando ao sol da tarde quente. Bem no meio da estrada, um spaniel velho, com manchas marrons e brancas, cochilava em meio à poeira.

Duasblusas era maior do que a vila natal de Tiffany, que nunca tinha visto souvenires antes. Ela entrou na loja e gastou metade de um centavo em uma pequena escultura em madeira de duas blusas em um varal e dois cartões postais intitulados "Vista de Duasblusas" que mostravam a loja de souvenires e o que muito provavelmente era o mesmo cachorro dormindo na estrada. A velhinha atrás do balcão a chamou de "mocinha" e disse que Duasblusas era muito popular no final do ano, quando as pessoas vinham de até um quilômetro de distância para o Festival de Maceração de Repolho.

Quando Tiffany saiu, encontrou Miss Tick de pé ao lado do cachorro que dormia, franzindo a testa para o caminho que haviam trilhado.

— O que foi? — perguntou Tiffany.

— O quê? — disse Miss Tick, como se tivesse esquecido que a garota existia. — Oh... nada. Eu só... Pensei que eu... Olha, vamos entrar e pedir algo para comer?

Demoraram um pouco para encontrar alguém na estalagem, mas Miss Tick se enfiou na cozinha e encontrou uma mulher que lhes prometeu alguns biscoitos e uma xícara de chá. Ela ficou de fato bem surpresa com a promessa, uma vez que não tinha a intenção de fazê-la, pois a rigor sua tarde estava livre até que a carruagem chegasse, mas Miss Tick tinha um jeito de elaborar perguntas que fazia com que obtivesse as respostas desejadas.

Miss Tick também pediu um ovo fresco, não cozido, com a casca. As bruxas também eram boas em fazer pedidos que não eram seguidos pela outra pessoa perguntando "Por quê?".

Sentaram-se e comeram ao sol, no banco fora da estalagem. Então Tiffany pegou seu diário.

Ela tinha um na leiteria também, mas aquele era para os registros de queijo e manteiga. Este era pessoal. Ela o tinha comprado de um mascate, barato, porque era o do ano anterior. Mas, como ele disse, tinha o mesmo número de dias.

Também tinha uma tranca, uma coisinha de latão em uma aba de couro. Tinha sua própria chavinha. Fora a tranca que atraíra Tiffany. Após uma certa idade, você começa a perceber o apelo das fechaduras.

Ela escreveu "Duasblusas" e passou algum tempo pensando antes de acrescentar "uma curva na estrada".

Miss Tick continuava olhando para a estrada.

— Há algo de errado, Miss Tick? — perguntou Tiffany de novo, levantando os olhos do diário.

— Eu... não tenho certeza. Tem alguém nos observando?

Tiffany olhou em volta. Duasblusas dormia no calor. Não havia ninguém observando.

— Não, Miss Tick.

A professora pegou o chapéu e de dentro dele tirou um par de peças e madeira e um carretel de linha preta. Arregaçou as mangas, olhando em volta rapidamente, para o caso Duasblusas ter gerado uma população, então retirou um pedaço de linha e pegou o ovo.

Ovo, linha e dedos viraram um borrão por alguns segundos e lá estava o ovo, pendurado nos dedos de Miss Tick em uma bem-feita redinha preta.

Tiffany ficou impressionada.

Mas Miss Tick não havia terminado. Começou a tirar coisas dos bolsos e uma bruxa geralmente tem um monte de bolsos. Havia algumas contas, um par de penas, uma lente de vidro e uma ou duas tiras de papel colorido. Tudo foi enroscado no emaranhado de madeira e algodão.

— O que é isso? — perguntou Tiffany.

— É um embaralhado — respondeu Miss Tick, concentrada.

— Isso é mágica?

— Não exatamente. É um *truque*.

Miss Tick levantou a mão esquerda. Penas, contas, ovo e porcarias dos bolsos giravam na teia de linha.

— Hmm — disse ela. — Agora o que será que posso ver...

Empurrou os dedos de sua mão direita na teia de aranha de linha e *puxou*...

Ovo, vidro, contas e penas dançavam pelo emaranhado e Tiffany tinha certeza de que em algum momento uma linha havia passado bem pelo meio de outra.

— Ah — disse ela. — É como Cama de Gato!

— Você já jogou isso, não é? — disse Miss Tick vagamente, ainda concentrada.

— Eu posso fazer todas as formas mais comuns — respondeu Tiffany. — As Joias, O Berço, A Casa, O Rebanho, As Três Senhoras, Uma Com Estrabismo, Carregando O Balde De Peixes Para Vender Quando Encontraram O Burro... mas você precisa de duas pessoas para esse último e eu só o fiz uma vez. Betsy Tupper coçou o nariz na hora errada e eu tive que pegar uma tesoura para soltá-la...

Os dedos de Miss Tick trabalhavam como um tear.

— Engraçado que seja uma brincadeira de criança agora — comentou ela. — Aha... — examinou a complexa teia que havia criado.

— Pode ver alguma coisa? — Se permitir que eu me concentre, criança. *Obrigada*...

Lá fora, na estrada, o cachorro acordou, bocejou e ficou de pé. Caminhou até o banco onde as duas estavam sentadas, lançou a Tiffany um olhar de reprovação e depois se enrolou aos seus pés. Cheirava a velhos tapetes úmidos.

— Há... *alguma coisa*... — disse Miss Tick, muito baixo.

O pânico se apossou de Tiffany.

A luz solar se refletia na poeira branca da estrada e no muro de pedra do lado oposto. Abelhas zumbiam entre as pequenas flores amarelas que cresciam no topo do muro. Aos pés de Tiffany, o spaniel bufava e peidava ocasionalmente.

Mas tudo estava *errado*. Ela podia sentir a pressão caindo sobre si, empurrando-a, empurrando a paisagem, espremendo-a sob a luz brilhante do dia. Miss Tick e seu ninho de linhas estavam imóveis ao seu lado, congelados naquele momento de horror brilhante.

Apenas a teia se movia, sozinha. O ovo dançava, o vidro brilhava, as contas deslizavam e saltavam de fio para fio...

O ovo se quebrou.

A carruagem se aproximava.

Ela vinha arrastando o mundo às suas costas, uma nuvem de poeira, ruído e cascos. Bloqueou o sol. Portas se abriram. Arreios tilintavam. Cavalos bufavam. O spaniel sentou-se e abanou o rabo, esperançoso.

A pressão se foi — não, *fugiu*.

Ao lado de Tiffany, Miss Tick pegou um lenço e começou a tirar restos de ovo do seu vestido. O resto do embaralhado havia desaparecido para dentro de um bolso com uma velocidade impressionante.

Ela sorriu para Tiffany e manteve o sorriso enquanto falava, o que a fazia parecer meio louca.

— Não se levante, não faça nada, apenas fique quieta como um ratinho — disse.

Tiffany não sentia vontade alguma de fazer nada além de ficar sentada, quieta; sentia-se como alguém se sente logo depois que acorda de um pesadelo

Os passageiros mais ricos saíram da carruagem e os mais pobres desceram do teto. Resmungando e batendo os pés, arrastando a poeira da estrada com eles, eles logo desapareceram.

— Agora — disse Miss Tick, quando a porta da estalagem já havia fechado —, nós vamos... vamos dar um... um passeio. Está vendo aquele pequeno bosque lá em cima? É para lá que estamos indo. E quando o Sr. Crabber, o carroceiro, vir seu pai amanhã, vai dizer que... que deixou você aqui logo antes da carruagem chegar e... e... e todos ficarão felizes e ninguém terá mentido. Isso é importante.

— Miss Tick? — chamou Tiffany, pegando a mala.

— Sim?

— O que aconteceu agora há pouco?

— Eu não sei — disse a bruxa. — Você está se sentindo bem?

— Er... sim. Tem um pouco de gema no seu chapéu. — E você está muito nervosa, pensou Tiffany. Essa era a parte mais preocupante. — Uma pena o seu vestido... — acrescentou.

— Ele já viu coisa bem pior — disse Miss Tick. — Vamos.

— Miss Tick? — chamou Tiffany novamente enquanto se afastavam depressa.

— Er, sim?

— Você está *muito* nervosa. Se me explicasse o motivo, haveria duas de nós com apenas metade do nervosismo para cada uma.

Miss Tick suspirou.

— Provavelmente não foi nada.

— Miss Tick, o ovo explodiu!

— Sim. Hm. Um embaralhado, sabe, pode ser usado como um simples detector e amplificador de magia. É algo na verdade muito básico, mas é sempre útil criar um em momentos de angústia e confusão. Acho que eu... não devo tê-lo feito direito. E às vezes você recebe grandes descargas de magia aleatória.

— Você o criou porque estava preocupada — disse Tiffany.

— Preocupada? Certamente que não. Eu *nunca* estou preocupada! — explodiu Miss Tick. — No entanto, já que tocou no assunto, eu *estava* intrigada. Algo estava me deixando desconfortável. Algo próximo, eu acho. Provavelmente não era nada. Na verdade me sinto muito melhor agora que estamos partindo.

Mas você não parece, pensou Tiffany. E eu estava errada. Duas pessoas significam o *dobro* de nervosismo para cada uma.

Mas ela tinha certeza de que não havia nada de mágico sobre Duasblusas. Era apenas uma curva na estrada.

Vinte minutos depois, os passageiros saíram para pegar a carruagem. O cocheiro notou que os cavalos estavam suando e se perguntou por que estava ouvindo um barulho de moscas se não havia moscas à vista.

O cão que estivera deitado na estrada foi encontrado mais tarde encolhido em um dos estábulos da estalagem, choramingando.

O bosque ficava a cerca de meia hora de caminhada, com Miss Tick e Tiffany se revezando para carregar a mala. Não era nada de especial em termos de bosques; era composto quase somente de faias altas, mas, quando se descobria que a faia pinga venenos desagradáveis no solo para impedir que as plantas crescessem nos arredores, ficava claro que ela não era a madeira que se imaginava.

Sentaram-se em um tronco e esperaram o pôr do sol. Miss Tick contou a Tiffany sobre embaralhados.

— Eles não são mágicos, então? — perguntou a menina

— Não. São bons para se usar com mágica.

— Você quer dizer como óculos que nos ajudam a enxergar mas que não podem enxergar por nós?

— Isso mesmo, muito bem! Um telescópio é mágico? Certamente que não. É apenas vidro em um tubo, mas com um deles é possível contar os dragões na lua. E... bem, você já usou um arco? Não, provavelmente não. Mas um embaralhado pode atuar como um arco, também. Um arco armazena força muscular enquanto o arqueiro o distende e envia uma flecha pesada para muito mais longe do que o arqueiro poderia realmente *jogá-la*. Você pode criar um embaralhado a partir de qualquer coisa, desde que ele... fique com a aparência certa.

— E então você é capaz de saber se tem magia acontecendo?

— Sim, se é isso que você está procurando. Quando se é boa nisso, dá para usar o embaralhado para auxiliar você mesma a fazer magia, para realmente se concentrar no que precisa fazer. Você pode usá-lo para proteção, como uma rede contra pragas, ou para enviar um feitiço, ou... Bem, como aqueles canivetes caros, sabe? Aqueles com uma serrinha, uma tesoura e um palito de dentes? A diferença é que nenhuma bruxa já deve ter usado um embaralhado como palito de dentes, rá rá. Todas as jovens bruxas devem aprender a fazer um embaralhado. A Srta. Plana vai ajudá-la.

Tiffany olhou para o bosque à sua volta. As sombras estavam ficando mais longas, mas não a preocupavam. Trechos de ensinamentos de Miss Tick flutuavam por sua cabeça: *Sempre enfrente o que você teme. Tenha apenas dinheiro suficiente, nunca em excesso, e um pouco de corda. Mesmo que não seja sua culpa, é sua responsabilidade. Bruxas lidam com as coisas. Nunca fique entre dois espelhos. Jamais cacareje. Faça o que deve fazer. Nunca minta, mas você nem sempre tem que ser honesta. Nunca faça desejos. Sobretudo, não faça desejos a uma estrela, o que é astronomicamente estúpido. Abra os olhos e, então, abra os olhos novamente.*

— A Srta. Plana tem longos cabelos grisalhos, não é? — disse.

— Oh, sim.

— E ela é uma senhora bem alta, só um pouco gorda, com um monte de colares — continuou Tiffany. — E óculos pendurados em uma correntinha. E botas com salto surpreendentemente alto.

Miss Tick não era tola. Deu uma olhada pela clareira.

— Onde está ela?

— Do lado daquela árvore ali — disse Tiffany.

Mesmo assim, Miss Tick teve que apertar os olhos. O que Tiffany tinha percebido é que bruxas preenchiam espaço. De uma forma que era quase impossível descrever, elas pareciam mais reais do que os outros à sua volta. Apareciam mais. No entanto, quando não queriam ser vistas, tornavam-se incrivelmente difíceis de ser percebidas. Elas não se escondiam, nem sumiam magicamente, embora pudesse parecer assim; mas, se você tivesse que, mais tarde, descrever o cômodo, poderia jurar que nenhuma bruxa estivera nele. Elas pareciam simplesmente se deixar sumir.

— Ah, sim, muito bem — disse Miss Tick. — Eu estava me perguntando quando você notaria.

Ha!, pensou Tiffany.

A Srta. Plana se tornava mais real à medida que caminhava na direção delas. Estava toda de preto, mas tilintava ligeiramente ao andar devido a todas as joias pretas que ostentava; usava óculos, também, o que Tiffany achou estranho para uma bruxa. Ela achou a Srta. Plana parecida com uma galinha feliz. E a bruxa ainda tinha dois braços, o número normal.

— Ah, Miss Tick — disse ela. — E você deve ser Tiffany Dolorida.

Tiffany cumprimentou-a com um aceno de cabeça, como sabia que deveria fazer; bruxas não se curvam em reverência (a não ser quando querem constranger Roland).

— Eu gostaria de ter uma palavrinha com a Srta. Plana, Tiffany, se você *não* se importa — disse Miss Tick, significativamente. — Assunto de bruxas veteranas.

Ha!, pensou Tiffany de novo, porque gostava desse som.

— Eu vou até ali dar uma olhada naquela árvore, certo? — disse com o que esperava que fosse um sarcasmo fulminante.

— Eu usaria os arbustos se fosse você, querida — disse a Srta. Plana enquanto ela se afastava. — Não gosto de parar quando estamos no ar.

Havia alguns arbustos de azevinho que serviriam muito bem de cortina, mas, depois de falarem com ela como se tivesse 10 anos de idade, Tiffany preferiria deixar a bexiga a ponto de explodir.

Eu venci a Rainha das Fadas, pensou enquanto entrava no bosque. Tá, não sei muito bem como, porque é tudo como um sonho agora, mas eu venci!

Estava com raiva por ter sido dispensada daquela forma. Um *pouco* de respeito não faria mal, não é? Isso é o que a velha bruxa Madame Cera do Tempo teria dito, certo? "Eu respeitarei vocês, *se por sua vez me respeitarem*." Madame Cera do Tempo, a bruxa que todas as outras bruxas secretamente queriam ser, havia mostrado *respeito* por ela, então as outras poderiam se esforçar um pouco nesse departamento.

Ela disse:

— Me ver.

...e saiu de si mesma para ir em direção a Miss Tick e a Srta. Plana em seu corpo fantasma invisível. Não se atrevia a olhar para baixo, pois não queria ver que seus pés não estavam lá. Quando se virou e olhou para seu corpo sólido, o viu discretamente de pé perto dos arbustos de azevinho, claramente muito longe para ouvir qualquer conversa.

Enquanto Tiffany se aproximava de maneira furtiva ouvia Miss Tick dizer:

— ...*mas um tanto assustadoramente precoce.*

— *Ah. Eu nunca me dei muito bem com gente inteligente* — disse a Srta. Plana.

— *Ah, no fundo ela é uma boa criança* — retrucou Miss Tick, o que irritou Tiffany um pouco mais do que "assustadoramente precoce".

— *É claro, você sabe da minha situação* — disse a Srta. Plana enquanto a Tiffany invisível se aproxima.

— *Sim, Srta. Plana, mas seu trabalho é muito respeitado. Foi por isso que Madame Cera do Tempo sugeriu você.*

— Mas tenho medo de estar ficando um pouco distraída — afirmou a Srta. Plana, preocupada. — Foi terrível voar até aqui, porque fui uma boba e deixei meus óculos de longe no meu outro nariz...

Seu *outro* nariz?, pensou Tiffany.

As duas bruxas ficaram imóveis, exatamente ao mesmo tempo.

— Estou sem ovo! — disse Miss Tick.

— Eu tenho um besouro em uma caixa de fósforos para essas emergências! — guinchou a Srta. Plana.

Suas mãos voaram para os bolsos e, de lá, tirou linha, penas e pedaços de pano colorido...

Elas sabem que estou aqui!, pensou Tiffany, e sussurrou:

— Não me ver!

Ela piscou e balançou o corpo quando se viu de volta à pequena e paciente figura perto dos arbustos de azevinho. Ao longe, a Srta. Plana estava criando um embaralhado freneticamente e Miss Tick olhava para o bosque à sua volta.

— Tiffany, venha aqui de uma vez! — gritou.

— Sim, Miss Tick — disse Tiffany, trotando para a frente como uma boa menina.

Elas me viram de alguma forma, pensou. Bem, eles *são* bruxas, afinal, mesmo que na minha opinião não sejam muito boas...

E então veio a pressão. Parecia achatar o bosque e espalhar a horrível sensação de que algo está de pé bem atrás de você. Tiffany caiu de joelhos, tapando as orelhas com as mãos, e uma dor de ouvidos terrível apertando-lhe a cabeça.

— Terminado! — gritou a Srta. Plana.

Ela ergueu um embaralhado. Era bem diferente do de Miss Tick, feito de linha, penas de corvo, contas pretas brilhantes e, no meio, uma caixa de fósforos comum.

Tiffany gritou. A dor era como agulhas em brasa, e seus ouvidos foram tomados pelo zumbido de moscas.

A caixa de fósforos explodiu.

E então apenas silêncio e o canto dos pássaros; nada para mostrar que algo havia acontecido a não ser alguns pedaços de caixa de fósforos caindo em espiral, junto com um fragmento iridescente de uma asa.

— Oh — disse a Srta. Plana. — Era um besouro muito bom, considerando besouros no geral...

— Tiffany, você está bem? — perguntou Miss Tick.

Tiffany piscou. A dor foi embora tão rápido quanto chegou, deixando apenas uma memória incandescente. Esforçou-se para ficar de pé.

— Acho que sim, Miss Tick!

— Então, uma conversa rápida, por favor! — disse Miss Tick, marchando sobre uma árvore e então parando com um olhar sério.

— Sim, Miss Tick? — disse Tiffany.

— Por acaso você... *fez* alguma coisa? — disse Miss Tick. — Não anda invocando nada, anda?

— Não! De qualquer maneira, eu nem sei como! — respondeu Tiffany.

— Não são seus homenzinhos então, são? — insistiu Miss Tick, em dúvida.

— Eles não são meus, Miss Tick. E eles não fazem esse tipo de coisa. Apenas gritam "Diabos!" e então começam a chutar as pessoas no tornozelo. Você com certeza sabe quando são eles.

— Bem, o que quer que fosse, parece ter partido — disse a Srta. Plana. — E nós devemos ir, também, ou voaremos a noite toda.

Ela foi para trás de outra árvore e pegou um pedaço de lenha. Pelo menos, era exatamente o que parecia, porque era essa a ideia.

— Eu mesma inventei — disse, modestamente. — Nunca se sabe quando estamos aqui nas planícies, não é? E a alça dispara por meio deste botão... Ah, sinto muito, ele às vezes faz isso. Alguém viu onde foi parar?

A alça foi localizada em um arbusto e, então, aparafusada de volta.

Tiffany, uma garota que *ouvia* o que as pessoas diziam, observou a Srta. Plana de perto. Ela definitivamente tinha apenas um nariz no rosto e era meio incômodo imaginar onde alguém poderia ter outro e para quê o usaria.

Então a Srta. Plana tirou uma corda do bolso e passou-a para alguém que não estava ali.

Foi isso o que ela fez, Tiffany tinha certeza. Ela não a deixou cair, não a jogou, apenas a segurou e a soltou, como se a estivesse pendurando em um gancho invisível.

Caiu sobre uma espiral no solo coberto de musgo. A Srta. Plana olhou para baixo e então viu Tiffany a encarando e riu, nervosa.

— Como sou boba. Pensei que estivesse mais para lá! Vou esquecer minha própria cabeça na próxima vez!

— Bem... se for a que está em cima do seu pescoço, ainda está aí — disse Tiffany com cautela, ainda pensando no outro nariz.

A velha mala foi amarrada na ponta de cerdas da vassoura, que agora flutuava calmamente um pouco acima do solo.

— Pronto, isso será um assento confortável e agradável — disse a Srta. Plana, que agora já era a pilha de nervos em que a maioria das pessoas se transformava quando sentia Tiffany olhando para elas. — É só você se segurar atrás de mim. Er... É isso que eu normalmente faço.

— Você normalmente se segura *atrás* de você? — indagou Tiffany. — Como con...?

— Tiffany, eu sempre incentivei sua maneira franca de fazer perguntas — disse Miss Tick em um tom mais alto. — Mas agora, por favor, gostaria de parabenizá-la por seu domínio do silêncio! Suba atrás da Srta. Plana. Tenho certeza de que ela quer partir enquanto ainda há um pouco de luz do dia.

A vassoura balançou um pouco quando a Srta. Plana subiu. Ela deu-lhe uns tapinhas cordiais.

— Você não tem medo de altura, não é, querida? — perguntou ela enquanto Tiffany subia.

— Não.

— Devo aparecer para uma visita na época dos Julgamentos das Bruxas — afirmou Miss Tick quando Tiffany sentiu a vassoura se elevar suavemente embaixo de si. — Cuidem-se!

Acontece que, quando a Srta. Plana perguntou a Tiffany se ela tinha medo de alturas, fez a pergunta errada. Tiffany não tinha medo de altura. Ela podia caminhar sob as árvores mais altas sem pestanejar. Olhar para as enormes montanhas imponentes não a incomodava nem um pouco.

Do que ela *tinha* medo, embora não soubesse disso até aquele momento, era de profundidade. Tinha medo de cair de um ponto tão distante do céu que daria tempo de ficar sem fôlego de tanto gritar antes de bater nas rochas com tanta força que acabaria como uma espécie de geleia, todos os seus ossos partidos até virarem pó. Ela, na verdade, tinha medo do chão. A Srta. Plana deveria ter pensado antes de fazer a pergunta.

Tiffany se agarrou ao cinto da Srta. Plana e olhou para o pano do vestido.

— Já voou alguma vez antes, Tiffany? — perguntou a bruxa enquanto subiam.

— Gnf! — guinchou a menina.

— Se quiser, posso dar uma volta por aí — disse a Srta. Plana. — Devemos ter uma bela vista da sua terra daqui de cima.

O ar corria com força por Tiffany. Estava muito mais frio. Ela manteve os olhos fixos no tecido.

— Você gostaria? — insistiu a Srta. Plana, levantando a voz sobre o som do vento forte. — Não vai nos atrasar nem um pouquinho!

Tiffany não teve tempo de dizer não e, de qualquer forma, tinha certeza de que ficaria enjoada só de abrir a boca. A vassoura balançava, e o mundo passava na diagonal.

Não queria olhar, mas lembrou que uma bruxa é sempre curiosa ao ponto da bisbilhotice. Para se manter bruxa, ela *tinha* que olhar.

Arriscou uma olhadinha e viu o mundo ali embaixo. O vermelho-ouro da luz do sol estava fluindo pela terra; lá estavam as longas sombras de Duasblusas e, mais ao longe, as matas e vilarejos por todo o caminho de volta até a longa colina curva do Giz

Que brilhava, vermelha, as marcas brancas do Cavalo de giz ardendo douradas como um pingente de algum gigante. Tiffany olhou para ele; na luz fraca da tarde, com as sombras correndo para longe do sol deslizante, parecia vivo.

Naquele momento ela quis saltar, voar de volta, ir até lá com uma piscadinha e uma batida nos calcanhares, fazer *qualquer coisa...*

Não! Ela tinha afastado esses pensamentos, não tinha? Ela teve que aprender e não havia ninguém nas colinas para ensiná-la!

Mas o Giz era o seu mundo. Ela caminhava sobre ele todos os dias. Podia sentir sua vida antiga debaixo dos seus pés. A terra estava em seus ossos, bem como Vovó Dolorida dissera. Estava em seu nome, também; na antiga língua dos Nac Mac Feegle seu nome soava como "Terra Sob As Ondas", e, no fundo da própria mente, ela havia caminhado por aqueles profundos mares pré-históricos quando o Giz havia acabado de se formar, sob uma chuva de milhões de anos composta de conchas de criaturas minúsculas. Ela trilhou uma terra feita de vida, respirou-a, escutou-a, pensou os pensamentos dela. Vê-la agora, pequena, sozinha, em uma paisagem que se estendia até o fim do mundo, era demais. Ela tinha que voltar até lá...

Por um momento, a vassoura balançou.

Não! Eu sei que tenho que partir!

Sentiu uma pressão empurrá-la para trás e seu estômago embrulhando quando o cabo fez uma curva em direção às montanhas.

— Um pouco de turbulência agora há pouco, acho — disse a Srta. Plana. — Aliás, Miss Tick lembrou-lhe de usar calças grossas de lã, querida?

Tiffany, ainda em choque, murmurou alguma coisa que conseguiu soar como "não". Miss Tick tinha mencionado as calças e que uma bruxa sensata usava pelo menos três pares para impedir a formação de gelo, mas Tiffany as havia esquecido.

— Ah, querida — disse a Srta. Plana. — Então é melhor descermos mais.

A vassoura despencou como uma pedra.

Tiffany nunca esqueceu aquela viagem, embora tenha tentado muitas vezes. Elas voavam pouco acima do chão, que era um borrão logo abaixo de seus pés. Toda vez que chegavam a um muro ou cerca viva, a Srta. Plana saltava sobre eles com um grito de "Lá vamos nós!" ou "Subindo!", que provavelmente era para fazer Tiffany se sentir melhor. Não deu certo. Ela vomitou duas vezes.

A Srta. Plana voava com a cabeça inclinada tão para baixo que ficava quase nivelada com a vassoura, tirando a máxima vantagem da aerodinâmica do chapéu pontudo. Era meio atarracado, com pouco mais de vinte centímetros de altura, como um chapéu de palhaço sem as bolotas; Tiffany descobriu mais tarde que era assim para que ela não tivesse que tirá-lo ao entrar em casas de teto baixo.

Depois de um tempo (uma eternidade, do ponto de vista de Tiffany), elas deixaram para trás as terras de fazendas e começaram a voar pelos pés das montanhas. Em pouco tempo também deixaram as árvores para trás, e a vassoura estava voando sobre as águas brancas e rápidas de um rio largo, cravejado de pedras. A espuma borrifava em suas botas.

Ouviu a Srta. Plana gritar sobre o estrondo do rio e da ventania:

— Você se importaria de se inclinar sobre mim? Essa parte é um pouco complicada!

Tiffany arriscou uma espiadela por cima do ombro da bruxa e engasgou.

Não havia muita água no Giz, exceto pequenos riachos que as pessoas chamavam de veios e que desciam para os vales no final do inverno e secavam completamente no verão. Grandes rios corriam em torno da região, claro, mas eram lentos e mansos.

A água mais à frente não era lenta e mansa. Era *vertical*.

O rio corria para o céu azul-escuro, subindo até as primeiras estrelas. A vassoura o seguiu.

Tiffany se inclinou e gritou. Continuou gritando enquanto a vassoura balançava e subia a cachoeira. Ela conhecia a *palavra*, certamente, mas a palavra não era tão grande, tão molhada e, acima de tudo, tão *barulhenta*.

A névoa da cachoeira a encharcou. O barulho batia em seus ouvidos. Ela segurou-se no cinto da Srta. Plana enquanto subiam em meio a borrifos e trovões, sentindo que poderia escorregar a qualquer momento.

E então foi empurrada para a frente e o barulho da queda extinguiu-se atrás dela enquanto a vassoura, agora mais uma vez "seguindo" em vez de "subindo", disparou por cima da superfície de um rio que, embora também pulasse e espumasse, pelo menos tinha a decência de fazê-lo no chão.

Havia uma ponte lá no alto, e muros de pedra fria encurralavam o rio dos dois lados, mas os muros ficaram mais baixos e o rio ficou mais lento e o ar ficou mais quente de novo até que o cabo de vassoura roçou de leve em uma água plana e tranquila que provavelmente não fazia ideia do que aconteceria com ela mais à frente. Peixes prateados ziguezagueavam para longe conforme elas passavam pela superfície.

Um tempo depois, a Srta. Plana as levou por novos campos, menores e mais verdes do que os de sua terra. Havia árvores de novo e pequenos bosques em vales profundos. Mas o que restava da luz solar foi se esvaindo, e, logo, tudo o que havia lá embaixo era escuridão.

Tiffany devia ter cochilado, agarrada à Srta. Plana, porque foi acordada por um tranco quando a vassoura parou em pleno ar. O chão estava um pouco mais abaixo, mas alguém havia criado um círculo com o que Tiffany percebeu serem tocos de velas, queimando em vasos antigos.

Com delicadeza, girando lentamente, a vassoura foi descendo até parar pouco acima da grama.

Naquele instante, as pernas de Tiffany decidiram se desenroscar e ela caiu.

— Para cima! — disse a Srta. Plana alegremente, levantando-a. — Você se saiu muito bem!

— Desculpe ter gritado e passado mal... — murmurou Tiffany, tropeçando em um dos vasos e apagando a vela. Ela tentava enxergar as coisas no escuro, mas sua cabeça estava girando. — Quem acendeu as velas, Srta. Plana?

— Eu. Vamos entrar, está ficando friozinho.

— Ah, com magia — disse Tiffany, ainda tonta.

— Bem, isso *pode* ser feito com magia, sim — disse a Srta. Plana. — Mas prefiro fósforos, que, é claro, exigem muito menos esforço e são bem mágicos do jeito deles, se pararmos para pensar.

Ela desamarrou a mala da vassoura e disse:

— Aqui estamos nós, então! Espero que você goste daqui!

Aquela alegria novamente. Mesmo passando mal e com tonturas, além de muito interessada em saber o mais breve possível onde ficava a latrina, Tiffany ainda tinha ouvidos que funcionavam e uma mente que, por mais que tentasse, não parava de pensar. E ela pensou: Essa alegria tem rachaduras nas beiradas. Algo não está certo por aqui...

Capítulo 3

Uma senhorita única

Havia uma casinha, mas Tiffany não conseguia enxergar na escuridão. Várias macieiras a rodeavam. Alguma coisa pendurada em um galho roçou seu braço enquanto ela seguia a Srta. Plana com passos cambaleantes. Então a coisa se afastou balançando, com um tilintar. Havia o som de água corrente, também, um pouco distante.

A Srta. Plana estava abrindo uma porta. Levava a uma pequena cozinha, bem iluminada e espetacularmente arrumada. O fogo ardia vivamente no forno de ferro.

— Hm... Eu sou a aprendiz — disse Tiffany, ainda grogue por causa do voo. — Vou fazer algo para bebermos, se me mostrar onde as coisas estão...

— Não! — explodiu a Srta. Plana, levantando as mãos. O grito parecia tê-la chocado, porque estava tremendo quando as abaixou. — Não... eu... eu não posso aceitar isso - disse em uma voz mais normal, tentando sorrir. — Você teve um longo dia. Vou lhe mostrar seu quarto e onde estão as coisas. Então levo um pouco de ensopado e você pode ser uma aprendiz amanhã. Não há pressa.

Tiffany olhou para a panela borbulhante no fogão de ferro, o pão na mesa. Era pão fresco, dava para sentir o cheiro.

O problema com Tiffany eram seus Pensamentos Melhores Ainda.* Eles pensavam: ela mora sozinha. Quem acendeu o fogo? Uma panela borbulhando precisa ser mexida de vez em quando. Quem mexeu? E alguém acendeu as velas. Quem?

— Existe mais alguém morando aqui, Srta. Plana?

A Srta. Plana olhou desesperada para a panela, para o pão e de volta para Tiffany.

— Não, sou só eu — disse; e de alguma forma Tiffany sabia que ela estava dizendo a verdade. Ou *uma* verdade, pelo menos.
— Pela manhã? — disse, então, quase suplicante.

Parecia tão desamparada que Tiffany realmente sentiu pena dela. Sorriu.

— Claro, Srta. Plana.

Houve uma breve turnê à luz de velas pela casa. Havia um banheiro não muito longe da casa; eram duas privadas, o que Tiffany achou um pouco estranho, mas, é claro, talvez outras pessoas tivessem vivido ali antes. Havia também um cômodo só para a banheira, um terrível desperdício de espaço para os padrões da Casa de Fazenda. Tinha a sua própria bomba e uma grande caldeira para aquecer a água. Isso era definitivamente elegante.

Seu quarto era um.. bom quarto. Bom era a melhor palavra. Tudo tinha babados. Tudo que poderia ter uma cobertura estava coberto. Haviam sido feitas algumas tentativas de tornar o

---

* Pensamentos Normais são os pensamentos do dia a dia. Pensamentos Melhores são os pensamentos que você pensa sobre a *forma* como você pensa. Pensamentos Melhores Ainda são pensamentos que observam o mundo e se pensam quase sozinhos. São raros e muitas vezes problemáticos. Escutá-los é parte da bruxaria.

quarto... alegre, como se ser um quarto fosse uma coisa alegre e maravilhosa. O quarto de Tiffany lá na fazenda tinha um tapete de retalhos no chão, uma jarra de água e uma bacia em uma prateleira, um grande baú de madeira para as roupas, uma casa de bonecas antiga e velhas cortinas de chita e era basicamente isso. Na fazenda, quartos eram para a gente fechar os olhos.

Já este tinha uma cômoda com gavetas. O conteúdo da mala de Tiffany coube facilmente em uma gaveta.

A cama não fez ruído algum quando Tiffany sentou-se nela. Sua cama de casa tinha um colchão tão velho que havia um vazio confortável nele, e as molas todas faziam barulhos diferentes; quando não conseguia dormir, Tiffany podia mover várias partes do seu corpo e tocar Os Sinos de São Ungulante nelas: cling twing glong, gling ping bloyinnng, dlink plang dyonnng, ding *ploink*.

Este quarto tinha um cheiro diferente, também. Cheirava a quartos vagos e a sabonete de outras pessoas.

Na parte inferior de sua mala havia uma caixinha que o Sr. Bloco, o carpinteiro da fazenda, tinha feito para ela. Não se tratava de um trabalho delicado e era bastante pesado. Nela, Tiffany guardava... lembranças. Havia um pedaço de giz com um fóssil dentro, o que era muito raro; sua forma pessoal de manteiga (a silhueta de uma bruxa em uma vassoura), caso tivesse a chance de fazer manteiga por aqui; e uma pedra que parecia um botão e que supostamente dava sorte, por ter um buraco no meio (tinham lhe dito isso quando ela tinha 7 anos, quando encontrou a pedra. Não conseguia entender direito como o buraco fazia com que desse sorte, mas, como a pedra tinha passado muito tempo em seu bolso e, em seguida, em segurança dentro da caixa, provavelmente *era* mais sortuda do que a maioria das pedras, que eram chutadas por aí e atropeladas por carroças e assim por diante).

Havia também uma embalagem azul e amarela de um velho pacote de tabaco Marujo Feliz, uma pena de gavião e uma antiga ponta de seta de sílex embrulhada com cuidado em lã de ovelha. Havia muitas destas no Giz. Os Nac Mac Feegle as usavam para pontas de lança.

Ela enfileirou estes últimos perfeitamente sobre a cômoda, ao lado de seu diário, mas eles não deixaram o lugar com um aspecto mais familiar. Apenas solitário.

Tiffany pegou a velha embalagem e a lã de ovelha e cheirou. Não era *exatamente* o cheiro da casinha de pastoreio, mas chegava perto o bastante para trazer lágrimas aos seus olhos.

Ela nunca havia passado uma noite longe do Giz antes. Conhecia a palavra "saudade" e imaginou se seria essa sensação fria e estreita que crescia dentro dela.

Alguém bateu na porta.

— Sou eu — disse uma voz abafada.

Tiffany pulou da cama e abriu a porta. A Srta. Plana entrou com uma bandeja que carregava uma tigela de ensopado de carne e um pouco de pão. Colocou-a na mesinha de cabeceira.

— Coloque-a do lado de fora da porta quando terminar e venho pegá-la mais tarde.

— Muito obrigado — respondeu Tiffany.

A Srta. Plana parou na porta.

— Vai ser muito bom ter alguém para conversar, além de mim — disse ela. — Espero que você não queira partir, Tiffany.

A garota deu um sorrisinho feliz e esperou a porta ser fechada e os passos da Srta. Plana descerem as escadas para ir na ponta dos pés até a janela verificar se não havia grades.

Houvera algo de assustador na expressão da Srta. Plana. Fora meio faminta, esperançosa, suplicante e assustada, tudo de uma vez.

Tiffany também verificou que podia trancar a porta do quarto por dentro.

O ensopado de carne tinha gosto, de fato, de ensopado de carne — e não, apenas para dar um exemplo *completamente* ao acaso, de ensopado feito com a última pobre menina que trabalhara ali.

Para ser uma bruxa você precisa ter uma imaginação muito boa, e agora Tiffany desejava que a dela não fosse *tão* boa. Mas Madame Cera do Tempo e Miss Tick não a teriam deixado vir se aqui fosse perigoso, não é? Bem, teriam?

Era possível. Talvez. Bruxas não acreditavam em tornar as coisas muito fáceis. Elas presumiam que você usaria o cérebro. Se você não usasse o cérebro, não prestava para ser uma bruxa. O mundo não facilitaria as coisas, diriam elas. Saiba como aprender rápido.

Mas... elas lhe dariam uma chance, não?

Claro que sim.

Provavelmente.

Ela tinha quase terminado o ensopado honestamente-não--feito-de-pessoas quando algo tentou tirar a tigela de sua mão. Foi o mais leve dos puxões e, quando ela instintivamente puxou de volta, a força parou imediatamente.

Cer-to, pensou. Outra coisa estranha. Bem, esta *é* a casa de uma bruxa.

Algo puxou a colher, mas, de novo, parou assim que ela puxou de volta.

Tiffany colocou a tigela vazia e a colher de volta na bandeja.

— Tudo bem — disse ela, esperando não soar assustada. — Eu terminei.

A bandeja se elevou e flutuou suavemente em direção à porta, onde pousou com um leve tilintar.

Na porta, o ferrolho deslizou.

A porta se abriu.

A bandeja subiu e passou pela porta.

A porta se fechou.

O ferrolho deslizou de volta.

Tiffany ouviu o tilintar da colher conforme, em algum lugar no escuro, a bandeja seguia em frente.

Parecia a Tiffany ser de vital importância que ela *pensasse* antes de fazer qualquer coisa. E assim ela pensou: seria estúpido sair correndo e gritando só porque sua bandeja tinha sido levada. Afinal, o que quer que tivesse feito isso até tivera a decência de trancar a porta depois de sair, o que significava que respeitava a sua privacidade, mesmo após sumariamente ignorá-la.

Ela escovou os dentes no lavatório, vestiu sua camisola e deslizou para a cama. Soprou para apagar a vela.

Um instante depois, levantou-se, reacendeu a vela e, com algum esforço, arrastou a cômoda para a frente da porta. Não sabia muito bem por quê, mas se sentiu melhor ao tê-lo feito.

Deitou-se no escuro novamente.

Tiffany estava acostumada a dormir enquanto, lá fora, no campo, ovelhas faziam *béé* e sinos de ovelhas uma vez ou outra faziam *tonk*.

Aqui no alto não havia ovelhas para fazer *béé* e nem sinos para fazer *tonk*, e, toda vez que um desses barulhos não era feito, Tiffany acordava pensando o que foi isso?

Mas em dado momento conseguiu dormir, porque se lembrava de ter despertado no meio da noite com o ruído da cômoda deslizando bem lentamente de volta à posição original.

Tiffany acordou, ainda viva e sem ter virado picadinho, quando a madrugada estava terminando de ficar cinza. Pássaros desconhecidos cantavam.

Não havia sons na casa e ela pensou: sou a aprendiz, não sou? *Eu* deveria estar limpando tudo e acendendo o fogo. Sei muito bem como são essas coisas.

Sentou-se e deu uma olhada pelo quarto.

Suas roupas velhas tinham sido cuidadosamente dobradas em cima da cômoda. O fóssil, a pedra da sorte e seus outros pertences tinham sumido e foi só depois de uma busca frenética que ela os encontrou de volta à caixinha em sua mala.

— Agora, *veja bem* — disse ela, para o quarto em geral. — Eu *sou* uma bruaca, sabe. Se houver algum Nac Mac Feegle aqui, que apareça neste instante!

Nada aconteceu. Tiffany não esperava que algo acontecesse. Os Nac Mac Feegle não se interessavam muito em arrumar as coisas mesmo.

Como experiência, ela tirou o castiçal da mesinha de cabeceira, colocou-o na cômoda e recuou um passo. Mais um pouco de nada aconteceu.

Ela se virou para olhar pela janela e, ao fazê-lo, ouviu um leve ruído metálico.

Quando se voltou, o castiçal estava de volta à mesinha.

Bem... hoje seria o dia em que ela teria *respostas*. Tiffany gostou da sensação de estar um pouco irritada. Isso a impedia de pensar no quanto queria ir para casa.

Foi colocar seu vestido e percebeu que havia algo macio, mas delicado, em um dos bolsos.

Ah, como pôde ter esquecido? Bem, tinha sido um dia agitado, um dia muito ocupado, e talvez ela tivesse desejado esquecer mesmo.

Tirou do bolso o presente de Roland e desfez com cuidado o embrulho em papel de seda branco.

Era um colar.

Era o Cavalo.

Tiffany olhou para ele.

Não como um cavalo se parece, mas o que um cavalo é... Tinha sido gravado na turfa em tempos ancestrais, por pessoas que conseguiram transmitir em poucas linhas fluidas tudo o que um cavalo era: força, graça, beleza e velocidade, esforçando-se para se libertar da colina.

E agora alguém, alguém inteligente e, provavelmente, também rico, o havia recriado em prata. Era plano, exatamente como na encosta da montanha e, assim como o Cavalo na encosta, algumas partes não se ligavam ao resto do corpo. O artesão, no entanto, tinha ligado tudo cuidadosamente com uma minúscula corrente de prata, de maneira que, quando Tiffany o ergueu, maravilhada, estava tudo ali, mexendo-se-e-ao-mesmo-tempo-parado sob a luz da manhã.

Ela tinha que experimentá-lo. E... não havia espelho, nem mesmo um pequenininho. Ah, bem...

— Me ver — disse Tiffany.

E, ao longe, nas planícies, algo que havia perdido a trilha despertou. Nada aconteceu por um momento e, então, a névoa sobre os campos se abriu conforme algo invisível começava a se mover, fazendo um barulho como o de uma infestação de moscas...

Tiffany fechou os olhos, deu um ou dois passinhos para o lado, alguns para a frente, virou-se e cuidadosamente abriu os olhos. Lá estava ela de pé bem na sua frente, imóvel como um retrato. O Cavalo ficava muito bem com o vestido novo, prata sobre verde.

Imaginou quanto deveria ter custado a Roland. Imaginou *por quê*.

— Não me ver — disse.

Lentamente tirou o colar, embrulhou-o de novo em seu papel de seda e colocou-o na caixinha com as outras coisas de casa. Então, encontrou um dos cartões-postais de Duasblusas e um lápis e, com cuidado e atenção, escreveu a Roland um curto bilhete de agradecimento. Após um lampejo de culpa, usou cuidadosamente o outro cartão-postal para assegurar seus pais de que ainda estava completamente viva.

Então, com atenção, desceu as escadas.

Estivera escuro na noite passada e ela não tinha notado os cartazes presos ao longo de toda a escada. Eram de circos: repletos de palhaços, animais e aquelas letras antiquadas de cartazes, que mudam de estilo a cada linha.

Diziam coisas como:

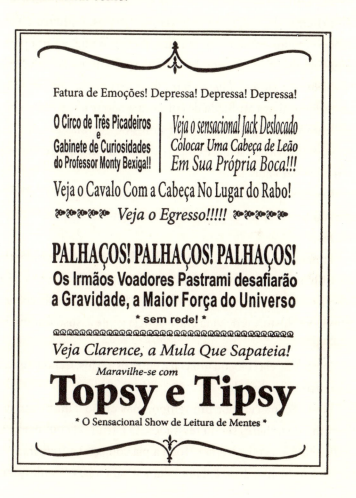

E assim seguia, até as letras miúdas. Eram coisas estranhas e berrantes para se encontrar em uma pequena casinha na floresta.

Descobriu o caminho para a cozinha. Estava fria e quieta, com exceção do tique-taque de um relógio de parede. Os dois ponteiros tinham caído do mostrador e jaziam na parte inferior da tampa do vidro; o relógio ainda media o tempo, mas não estava disposto a contá-lo a ninguém.

Em termos de cozinhas, essa era muito arrumada. Na gaveta do armário de louças ao lado da pia, garfos, colheres e facas estavam todos enfileirados em suas seções, o que era um pouco preocupante. Toda gaveta de cozinha que Tiffany já tinha visto podia até ter sido *planejada* para ficar arrumada, mas ao longo dos anos acabava atulhada de coisas que não se encaixavam bem ali, como grandes conchas e abridores de garrafas dobráveis, o que significava que sempre emperravam, a menos que se soubesse o truque para abri-las.

Como experiência, ela tirou uma colher da seção de colheres, deixou-a cair entre os garfos e fechou a gaveta. Depois, virou as costas.

Houve um barulho de algo deslizando e um tilintar idêntico ao tilintar que uma colher faz quando é colocada de volta entre as outras colheres, que sentiram sua falta e estão ansiosas para ouvir suas histórias de vida entre aquela gente assustadoramente pontuda.

Desta vez, ela colocou uma faca entre os garfos, fechou a gaveta e se inclinou sobre ela.

Nada aconteceu por um tempo, mas então Tiffany ouviu o barulho de talheres sendo revirados. O barulho ficou mais alto. A gaveta começou a tremer. Toda a pia começou a tremer...

— Está bem — disse Tiffany, saltando para trás. — Como quiser!

A gaveta se abriu de repente, a faca saltou de uma seção para outra como um peixe e a gaveta bateu de volta.

Silêncio.

— Quem *são* vocês? — perguntou Tiffany.

Ninguém respondeu. Mas ela não gostava da sensação no ar. Alguém estava chateado com ela agora. Tinha sido um truque bobo mesmo.

Saiu rapidamente para o jardim. O barulho de água corrente que ouvira na noite passada tinha sido de uma cachoeira não muito longe da casa. Uma pequena roda hidráulica bombeava água para uma grande cisterna de pedra, e havia um cano que levava para a casa.

O jardim era cheio de ornamentos. Eram meio tristes, baratos; coelhos com sorrisos desvairados, veados de cerâmica com olhos enormes, gnomos com chapéus vermelhos pontudos e expressões que sugeriam que estavam tomando os remédios errados.

Por todo o lugar havia *coisas* penduradas nas macieiras ou amarradas em postes. Havia alguns apanhadores de sonhos e redes pega-maldição, que às vezes ela via penduradas do lado de fora das casas perto de onde morava. Outras coisas pareciam grandes embaralhados, girando e tilintando suavemente. Algumas... Bem, uma parecia um pássaro feito de escovas velhas, mas a maioria estava mais para montes de lixo. Lixo esquisito, no entanto. Tiffany achou que algumas se mexiam um pouco conforme ela passava.

Quando a garota voltou para dentro de casa, a Srta. Plana estava sentada à mesa da cozinha.

Assim como a Srta. Plana, também. Havia, de fato, duas dela.

— Desculpe — disse a Srta. Plana da direita. — Achei que seria melhor resolver isso logo.

As duas mulheres eram exatamente iguais.

— Oh, entendo — disse Tiffany. — Vocês são gêmeas.

— Não, não — disse a Srta. Plana da esquerda. — Isso pode ser um pouco difícil...

— ...de entender — disse a outra Srta. Plana. — Deixe-me ver, agora. Você sabe...

— ...que dizem que os gêmeos são, algumas vezes, capazes de compartilhar pensamentos e sentimentos? — indagou a primeira Srta. Plana.

Tiffany assentiu.

— Bem — começou a segunda Srta. Plana —, meu caso é um pouco mais complicado do que isso, suponho, porque...

— ...eu sou uma pessoa com dois corpos — disse a primeira Srta. Plana. Agora elas falavam como jogadores em uma partida de tênis, arremessando as palavras para lá e para cá.

— Eu queria contar isso a você...

— ...suavemente, porque algumas pessoas ficam transtornadas com a...

— ...ideia e acham assustador ou...

— ...simplesmente...

— ...estranho.

Os dois corpos pararam.

— Desculpe por essa última frase — disse a Srta. Plana da esquerda. — Eu só faço isso quando estou muito nervosa.

— Er, quer dizer que vocês duas — começou Tiffany, mas a Srta. Plana da direita disse rapidamente:

— Não há duas. Há apenas eu, entende? Sei que é difícil. Mas tenho uma mão direita direita e uma mão esquerda direita e uma mão direita esquerda e uma mão esquerda esquerda. Tudo sou eu. Posso ir às compras e ficar em casa ao mesmo tempo, Tiffany. Se ajudar, pense em mim como uma...

— ...pessoa com quatro braços e...

— ...quatro pernas e...

— ...quatro olhos.

Todos os quatro olhos agora observavam Tiffany nervosamente.

— E dois narizes — acrescentou a garota.

— Isso mesmo. Você entendeu. Meu corpo direito é ligeiramente mais desajeitado do que o esquerdo, mas eu tenho uma visão melhor no meu par direito de olhos. Sou humana como você, só que há mais de mim.

— Mas uma de vocês, quero dizer, metade de você, se deslocou até Duasblusas para me encontrar — disse Tiffany.

— Oh, sim, eu posso me separar dessa forma — explicou a Srta. Plana. — Sou bastante boa nisso. Mas se há uma distância de mais de trinta quilômetros, aproximadamente, fico um tanto desajeitada. E, agora, acho que uma xícara de chá faria bem a nós duas.

Antes que Tiffany pudesse se mover, as duas Srta. Planas se levantaram e atravessaram a cozinha.

A garota observou uma pessoa fazer uma xícara de chá usando quatro braços.

Há certas coisas que precisam ser feitas para se preparar uma xícara de chá, e a Srta. Plana fez todas de uma vez. Os corpos ficaram lado a lado, passando as coisas de mão em mão em mão, movendo chaleira, copos e colher em uma espécie de balé.

— Quando criança achavam que eu tinha uma irmã gêmea — disse a bruxa, por sobre um dos ombros. — E, depois... acharam que eu era má — continuou por sobre o outro ombro.

— Você é? — perguntou Tiffany.

As duas Srta. Plana se voltaram, parecendo chocadas.

— Que tipo de pergunta é essa para se fazer assim pras pessoas?

— Hum... a óbvia? Quero dizer, se você tivesse dito "Sim, eu sou! Muahahaha!", evitaríamos um monte de problemas, não é?

Quatro olhos se estreitaram.

— Madame Cera do Tempo estava certa — disse a Srta. Plana. — Ela disse que você era uma bruxa da cabeça aos pés.

Por dentro, Tiffany sorriu com orgulho.

— Bem, o problema com as coisas óbvias — disse a Srta. Plana — é que muitas vezes elas não o são... Madame Cera do Tempo *realmente* tirou o chapéu dela para você?

— Sim.

— Um dia, talvez, você venha a saber o quanto ela lhe honrou com isso — disse a Srta. Plana. — De qualquer forma... não, não sou má. Mas quase me tornei, acho. Minha mãe morreu não muito tempo depois que nasci, meu pai estava no mar e nunca retornou...

— As piores coisas acontecem no mar — afirmou Tiffany. Foi o que Vovó Dolorida lhe disse.

— Sim, certo, e provavelmente aconteceram. Ou talvez ele simplesmente tenha preferido nunca mais voltar — disse a Srta. Plana com secura. — Então fui colocada em uma casa de caridade, comida ruim, professores horríveis, blá, blá, e caí na pior companhia possível, que era a minha própria. É *incrível* quantos truques se pode aprender quando se tem dois corpos. Claro, todo mundo achava que eu era um par de gêmeas. No final, fugi para me juntar ao circo. Eu! Dá pra imaginar?

— Topsy e Tipsy, O Sensacional Show de Leitura de Mentes? — disse Tiffany.

A Srta. Plana ficou imóvel, boquiaberta.

— Estava nos cartazes na escada — acrescentou Tiffany.

A Srta. Plana relaxou.

— Ah, sim. Claro. Muito... rápida você, Tiffany. Sim. Você de fato percebe as coisas, não é...

— Só sei que eu não pagaria para ver o egresso — disse Tiffany.
— Significa apenas "a saída".*

— Que esperta! — disse a Srta. Plana. — Monty colocou isso em uma placa para que as pessoas continuassem indo na tenda do Acredite-Se-Quiser. "Nesta direção, o Egresso!" É claro, as pessoas achavam que era algo magnífico, egrégio, então Monty colocou um homem grandalhão com um dicionário do lado de fora para mostrar que elas tinham visto exatamente o que foi anunciado! Você já foi a um circo?

Uma vez, admitiu Tiffany. Não tinha sido lá muito divertido. Coisas que se esforçam demais para ser divertidas muitas vezes não o são. Havia um leão carcomido e praticamente desdentado, um andarilho da corda bamba que nunca ficava mais do que alguns metros acima do solo e um atirador de facas que jogou um monte de facas em uma mulher idosa de calças cor-de-rosa em um grande disco giratório de madeira e não conseguiu acertá-la uma só vez. A única diversão de verdade foi depois, quando uma carroça atropelou o palhaço.

— Meu circo era bem maior — disse a Srta. Plana quando Tiffany mencionou isso. — Mas, se bem me lembro, nosso atirador de facas também era muito ruim de mira. Tínhamos elefantes, camelos e um leão tão feroz que quase arrancou fora o braço de um homem.

Tiffany teve que admitir que este realmente parecia muito mais divertido.

— Mas e *você*? — perguntou.

---

* Saber o dicionário de trás para a frente tem *algumas* utilidades.

— Bem, eu fiz um curativo nele depois de espantar o leão...

— Sim, Srta. Plana, mas eu quis dizer no circo. Lia a sua própria mente?

A Srta. Plana sorriu para Tiffany.

— Isso, sim, e quase todo o resto, também. Com perucas diferentes eu era as Estupendas Irmãs Bohunkus. Fazia malabarismos com pratos, sabe, e usava trajes cobertos de lantejoulas. E ajudava no espetáculo da corda bamba. Não andava na corda, claro, mas olhava sorridente e brilhante para a plateia. Todo mundo achava que éramos gêmeas, e as pessoas do circo não fazem muitas perguntas pessoais mesmo. E então, com uma coisa e outra, isso e aquilo... vim até aqui e me tornei uma bruxa.

As duas Srta. Plana observavam Tiffany cuidadosamente.

— Foi uma frase bem longa, essa última — disse a garota.

— Sim, foi, não foi? — comentou a Srta. Plana. — Não posso lhe contar *tudo*. Você ainda quer ficar? As últimas três meninas não quiseram. Algumas pessoas me acham ligeiramente... estranha.

— Hm... Eu vou ficar — disse Tiffany, lentamente. — Mas a coisa que move tudo por aí é um pouco esquisita.

A Srta. Plana pareceu surpresa e então disse:

— Ah, você quer dizer Oswald?

— Há um homem invisível chamado Oswald que pode entrar no meu *quarto*? — perguntou Tiffany, horrorizada.

— Ah, não. É só um nome. Oswald não é um homem, ele é um *ondageist*. Você já ouviu falar de poltergeists?

— Er... espíritos invisíveis que jogam as coisas longe?

— Isso — respondeu a Srta. Plana. — Bem, um ondageist é o oposto. Eles são obcecados por arrumação. Ele é bastante útil para a casa, mas é absolutamente terrível se está na cozinha enquanto estou cozinhando. Fica guardando as coisas. Acho que isso o faz feliz. Desculpe, eu deveria ter avisado, mas ele normalmente se esconde quando alguém vem até o chalé. Muita timidez.

— E ele é um homem? Quero dizer, um espírito masculino?

— Como saber? Ele não tem corpo e não fala. Só o chamei de Oswald porque sempre o imagino como um homenzinho preocupado com uma pá e uma vassoura.

A Srta. Plana da esquerda riu quando a Srta. Plana da direita disse isso. O efeito era estranho e, de certa forma, também perturbador.

— Bem, *estamos* nos dando bem — disse a Srta. Plana da direita, nervosa. — Há algo mais que você queira saber, Tiffany?

— Sim, por favor. O que você quer que eu faça? O que *você* faz?

E, no final das contas, a Srta. Plana fazia principalmente tarefas domésticas. Tarefas sem fim. Nada de aulas de voo em vassouras, lições de encantamentos ou gerenciamento de chapéus pontudos. Tudo se resumia, em sua maior parte, ao tipo de tarefas que são apenas... tarefas.

Havia um pequeno rebanho de cabras, tecnicamente lideradas por Sam Fedorento, que tinha seu próprio galpão e era mantido em uma corrente. Mas elas eram de fato lideradas por Meg Preta, a que dava mais leite; ela pacientemente permitia que Tiffany a ordenhasse e depois, com cuidado e deliberadamente, derrubava o balde de leite com a pata. Essa é a maneira de uma cabra se apresentar a você. Elas são uma coisa preocupante se você está acostumada com ovelhas, porque uma cabra é uma ovelha com *cérebro*. Mas Tiffany já tinha encontrado cabras anteriormente, porque algumas pessoas da aldeia as criavam pelo seu leite, que é muito nutritivo. E ela sabia que com cabras era preciso usar picicológia.* Se você ficasse irritada e gritasse ou batesse nelas (ferindo sua mão, porque seria como esbofetear um saco cheio de cabides), elas tinham Vencido e riam de você em língua de cabra, que é quase toda composta de zombarias mesmo.

No segundo dia, Tiffany aprendeu que a coisa certa a se fazer era se esticar e pegar a pata traseira de Meg Preta assim que ela a levantasse para chutar o balde e *levantá-la ainda mais*. Isso fazia Meg se desequilibrar e ficar nervosa, e as outras cabras zombaram *dela*, então Tiffany tinha Vencido.

Depois, havia as abelhas. A Srta. Plana mantinha uma dúzia de colmeias, para extrair cera além de mel, em uma pequena clareira que era tomada por zumbidos. Ela fez Tiffany usar um véu e luvas antes de abrir uma colmeia. E também vestiu as suas.

— Claro — observou —, se você é cuidadosa, sóbria e bem centrada em sua vida, as abelhas não picam. Infelizmente, nem todas as abelhas já ouviram falar desta teoria. Bom dia, Colmeia Três, esta é a Tiffany. Ela vai ficar conosco por um tempo...

Tiffany meio que esperava que toda a colmeia respondesse em uníssono, com algum horrível zumbido estridente: "Bom dia, Tiffany!" Isso não aconteceu.

— Por que você disse isso a elas? — perguntou.

— Ah, você tem que falar com suas abelhas — disse a Srta. Plana. — Dá muito azar não fazê-lo. Eu geralmente tenho uma conversinha com elas quase todas as noites. Novidades e fofocas, esse tipo de coisa. Todo apicultor sabe "contar para as abelhas".

— E para quem as abelhas contariam? — perguntou Tiffany.

As duas Srtas. Plana sorriram para ela.

---

* Tiffany sabia o que era psicologia, mas seu dicionário não era um dicionário de pronúncias.

— Outras abelhas, imagino.

— Então... se você soubesse *ouvir* as abelhas, saberia de tudo o que está acontecendo, não é? — persistiu Tiffany.

— Sabe, é engraçado você comentar isso — disse a Srta. Plana. — Existem alguns rumores... Mas você teria que aprender a pensar como um enxame de abelhas. Uma mente com *milhares* de corpos pequenos. Muito difícil de fazer, mesmo para mim. — Trocou um olhar pensativo consigo mesma. — Mas talvez não *impossível*.

E também havia as ervas. A casa tinha um grande jardim de ervas, embora nele houvesse pouca coisa que servisse para rechear um peru, e, nesta época do ano, ainda houvesse muito trabalho de coleta e secagem a ser feito, especialmente naquelas com raízes importantes. Tiffany gostou bastante daquilo. A Srta. Plana era excelente com ervas.

Existe uma coisa chamada Doutrina das Assinaturas. Funciona assim: quando o Criador do Universo fez plantas úteis para as pessoas, ele (ou, em algumas versões, ela) colocou nelas pequenas pistas para dar dicas às pessoas. Uma planta útil para dor de dente se pareceria com dentes, uma boa em curar dor de ouvido se pareceria com uma orelha, uma apropriada para problemas de nariz pingaria uma gosma verde e assim por diante. Muitas pessoas acreditavam nisso.

Você tinha que usar certa dose de imaginação para ser boa nisso (não muito, no caso de Mary Pingagosma), e, no mundo de Tiffany, o Criador tinha sido um pouco mais... criativo. Algumas plantas tinham escritos sobre elas, se você soubesse onde olhar. Muitas vezes era difícil encontrar e geralmente complicado ler, porque as plantas não sabem soletrar direito. A maioria das pessoas não sabia disso e apenas utilizava o método tradicional de descobrir se as plantas eram venenosas ou úteis, que era testá-las em alguma tia idosa de que não precisavam mais, mas a Srta. Plana era pioneira em novas técnicas que ela acreditava que um dia fossem tornar a vida de todos melhor (e, no caso das tias, mais longa, também).

— Esta aqui é Falsa Genciana — disse ela a Tiffany quando estavam na longa e fresca oficina atrás da casa. Ela estava segurando, triunfante, uma erva daninha. — Todo mundo pensa que é outra cura para dor de dente, mas basta olhar para o corte na raiz sob a luz da lua armazenada usando minha lente de aumento azul...

Tiffany tentou fazê-lo e leu:

'BoM Pr4 Gripes Pode cauza sonolensa
Nau operi makinario pEzadu.'

— Péssima ortografia, mas nada mau para um matinho — disse a Srta. Plana.

— Você quer dizer que as plantas *realmente* nos dizem como usá-las? — perguntou Tiffany.

— Bem, não todas... e você tem que saber onde procurar — disse a Srta. Plana. — Olhe para isso, por exemplo; uma casca de noz comum. Você tem que usar a lupa verde, sob a luz de uma vela feita de algodão vermelho, assim...

Tiffany olhou. As letras eram pequenas e difíceis de ler.

— "Pode conter Noz"? — arriscou ela. — Mas é uma casca de noz. *Claro* que vai conter uma noz. Er... não é?

— Não necessariamente — disse a Srta. Plana. — Ela pode, por exemplo, conter uma requintada cena em miniatura, feita de ouro e muitas pedras preciosas coloridas, retratando um templo estranho e interessante ambientado em uma terra distante. Bem, *pode* — acrescentou, percebendo a expressão de Tiffany. — Não há de fato lei alguma contra isso. Por princípio. O mundo é cheio de surpresas.

Naquela noite, Tiffany tinha muito mais para colocar em seu diário. Ela o mantinha na cômoda, com uma grande pedra em cima. Oswald pareceu ter captado a mensagem, mas já havia começado a polir a pedra.

E volte, eleve-se sobre a casa e deixe o olho voar pela noite...

A quilômetros dali, passe invisivelmente por algo que também é invisível, mas que zumbe como um enxame de moscas enquanto se arrasta sobre o chão...

Continue, as estradas e vilas e árvores correndo atrás de você fazendo *zip-zip*, até que chegue à cidade grande e, perto do centro da cidade, à alta e antiga torre e, abaixo da torre, à antiga universidade mágica e, na universidade, à biblioteca e, na biblioteca, às estantes e... a viagem mal começou.

Estantes de livros transmitem o passado. Os livros estão sob grilhões. Alguns gritam quando você passa.

E aqui está a seção dos livros mais perigosos, os que são mantidos presos em jaulas, em cubas de água gelada ou simplesmente espremidos entre placas de chumbo.

Mas eis aqui um volume, levemente transparente e brilhante com a radiação táumica, selado sob uma cúpula de vidro. Jovens magos prestes a se envolver com pesquisa são *encorajados* a ir até lá e lê-lo.

O título é *Enxames: Uma Dissertação Sobre Um Dispositivo de Surpreendente Astúcia*, por Sensível Alvoroço, D.M. Phil., B.El L., Professor Patricius de Magia. A maior parte do livro escrito à mão é sobre como construir um aparato mágico grande e poderoso para capturar um enxame sem danos para o usuário, mas, na última página, Dr. Alvoroço escreve ou escreveu:

De acordo com o antigo e famoso volume *Res Centum et Una Quas Magus Facere Potest*,* enxames são um tipo de demônio (de fato, Professor Polorror classifica-os como tal em *Eu Espio Demônios* e Cuvee dá-lhes uma seção sob "espíritos errantes" em *LIBER IMMANIS MONSTRORUM*.** Contudo, textos antigos descobertos na Caverna dos Jarros pela malfadada Primeira Expedição à Região de Loko relata uma história bem diferente, o que reforça a minha própria considerável pesquisa.

Enxames foram formados nos primeiros segundos da Criação. Eles não estão vivos mas têm, por assim dizer, a *forma* da vida. Eles não têm corpo, cérebro ou pensamentos próprios, e um enxame nu é uma coisa de fato lenta, tropeçando suavemente pela noite sem fim entre os mundos. De acordo com Polorror, a maioria acaba nas fossas dos mares profundos, no âmago dos vulcões ou à deriva através dos corações das estrelas. Polorror era um pensador muito inferior em relação a mim mesmo, mas neste caso ele está certo.

No entanto, um enxame tem a capacidade de temer e ansiar. Não podemos adivinhar o que é capaz de assustá-lo, mas eles parecem se refugiar em corpos que tenham alguma espécie de poder; grande força, grande intelecto, grande destreza com magia. Nesse sentido, são como o elefante eremita comum de Howondaland, *Elephantus Solitarius*, que sempre vai procurar a casinha de barro mais forte para usar como casca.

Não há dúvida em minha mente de que os enxames tenham avançado a causa da vida. Por que os peixes rastejaram para fora do mar? Por que a humanidade compreendeu uma coisa tão perigosa como o fogo? Enxames, creio eu, estiveram por trás disso, preenchendo criaturas *notáveis* de várias espécies

---

* "Cento e Uma Coisas Que Um Mago Pode Fazer"
** O Livro Monstro dos Monstros.

com a chama da ambição necessária para impulsioná-las adiante e para o alto! O que procura um enxame? O que os impele para a frente? O que querem? Isto eu devo descobrir!

Oh, magos menores nos advertem que um enxame distorce a mente de seu hospedeiro, gelando-a e, inevitavelmente, causando uma morte prematura por febre cerebral. Eu digo: tolices! As pessoas sempre tiveram com medo do que não entendem!

Mas eu tenho o *entendimento*!!

Esta manhã, às duas horas, eu capturei um enxame com meu aparelho! E agora está preso dentro da minha cabeça. Posso sentir suas memórias, as memórias de todas as criaturas que habitou. No entanto, por causa do meu intelecto superior, eu controlo o enxame. Ele não me controla. Eu não sinto que tenha me mudado de forma alguma. Minha mente é tão extraordinariamente poderosa como sempre foi!!

Neste ponto a escrita é pouco nítida, aparentemente porque Alvoroço estava começando a babar.

Oh, como me atrasaram por tantos anos, esses vermes e covardes que através de pura sorte foram autorizados a se chamar de meus superiores! Eles riram de mim! MAS NÃO ESTÃO RINDO AGORA!!! Mesmo aqueles que se *diziam* meus amigos, OH, SIM, não fizeram nada além de me atrapalhar. E quanto aos avisos?, eles perguntaram. Por que o jarro no qual você encontrou os planos continha as palavras "Não Abra Em Circunstância Alguma!" gravadas em quinze línguas antigas na tampa?, disseram. Covardes! Os assim chamados "amigos íntimos"! Criaturas habitadas por um enxame tornam-se paranoicas e insanas, disseram! Enxames não podem ser controlados, guincharam!! ALGUM DE NÓS ACREDITA NISSO POR UM SEGUNDO QUE SEJA??? Oh, que glórias me ESPERAM!!!

Agora purifiquei minha vida de tanta inutilidade!!! E para aqueles que mesmo agora têm o DESRESPEITO SIM DESRESPEITO de esmurrar a minha porta por causa do que eu fiz com o assim chamado Reitor e o Conselho... COMO SE ATREVEM A ME JULGAR!!!!! Como todos os insetos eles NÃO TÊM NOÇÃO DE GRANDEZA!!!!! EU LHES MOSTRAREI!!!!! Mas... Eu insoleps... blit!!!!! esmurranddd dfgujf blort...

...E aí a escrita termina. Em um pequeno cartão ao lado do livro, um mago dos tempos antigos escreveu: *Tudo que pôde ser encontrado do Professor Alvoroço foi enterrado em um jarro no velho Jardim das Rosas. Encorajamos todos os estudantes pesquisadores a passar algum tempo lá e refletir sobre a maneira de sua morte.*

A lua estava a caminho de ficar cheia. Uma lua minguante, como é chamada. É uma das fases mais maçantes da lua e raramente é ilustrada. A lua cheia e a lua crescente ganham toda a publicidade.

Rob Qualquerum estava sentado sozinho no morro, do lado de fora da falsa toca de coelho, olhando para as montanhas distantes onde a neve dos picos brilhava à luz do luar.

Uma mão tocou suavemente seu ombro.

— Né normal deixar alguém te espreitar assim, Rob Qualquerum — disse Jeannie, sentando-se ao lado dele.

Rob Qualquerum suspirou.

— Wullie Doido tava me contando que cê num tem comido direito — acrescentou Jeannie, com cuidado.

Rob Qualquerum suspirou.

— E Grande Yan disse que quando foram caçar hoje cê deixou uma raposa passar sem levar um bom pontapé?

Rob suspirou novamente.

Houve um leve *pop* seguido por um som de borbulhas. Jeannie ofereceu uma pequena xícara de madeira. Em sua outra mão estava uma pequena garrafa de couro.

A fumaça do copo ondulou no ar.

— É o último do Unguento Especial de Ovelha que a sua grande bruaquinha deu pra gente no casamento — disse Jeannie. — Eu guardei prum caso de emergência.

— Ela não é *minha* grande bruaquinha, Jeannie — disse Rob, sem olhar para o copo. — Ela é *nossa* grande bruaquinha. E vou te falar, Jeannie, ela tem tudo pra ser a bruaca das bruacas. Tem poder que ela nem sonha. Mas o enxame tá farejando.

— É, tá, mas bebida é bebida, num importa como você chame a menina — disse Jeannie, suavemente. Ondulou o copo sob o nariz de Rob.

Ele suspirou e desviou o olhar.

Jeannie levantou-se rapidamente.

— Wullie! Grande Yan! Venham depressa! — gritou. — Ele nem quer bebida! Acho que tá morto!

— Nossa, né hora pra bebida forte — disse Rob Qualquerum. — Meu coração tá pesado, mulher.

— Depressa! — gritou Jeannie, pelo buraco... — *Ele tá morto e ainda falando!*

— Ela é a bruaca dessas montanhas — disse Rob, ignorando-a. — Que nem a avó dela. Conta pras montanhas o que elas são, todo dia. Tem as montanhas nos ossos. Segura as montanhas no coração. Sem ela, não gosto de pensar no futuro.

Os outros Feegles tinham vindo correndo para fora do buraco e olhavam incertos para Jeannie.

— Tem alguma coisa errada? — perguntou Wullie Doido.

— Sim! — explodiu a kelda. — Rob não quer beber o Unguento Especial de Ovelha!

O pequeno rosto de Wullie se contorceu em luto instantâneo.

— Nossa, o Grande Homem morreu! — lamentou. — Oh ai ai ai...

— Quer calar a boca, seu grande inútil! — gritou Rob Qualquerum, ficando de pé. — Num tô morto! Tô tentando ter um momento de amargura existencial aqui, certo? Diabos, é um mundo muito pobre se um homem não pode sentir os ventos frios do Destino se enrolando em volta dele sem que tenha gente dizendo que tá morto, hein?

— Nossa, e tô vendo que você andou falando com o sapo de novo, Rob — disse Grande Yan. — Ele é o único por aqui que usa essas palavras tão compridas que a gente demora um dia inteiro pra andar por elas...

Ele se virou para Jeannie:

— É um caso grave de pensamento esse, madame. Quando um homem começa a mexer com leitura e escrita então logo logo aparece com isso de pensamento. Vou buscar alguns dos rapazes e vamos segurar a cabeça dele debaixo d'água até parar de fazer isso. É a única cura. Pode matar um homem, esse lance de pensamento.

— Eu esmurro você e mais dez de você! — gritou Rob Qualquerum no rosto de Grande Yan, levantando os punhos. — Eu sou o Grande Homem deste clã e...

— E eu sou a kelda — disse sua kelda; um dos hiddlins da keldaragem é usar a voz dessa forma: dura, fria, afiada, cortando o ar como uma adaga de gelo. — E digo a vocês, homens, que voltem pra baixo do buraco e num mostrem as caras aqui em cima até que eu diga. *Você, não, Rob Qualquerum Feegle!* Cê fica aqui enquanto eu mandar!

— Oh ai ai... — começou Wullie Doido, mas Grande Yan tapou a boca dele e rapidamente o arrastou para longe.

Quando ficaram sozinhos e restos de nuvens começavam se reunir ao redor da lua, Rob Qualquerum abaixou a cabeça.

— Eu num vou, Jeannie, se você num quer — disse.

— Nossa, Rob, *Rob* — disse Jeannie, começando a chorar. — Cê num tá entendendo. Num quero que mal algum aflija a grande menininha, não mesmo. Mas num posso deixar você ficar por aí lutando com esse monstro que num dá pra matar! É com você que eu tô preocupada, não percebe?

Rob colocou o braço ao redor dela.

— Sim, eu percebo.

— Eu sou sua esposa, Rob, pedindo que você num vá!

— Sim, sim. Eu vou ficar — disse Rob.

Jeannie olhou para ele. Lágrimas brilhavam à luz do luar.

— Tá falando sério?

— Eu nunca quebrei minha palavra — disse Rob. — Só pra policiais e gente desse tipo, e eles num contam.

— Você vai ficar? Vai fazer o que eu digo? — perguntou Jeannie, fungando.

Rob suspirou.

— Sim. Eu vou.

Jeannie ficou em silêncio por um instante e então disse, com a voz fria e afiada de uma kelda:

— Rob Qualquerum Feegle, estou dizendo agora que parta e vá lá salvar a grande bruaquinha.

— Quê? — perguntou Rob Qualquerum, espantado. — Mas cê acabou de dizer pra eu ficar...

— Isso foi como sua esposa, Rob. Agora tô falando como sua kelda. — Jeannie ficou de pé, de queixo para cima e olhar determinado. — Se você num dá ouvidos pra sua kelda, Rob Qualquerum, pode ser banido do clã. Pode mesmo. Então me ouve. Pega os homens que você precisa antes que seja tarde demais e vai para as montanhas e cuida pra que mal algum afete a grande menininha. E volte inteiro você também. Isso é uma ordem! Nah, isso é mais do que uma ordem. Isso é um geis que eu tô colocando em você! Num pode ser quebrado!

— Mas eu... — começou Rob, completamente desnorteado.

— Eu sou a *kelda*, Rob — disse Jeannie. — Eu num posso controlar um clã com o Grande Homem triste. E as colinas das nossas crianças precisam de sua bruaca. Todo mundo sabe que a terra precisa de alguém para dizer o que ela é.

Havia algo na forma como Jeannie disse "crianças". Rob Qualquerum não era o mais rápido dos pensadores, mas no final ele sempre chegava lá.

— Sim, Rob — disse Jeannie, vendo sua expressão. — Em breve darei à luz sete filhos.

— Ah — disse Rob Qualquerum. Ele não perguntou como ela sabia o número. Keldas simplesmente sabiam. — Isso é *ótimo*!

— E uma filha, Rob.

Ele piscou.

— Uma filha? Mas já?

— Sim — disse Jeannie.

— Isso é uma boa sorte maravilhosa para um clã!

— Sim. Então você tem motivo para voltar com segurança pra mim, Rob Qualquerum. E peço pra usar sua cabeça pra algo além de nocautear as pessoas.

— Eu agradeço, kelda — disse Rob Qualquerum. — Vou fazer o que pede. Vou levar alguns rapazes e encontrar a grande bruaquinha, pro bem das colinas. Num pode ser uma boa vida pra pobrezinha da grande coisinha, toda sozinha e longe de casa, entre estranhos.

— Sim — disse Jeannie, virando o rosto. — Eu sei disso também.

Capítulo 4

O PLN

De madrugada, Rob Qualquerum, observado com admiração por seus vários irmãos, escreveu a palavra:

PLN

...em um pedaço de saco de papel. E depois a ergueu.

— Plano, vocês sabem — disse ele aos Feegles reunidos. — Agora a gente tem um plano e tudo o que precisa fazer é descobrir o que *fazer*. Sim, Wullie?

— Que papo é esse da Jeannie te colocar um gesso? — perguntou Wullie Doido, abaixando a mão.

— Gesso não, geis — corrigiu Rob Qualquerum. Suspirou. — Já *falei* pra vocês. Isso quer dizer que é sério. Quer dizer que eu tenho que trazer de volta a grande bruaquinha sem desculpas, ou minha alma vai descer direto pela grande privada no céu. É que nem uma ordem mágica. É coisa séria, estar sob um geis.

— Bom, gesso é sempre sério. Quer dizer que pode ter quebrado — disse Wullie Doido.

— Wullie, cê lembra que já te falei sobre como às vezes é melhor você deixar essa sua boca grande fechada? — perguntou Rob, pacientemente.

— Sim, Rob.

— Bom, essa é uma dessas vezes.

Então ergueu a voz:

— Agora, rapazes, cês sabem tudo sobre enxames. Eles num podem ser mortos! Mas é nosso dever salvar a grande bruaquinha, então isso é, tipo, uma missão *sua e cida* e vocês todos devem mesmo é acabar de volta na terra dos vivos fazendo algum trabalhinho chato. Assim... tô pedindo voluntários!

Todos os Feegles com mais de 4 anos automaticamente levantaram a mão.

— Ah, qual *é*! — disse Rob. — Num dá pra ir todo mundo! Eu vou levar... Wullie Doido, Grande Yan e... você, Billy Queixudão Pequenininho. E não vou levar ninguém desmamado, por isso quem tiver menos de sete centímetros de altura não pode ir! Com exceção de você, Billy Pequenininho, lógico. Quanto ao resto, vamos resolver isso da maneira Feegle tradicional. Vou levar os últimos cinquenta homens ainda de pé!

Ele chamou os três escolhidos para um lugar no canto do morro, enquanto o resto da multidão alegremente formava um quadrado. Um Feegle gosta de enfrentar batalhas enormes por conta própria, porque isso significava que você não tinha que olhar onde estava batendo.

— Ela tá a quase duzentos quilômetros de distância — disse Rob quando a grande luta começou. — Num dá pra ir correndo, é muito longe. Algum de vocês sacripantas tem alguma ideia?

— Hamish pode chegar lá no gavião — sugeriu Grande Yan, dando um passo atrás para escapar de um bando de Feegles que passavam trocando socos e pontapés.

— Sim, e ele vai com a gente, mas num pode levar mais de um passageiro — gritou Rob sobre a barulheira.

— Dá pra ir nadando? — indagou Wullie Doido, abaixando-se para desviar de um Feegle atordoado que fora arremessado sobre sua cabeça.

Os outros olharam para ele.

— Nadando? Como dá pra nadar daqui até lá, seu pateta? — perguntou Rob Qualquerum.

— É só uma ideia, só isso — disse Wullie, parecendo magoado. — Eu só tava tentando ajudar, sabe? Mostrar boa vontade.

— A grande bruaquinha partiu em uma carroça — disse Grande Yan.

— Sim, e daí? — questionou Rob.

— Bom, talvez a gente pudesse também?

— Agh, não! — disse Rob. — Aparecer pra bruacas é uma coisa, mas pra outras pessoas, não! Num lembra o que aconteceu alguns anos atrás quando Wullie Doido foi visto por aquela dona que tava pintando uns quadros lá no vale? Eu num quero saber daqueles parrudos da Sociedade do Folclore por aqui de novo!

— Eu tenho uma ideia, Sr. Rob. Sou eu, Billy Queixudão Pequenininho. Podemos nos disfarçar.

Billy Queixudão Pequeninho Mac Feegle sempre anunciava seu nome na íntegra. Parecia achar que, se não dissesse às pessoas quem era, elas se esqueceriam dele e ele desapareceria. Quando se tem a metade do tamanho da maioria dos pictsies crescidos, isso significa que você é *muito* baixo; um pouco mais baixo e seria um buraco no chão.

Ele era o novo gonago. Um gonago é o bardo e poeta de batalhas do clã, mas não passa a vida toda no mesmo clã. Na verdade, são uma espécie de clã de um homem só. Os gonagos perambulam pelos demais clãs, para que as canções e histórias se espalhem por todos os Nac Mac Feegle. Billy Queixudão Pequenininho tinha vindo com Jeannie do clã do Lago Comprido, o que muitas vezes acontecia. Ele era bem jovem para um gonago, mas, como Jeannie dissera, não havia limite de idade para gonagar. Se você tivesse o talento, você gonagava. E Billy Pequenininho sabia todas as músicas, além de tocar as gaitas de camundongos de forma tão triste que do lado de fora começava a chover.

— Sim, rapaz? — disse Rob Qualquerum, gentilmente. — Fale, então.

— Dá pra gente conseguir umas roupas humanas? — perguntou Billy Pequenininho. — Porque tem uma velha história sobre a grande rivalidade entre o clã dos Três Picos e o clã do Rio Windy, e os meninos do Rio Windy escaparam fazendo um espantalho andar e os homens dos Três Picos acharam que era um parrudo e ficaram longe.

Os outros pareciam confusos, então Billy Pequenininho lembrou que eram homens do Giz e provavelmente nunca tinham visto um espantalho.

— Um espantalho, sabe? — disse ele. — É tipo um parrudo feito de pedaços de pau, com roupas em cima, para espantar os passarinhos nas plantações? Agora, a canção diz que a kelda do Rio Windy usou magia pra fazer ele andar, mas eu acho que na verdade tudo foi feito com esperteza e força.

Ele cantou sobre isso. Os demais escutaram.

Explicou como fazer um homem que poderia andar. Eles olharam um para o outro. Era um plano maluco, desesperado, muito perigoso e arriscado, que exigiria tremenda força e coragem para funcionar.

Posto dessa forma, todos concordaram imediatamente.

Tiffany descobriu que, afinal, havia mais do que tarefas e pesquisas. Havia o que a Srta. Plana chamava de "encher o que está vazio e esvaziar o que está cheio".

Normalmente, apenas um dos corpos da Srta. Plana saía de casa a cada vez. As pessoas achavam a Srta. Plana tinha uma irmã gêmea e ela fazia o possível para que continuasse assim, mas descobriu que era mais seguro manter os corpos separados. Tiffany entendia por quê. Bastava observar a Srta. Plana quando ela estava comendo. Os corpos passavam pratos um para o outro sem dizer uma palavra, às vezes uma comia do garfo da outra e era muito estranho ver uma pessoa arrotar e outra dizer "Oops, desculpe".

"Encher o que está vazio e esvaziar o que está cheio" significava perambular pelas aldeias locais e fazendas isoladas e, basicamente, cuidar da saúde das pessoas. Sempre havia ataduras para trocar ou gestantes com quem conversar. Bruxas sempre realizavam partos, que não deixam de ser uma forma de "esvaziar o que está cheio", mas a Srta. Plana, usando seu chapéu pontudo, só tinha que aparecer em uma casa qualquer para que as outras pessoas de repente viessem visitar por puro acaso. E havia uma enorme quantidade de fofocas e bebericagem de chá. A Srta. Plana vivia em um mundo vivo e pulsante de fofocas, mas Tiffany percebeu que ela captava muito mais do que espalhava.

Parecia um mundo composto inteiramente de mulheres, mas ocasionalmente, por aí, um homem puxava conversa sobre o tempo e, de alguma forma, por algum tipo de código, uma pomada ou poção lhe era entregue.

Tiffany não conseguia entender muito bem como a Srta. Plana era paga. A cesta que ela carregava com certeza se enchia mais do que esvaziava. Elas podiam estar passando por uma casa e uma mulher vinha correndo para fora com um pão que tinha acabado de fazer ou um pote de picles, mesmo que a Srta. Plana não houvesse parado ali. Mas, às vezes, as duas passavam mais de uma hora em outro lugar, costurando a perna de um agricultor que tinha sido negligente com um machado, e ganhavam em troca uma xícara de chá e um biscoito velho. Não parecia justo.

— Ah, isso se equilibra — explicou a Srta. Plana enquanto caminhavam pelo meio da floresta. — Você faz o que pode. As pessoas dão o que podem, quando podem. O velho Slapwick, o da perna, é tão rabugento quanto um gato, mas haverá um grande pedaço de carne na minha porta antes do final da semana, pode apostar. A esposa dele cuidará disso. E muito em breve as pessoas estarão abatendo seus porcos para o inverno e terei mais músculos, presunto, bacon e salsichas do que uma família poderia comer em um ano.

— Sério? E o que você faz com essa comida toda?

— Armazeno — disse a Srta. Plana.

— Mas você...

— Eu armazeno em outras pessoas. É incrível o que você pode armazenar em outras pessoas.

A Srta. Plana riu ao ver a expressão de Tiffany.

— Quero dizer, eu levo o que não preciso de volta para aqueles que não têm um porco, que estão passando por uma fase ruim ou que não têm ninguém para se lembrar deles.

— Mas isso significa que eles ficam devendo um favor a *você*!

— Exato! E assim tudo simplesmente continua em um círculo. Tudo se acerta.

— Aposto que algumas pessoas são pão-duras demais para pagar...

— Não *pagar* — disse a Srta. Plana, severamente. — Uma bruxa nunca espera pagamento e nunca o cobra; ela apenas espera que nunca venha a precisar. Mas, infelizmente, você está certa.

— E então o que acontece?

— O que você quer dizer?

— Você para de ajudá-los, não é?

— Ah, não — disse a Srta. Plana, genuinamente chocada. — Você não pode deixar de ajudar as pessoas só porque elas são estúpidas, esquecidas ou desagradáveis. Todo mundo é pobre por aqui. Se eu não ajudá-los, quem o fará?

— Vovó Dolorida... Quero dizer, minha avó dizia que alguém tem que falar pelas pessoas que não têm vozes — sugeriu Tiffany após alguns instantes.

— Ela era uma bruxa?

— Eu não tenho certeza. Acho que sim, mas ela não sabia que era. Ela viveu quase sempre sozinha em uma velha casinha de pastoreio na parte alta das planícies.

— Ela não era uma cacarejante, era? — perguntou a Srta. Plana; e, vendo a expressão de Tiffany, corrigiu-se apressadamente: — Desculpe, desculpe. Mas pode acontecer, quando se é uma bruxa e não se sabe. Você fica como um navio sem leme. Mas obviamente ela não era assim, dá para ver.

— Vovó vivia nas colinas e conversava com elas e sabia mais sobre as ovelhas do que ninguém! — disse Tiffany com veemência.

— Sim, com certeza, com certeza...

— Ela *nunca* cacarejou!

— Que bom, que bom — disse a Srta. Plana suavemente. — Ela era boa com remédios?

Tiffany hesitou.

— Hum... só com as ovelhas — disse, acalmando-se. — Mas era muito boa. Especialmente se envolvia terebintina. Na maior parte das vezes envolvia terebintina, na verdade. Mas ela sempre... estava... apenas... ali. Mesmo quando não estava *realmente* ali...

— Sim — disse a Srta. Plana.

— Você sabe o que quero dizer? — perguntou Tiffany.

— Ah, sim. Sua Vovó Dolorida vivia na parte baixa dos planaltos e...

— Não, na parte alta das planícies.

— Desculpe, no alto das planícies, com as ovelhas; mas as pessoas olhavam para cima às vezes, para as colinas, sabendo que ela estava lá em algum lugar, e diziam para si mesmas: "O que Vovó Dolorida faria?", "O que Vovó Dolorida diria se soubesse?" ou "Esse é o tipo de coisa que deixaria a Vovó Dolorida irritada?" — disse a Srta. Plana. — Não?

Tiffany estreitou os olhos. Era verdade. Ela se lembrou de quando Vovó Dolorida deu um tapa em um mascate que tinha sobrecarregado seu jumento e batia nele. Vovó normalmente usava apenas palavras, e não muitas. O homem ficou tão assustado com a súbita raiva dela que simplesmente ficou parado.

Aquilo havia assustado Tiffany também. Vovó, que raramente dizia alguma coisa sem pensar por dez minutos antes, havia atingido o pobre homem duas vezes no rosto, em um rápido borrão de movimento. E, então, a notícia se espalhou por todo o Giz. Por um tempo, pelo menos, as pessoas ficaram um pouco mais gentis com seus animais... Durante meses, após aquele momento com o mascate, carroceiros, tropeiros e agricultores em toda a planície hesitaram antes de levantar um chicote ou uma vara, pensando: *E se Vovó Dolorida estiver vendo?*

Mas...

— Como você *sabe* disso? — perguntou ela.

— Ah, adivinhei. Ela me pareceu uma bruxa, quer soubesse disso ou não. E uma das boas.

Tiffany inflou de orgulho herdado.

— Ela ajudava as pessoas? — acrescentou a Srta. Plana.

O orgulho esvaziou um pouco. A resposta instantânea, "sim", saltou para a sua língua, mas ainda assim... Vovó Dolorida quase nunca descia das colinas, apenas para o Réveillon dos Porcos e o parto das ovelhas. Raramente era vista na aldeia, a menos que o mascate que vendia tabaco Marujo Feliz se atrasasse em suas idas e vindas; nesse caso, ela descia velozmente em um rodamoinho de saias pretas meio sujas para filar uma cachimbada de um dos anciãos.

Mas não havia uma pessoa no Giz, do Barão para baixo, que não devesse algo a Vovó. E o que lhe devessem ela fazia com que pagassem aos outros. Sempre sabia quem estava precisando de um favor ou dois.

— Ela fazia com que ajudassem uns aos outros — disse. — Fazia com que todos se ajudassem.

No silêncio que se seguiu, Tiffany ouviu os pássaros cantando pela estrada. Havia um monte de pássaros ali, mas ela sentia falta do grito alto dos gaviões.

A Srta. Plana suspirou.

— Não há muitos de nós bons *dessa* forma. Se *eu* fosse boa assim, não estaríamos indo visitar o velho Sr. Weavall de novo.

Tiffany disse um lamentoso "ah" por dentro.

A maioria dos dias incluía uma visita ao Sr. Weavall. Tiffany as detestava.

A pele do Sr. Weavall era fina como papel e amarelada. Ele estava sempre na mesma poltrona velha em uma salinha em um pequeno chalé que fedia a batatas velhas e rodeado por um jardim um tanto tomado pelo mato. Estaria sentado ereto, com as mãos sobre duas bengalas, em um terno que reluzia de velhice e olhando para a porta.

— Todo dia vou lá ver se ele tem algo quente para comer, ainda que coma que nem um passarinho — disse a Srta. Plana. — E a velha Viúva Tussy um pouco mais abaixo na trilha lava as roupas dele, agora. Ele tem noventa e um, sabe?

O Sr. Weavall tinha olhos muito brilhantes e ficava conversando com elas enquanto arrumavam o quarto. No dia em que conheceu Tiffany, ele a ficou chamando de Mary. Ainda o fazia, às vezes. E agarrava o seu pulso com uma força surpreendente quando ela passava... Foi um verdadeiro choque, aquela garra em forma de mão agarrando-a de repente. Dava para ver as veias azuis sob a pele.

— Eu não quero ser um fardo pra ninguém — disse ele com urgência. — Tenho dinheiro guardado pra quando eu me for. Meu menino Toby não vai ter nada pra se preocupar. Posso pagar meu caminho! Quero um funeral bonito e apropriado, certo? Com cavalos pretos, plumas, instrumentos de sopro e chá completo pra todo mundo. Eu deixei tudo escrito, de forma justa. Confere lá na minha caixa pra ter certeza, tá bem? Aquela mulher bruxa está sempre passando por aqui!

Tiffany olhou com desespero para a Srta. Plana. Ela assentiu e apontou para uma velha caixa de madeira enfiada debaixo da cadeira do Sr. Weavall.

Estava cheia de moedas, a maioria de cobre, mas havia algumas poucas de prata. Parecia uma fortuna e, por um momento, ela desejou ter tanto dinheiro assim.

— Há um monte de moedas aqui, Sr. Weavall — disse.

O Sr. Weavall relaxou.

— Ah, tá certo. Então eu não vou ser um fardo.

Naquele dia, o Sr. Weavall estava dormindo quando elas o chamaram, roncando com a boca aberta e exibindo os dentes amarelos e marrons. Mas acordou em um instante, olhou para as duas e disse:

— Meu filho Toby tá vindo me ver no sábado.

— Que bom, Sr. Weavall — disse a Srta. Plana, ajeitando as almofadas. — Vamos deixar a casa bem agradável e arrumada.

— Ele tem se saído muito bem, sabe — disse o Sr. Weavall, com orgulho. — Tem um emprego em casa, que não exige muito esforço. Disse que vai fazer com que eu fique bem na minha velhice, mas eu falei pra ele, eu *falei* que ia pagar meu caminho quando fosse embora; a coisa toda, o sal, a terra e duas moedas pro barqueiro, também!

Nesse dia, a Srta. Plana fez-lhe a barba. Suas mãos tremem demais para que ele o faça sozinho (no dia anterior ela lhe aparara as unhas dos pés, porque ele não conseguia alcançá-los; não era uma coisa muito segura de se ver, especialmente quando uma espatifou uma vidraça).

— Tá tudo numa caixa debaixo da minha cadeira — disse ele, enquanto Tiffany nervosamente limpava os restos de espuma de seu rosto. — Pode conferir pra mim, Mary?

Ah, sim. Esse era o ritual, todos os dias.

Lá estava a caixa e, dentro dela, o dinheiro. Ele pedia para vê-la todas as vezes. Havia sempre a mesma quantidade de dinheiro.

— Duas moedas para o barqueiro? — perguntou Tiffany, quando caminhavam para casa.

— O Sr. Weavall se lembra de todas as antigas tradições funerárias — contou a Srta. Plana. — Alguns acreditam que, quando uma pessoa morre, ela cruza o Rio da Morte e tem que pagar o barqueiro. As pessoas parecem não se preocupar mais com isso hoje em dia. Talvez haja uma ponte agora.

— Ele está sempre falando sobre... o próprio funeral.

— Bem, é importante para ele. Os idosos às vezes são assim. Detestariam que as pessoas viessem a pensar que eram pobres demais para pagar pelo próprio funeral. O Sr. Weavall morreria de vergonha se não pudesse pagar o seu próprio funeral.

— É muito triste, ele sozinho assim. Alguma coisa deveria ser feita — disse Tiffany.

— Sim. Nós estamos fazendo. E a Sra. Tussy está sempre de olho nele também.

— Sim, mas não deveria ser a gente, deveria?

— E quem *deveria* ser? — perguntou a Srta. Plana.

— Bem, que tal esse filho do qual ele vive falando? — sugeriu Tiffany.

— O jovem Toby? Morreu há quinze anos. E Mary era a filha do velho, que veio a falecer muito jovem. O Sr. Weavall é muito míope, mas enxerga melhor o passado.

Tiffany ficou sem o que responder, exceto por:

— As coisas não deveriam ser dessa forma.

— Não há uma forma segundo a qual as coisas *deveriam* ser. Há apenas o que acontece e o que fazemos.

— Bem, não poderia ajudá-lo com magia?

— Sim, eu cuido para que ele não sinta dor — alegou a Srta. Plana.

— Mas usa apenas as ervas.

— Isso também é magia. Saber as coisas é mágico quando as outras pessoas não sabem.

— Sim, mas você *sabe* o que quero dizer — insistiu Tiffany, sentindo que estava perdendo essa discussão.

— Ah, você quer dizer torná-lo jovem de novo? — sugeriu a Srta. Plana. — Encher sua casa de ouro? Não é isso que as bruxas fazem.

— Nos certificamos de que velhos solitários tenham um jantar pronto e as unhas cortadas? — perguntou Tiffany, com apenas um pouco de sarcasmo.

— Bem, sim — disse a Srta. Plana. — Nós fazemos o que pode ser feito. Madame Cera do Tempo disse que você tem que aprender que a bruxaria é, principalmente, fazer coisas bem comuns.

— E você tem que fazer o que ela diz? — indagou Tiffany.

— Eu escuto seus conselhos — retrucou a Srta. Plana friamente.

— Madame Cera do Tempo é a chefe das bruxas, então, não é?

— Ah, não! — A Srta. Plana pareceu chocada. — Bruxas são todas iguais em hierarquia. Não temos coisas como chefes das bruxas. Isso é completamente contra o espírito da bruxaria.

— Hum, entendo.

— E, além disso — acrescentou a bruxa —, Madame Cera do Tempo jamais permitiria esse tipo de coisa.

De uma hora para a outra, as coisas começaram a sumir nas casas da região do Giz. Não se tratava apenas de um ocasional ovo ou frango. Roupas estavam sumindo dos varais. Um par de botas misteriosamente desapareceu de sob a cama de Xereta Hinds, o homem mais velho da aldeia. "E elas era umas bota muito da boa, podia andar sozinha do bar até lá em casa se eu mostrasse a direção pra elas", reclamou ele para quem quisesse ouvir. "E elas foi dar uma volta por aí junto com meu chapéu. Logo agora que ele tava do jeito que eu queria, todo macio e fofo!"

Um par de calças e um casacão comprido desapareceram de um cabideiro pertencente a Obediente Swindell, o criador de furões, cujo casaco ainda tinha furões vivendo nos bolsos internos. E quem, *quem* teria escalado a janela do quarto de Clem Doins e raspado sua barba, que já estava tão comprida que ele podia prendê-la em seu cinto? Um fio sequer foi deixado. Ele agora tinha que circular por aí com uma echarpe sobre o rosto, para evitar que a visão de seu pobre queixo rosado assustasse as madames...

Deviam ser as bruxas, concordaram as pessoas; então, criaram mais algumas redes pega-maldição para pendurar em suas janelas.

No entanto...

Do outro lado do Giz, onde as longas encostas verdes desciam para os campos da planície, havia grandes moitas de amora e espinheiro. Normalmente, estavam tomadas pelo canto dos pássaros, mas uma em particular, esta bem aqui, estava tomada por palavrões.

— *Agh, diabos! Num olha onde põe o pé, seu parvo?*

— *Num é culpa minha! Num é fácil ser um joelho!*

— *Cê acha que tá com problema? Por que num vem aqui pras botas? Aquele velho num devia lavar o pé faz anos! Tá fedendo muito aqui embaixo!*

— *Fedendo, é? Bom, experimenta aqui esse bolso! Aqueles furões num tinham banheiro do lado de fora da casa, se é que cê me entende!*

— *Diabos! Não vão calar a boca, seus patetas?*

— *Ah, é? Escuta só ele! Só porque tá aí em cima na cabeiça acha que sabe tudo? Daqui de baixo cê é só peso morto, amigo!*

— *Isso mesmo. Preciso concordar com os cotovelos dessa vez! Onde cê ia tá se num fosse a gente pra carregar você? Quem cê pensa que é?*

— *Eu sou Rob Qualquerum Feegle, como cês sabem, e já tô cheio de vocês!*

— *Tá, Rob, mas tá muito abafado aqui!*

— *Agh, e tô cheio do estômago reclamando também!*

— Cavalheiros. — Era a voz do sapo; ninguém mais sonharia em chamar os Nac Mac Feegle de cavalheiros. — Cavalheiros, tempo é essencial. A carroça estará aqui em breve! Vocês *não* podem perdê-la!

— A gente precisa de mais tempo pra praticar, Sapo! A gente tá andando que nem um sujeito sem ossos e que aprendeu a andar com um cavalo manco! — disse uma voz um pouco mais alta do que as outras.

— Ao menos vocês *estão* andando. Já é o suficiente. Desejo-lhes sorte, cavalheiros.

Houve um grito vindo de alguns arbustos mais adiante, de onde um batedor observava a trilha.

— A carroça tá descendo a colina!

— Certo, rapazes! — gritou Rob Qualquerum. — Sapo, você toma conta da Jeannie, ouviu? Ela vai precisar de um rapaz com cérebro enquanto eu num estiver aqui! Vamos lá, seus sacripantas! É conseguir ou morrer! Cês sabem o que fazer! Cês aí nas cordas, puxem a gente pra cima pra já!

Os arbustos se sacudiram.

— Certo! Pélvis, tão prontos?

— Sim, Rob!

— Joelhos? Joelhos? Eu disse, *joelhos*?

— Sim, Rob, mas...

— Pés?

— Sim, Rob!

Os arbustos se sacudiram de novo.

— Certo! Lembra: direita, esquerda, direita, esquerda! Pélvis, joelho, pé no chão! É pra manter o ritmo, pés! Tão prontos? Todo mundo junto, rapazes... andem!

Foi uma grande surpresa para o Sr. Crabber, o carroceiro. Ele estava olhando vagamente para o nada, pensando apenas em ir para casa, quando *algo* saiu dos arbustos e apareceu na estrada. Parecia humano — ou melhor, parecia um pouco mais com um humano do que com qualquer outra coisa. Mas também parecia ter problemas nos joelhos: andava como se estivessem amarrados um no outro.

No entanto, o carroceiro não passou muito tempo pensando nisso. A mão enluvada que acenava sem rumo no ar carregava algo de ouro.

Isto *imediatamente* identificou o estranho, ao menos para o carroceiro. Não era, como uma primeira olhadela poderia sugerir, um velho vagabundo que deveria ser deixado à beira da estrada, mas um óbvio cavalheiro em um dia de má sorte; era praticamente um *dever* do carroceiro ajudá-lo. Fez o cavalo diminuir a marcha até parar.

O estranho não tinha um rosto de verdade. Não havia lá muito para se ver entre a aba caída do chapéu e a gola levantada do casaco além de um monte de barba. Mas, de algum lugar dentro da barba, uma voz brotou:

— ...*Calabocacalaboca... cês podem calar a boca quando eu tiver falando...* Aham. Bom dia pra você, amigo carroceiro, meu amigo amigão! Se levar a gente... *me* levar o mais longe que puder pra onde cê tiver indo, a gente... *eu* vou te dar essa bela moeda de ouro brilhante!

A figura tropeçou para a frente e meteu a mão bem à frente do rosto do Sr. Crabber.

Era uma moeda bem grande. E com certeza era ouro. Vinha do tesouro do velho rei morto enterrado na parte principal do morro dos Feegles. Curiosamente, Feegles não continuavam muito interessados por ouro depois de já o terem roubado, porque não dava para bebê-lo e era muito difícil comê-lo. No morro, usavam as velhas moedas e placas principalmente para refletir a luz das velas e dar ao lugar um brilho bacana. Não era problema algum dar um pouco por aí.

O carroceiro olhou para a moeda. Era mais dinheiro do que ele já tinha visto em toda a sua vida.

— Se... o senhor... pudesse... subir na parte de trás da carroça, senhor — disse ele, pegando a moeda cuidadosamente.

— Tá certo, então — afirmou o misterioso homem barbudo após uma pausa. — Só um momento, isso precisa de organização... Tá, mãos, vocês agarram a lateral da carroça e vocês, perna esquerda, cês têm que meio que acompanhar... agh, diabos! Cês têm que dobrar! Dobra! Vamos lá, façam direito!

A cara peluda virou para o carroceiro.

— Foi mal por isso — disse. — Eu falo com meus joelhos, mas eles num me escutam.

— É mesmo? — perguntou o carroceiro debilmente. — Eu tenho problemas com meus joelhos quando o tempo está chuvoso. Gordura de ganso funciona.

— Ah, bom, estes joelhos vão levar mais do que uma engordurada se eu tiver que ir lá embaixo resolver isso! — rosnou o homem cabeludo.

O carroceiro ouviu várias batidas e grunhidos às suas costas enquanto o homem se arrastava para a traseira da carroça.

— Tá, vamos lá — disse uma voz. — A gente num tem o dia todo. E vocês, joelhos, tão demitidos! Diabos, eu tô andando como se tivesse um monte de paralisia! Cês subam pra barriga e que homens melhores desçam pros joelhos!

O carroceiro mordeu a moeda cuidadosamente enquanto fazia o cavalo começar a galopar. Era um ouro tão puro que ficou com marcas de dentes. Isso significava que seu passageiro era muito, muito rico. Tudo isso começava a se tornar muito importante.

— Dá pra ir um pouquinho mais rápido, meu bom homem? — disse a voz lá atrás depois de terem avançado um pouco.

— Ah, bem, senhor — disse o carroceiro. — Está vendo essas caixas e engradados? Eu tenho uma carga de ovos e essas maçãs não devem ser machucadas, senhor, e também há aqueles jarros de...

Houve algumas batidas e sons de coisas caindo lá atrás, incluindo o som característico que uma grande caixa de ovos faz ao despencar.

— Dá pra ir mais rápido agora, né?

— Ei, essa era a minha... — começou o Sr. Crabber.

— Eu tenho mais uma dessas grandes moedinhas de ouro pra você!

Um braço pesado e malcheiroso pousou no ombro do carroceiro. Pendendo de uma luva em sua extremidade estava, de fato, uma outra moeda. Valia dez vezes o valor daquela carga.

— Ah, bem... — disse o carroceiro, pegando cuidadosamente a moeda. — Acidentes acontecem, não é, senhor?

— Sim, especialmente quando eu acho que num tô indo rápido o bastante — disse a voz atrás dele. — A gente... quero dizer, *eu* tô com muita pressa pra chegar naquelas montanhas, sabe!

— Mas eu não sou uma diligência, senhor — disse o carroceiro de forma reprovadora enquanto pedia ao seu velho cavalo que começasse a trotar.

— Diligência, ahn? O que são essas coisas?

— Isso é o que o senhor vai precisar pegar para chegar às montanhas, senhor. Você pode pegar uma em Duasblusas, senhor. Eu nunca vou além de Duasblusas, senhor. Mas não conseguirá pegar a diligência hoje, senhor.

— Por que não?

— É que eu tenho que fazer paradas nas outras aldeias, senhor, e é um longo caminho... e às quartas-feiras ela parte mais cedo, senhor, e esta carroça não consegue ir tão rápido, senhor, e...

— Se a gente... *eu* num pegar essa diligência hoje vou te dar a surra da sua vida — rosnou o passageiro. — Mas se eu *pegar* essa diligência hoje, te dou cinco dessas moedas de ouro.

O Sr. Crabber respirou bem fundo e gritou:

— *Ia! Iaa! Rápido, Henry!*

No fim das contas, pensou Tiffany, a maior parte do que as bruxas faziam *era* mesmo muito parecido com trabalho. Trabalho maçante. A Srta. Plana nem usava muito a sua vassoura.

Isso era um pouco deprimente. Era tudo um pouco... Bem, bonzinho. Obviamente era melhor do que ser mauzinho, mas um pouco mais de... emoção seria bom. Tiffany não gostaria que ninguém pensasse que ela esperava ganhar uma varinha de condão logo no início, mas, bem, da forma como a Srta. Plana falava sobre magia, parecia que todo o *sentido* da bruxaria estava em não usá-la.

Claro, Tiffany achava que seria tristemente boa em não usar magia alguma. Difícil era fazer sequer o truque mais simples.

A Srta. Plana, com muita paciência, lhe mostrou como fazer um embaralhado, que basicamente podia ser feito de qualquer coisa que parecesse apropriada no momento, desde que também contivesse algo vivo, como um besouro ou um ovo fresco.

Tiffany sequer conseguia pegar o jeito da coisa. Isso era... irritante. Ela não tinha o chapéu virtual? Não tinha Primeira Visão e Pensamentos Melhores? Miss Tick e a Srta. Plana podiam produzir um embaralhado em segundos, mas Tiffany fazia um mero emaranhado sujo de ovo. Toda as vezes.

— Eu sei que estou fazendo certo, mas ele sempre se enrola todo! — reclamou ela. — O que posso fazer?

— Podemos fazer uma omelete. — disse a Srta. Plana, alegremente.

— Ah, por favor, Srta. Plana! — lamentou Tiffany.

A Srta. Plana deu-lhe um tapinha nas costas.

— Você vai conseguir. Talvez esteja se esforçando demais. Um dia, vai vir. O poder vem, sabe? Você apenas tem que se colocar em seu caminho.

— Você não poderia fazer um que eu pudesse usar por um tempo, para pegar o jeito?

— Temo que não — disse a Srta. Plana. — Um embaralhado é uma coisa muito complicada. Você não pode nem levar um consigo, a não ser como um ornamento. Você mesma tem que criá-lo, na hora e lugar em que quiser usá-lo.

— Por quê?

— Para capturar o momento — disse a outra parte da Srta. Plana, entrando em casa. — A maneira como amarra os nós, a forma como a linha corre...

— ...o frescor do ovo, talvez, e a umidade do ar... — disse a primeira Srta. Plana.

— ...a tensão dos ramos e o tipo de coisas que você por acaso tem nos bolsos naquele instante...

— ...até mesmo a direção para onde o vento está soprando — concluiu a primeira Srta. Plana. — Todas essas coisas formam uma espécie de... de imagem do aqui-e-agora, quando você as movimenta da forma certa. E nem posso lhe dizer como movê-las, porque eu mesma não sei.

— Mas você as *move* — disse Tiffany, perdida. — Eu vi você...

— Eu faço isso, mas não sei *como* faço — explicou a Srta. Plana, pegando um par de ramos e cortando um pedaço de linha.

A Srta. Plana sentou-se à mesa em frente à Srta. Plana e todas as quatro mãos começaram a construir um embaralhado.

— Isso me lembra de quando eu estava no circo. Eu estava...

— ...caminhando há algum tempo com Marco e Falco, os Irmãos Voadores Pastrami — continuou a outra parte de Srta. Plana. — Eles davam...

— ...saltos triplos a quinze metros do chão, sem rede de segurança. Que rapazes! Tão parecidos quanto duas...

— ...ervilhas, e Marco poderia apanhar Falco de olhos vendados. Bem, por um momento, eu me perguntei se eles seriam como eu...

Interrompeu-se, com o rosto um pouco vermelho e tossiu.

— *Enfim*, um dia perguntei a eles como conseguiam ficar na corda bamba e Falco disse: "Nunca pergunte ao artista da corda bamba como ele mantém o equilíbrio. Se parar para pensar nisso, ele cai." Mas, na verdade...

— ...ele disse desse jeito: "Nunca pergunta a artista de corda bamba...", meio errado e com as vogais bem abertas, porque os rapazes fingiam que eram de Brindisi, sabe, pois isso soava estrangeiro e impressionante, e eles achavam que ninguém iria querer assistir a acrobatas chamados Os Sidney e Frank Cartwright Voadores. Foi um bom conselho, porém, de onde quer que tenha vindo.

As mãos trabalhavam. Esta não era uma Srta. Plana solitária, um pouco atrapalhada, mas a Srta. Plana completa, todos os vinte dedos trabalhando juntos.

— Claro, pode ser útil ter o tipo certo de coisas no seu bolso. Eu sempre carrego algumas lantejoulas...

— ...por causa das lembranças felizes que elas trazem de volta — disse a Srta. Plana do outro lado da mesa, corando novamente.

Ela levantou o embaralhado. Havia lantejoulas, um ovo fresco em um saquinho feito de linha, um osso de galinha e várias outras coisas penduradas ou girando nos fios.

Cada parte da Srta. Plana colocou as mãos nos fios e *puxou*...

As linhas assumiram um padrão. As lantejoulas pularam de um fio para outro? Pareceu que sim. O osso de galinha passou *através* do ovo? Foi o que pareceu.

A Srta. Plana examinou-o.

E disse:

— Alguma coisa vem vindo...

A diligência deixou Duasblusas cheia até a metade e já estava bem longe nas planícies quando um dos passageiros sentados no teto cutucou o ombro do cocheiro.

— Desculpe-me, mas você sabia que há algo tentando nos alcançar?

— Muito bem dito, senhor — respondeu o cocheiro, esperando uma boa gorjeta ao final da corrida. — Não há nada que *possa* nos alcançar.

Então ele ouviu os gritos ao longe, cada vez mais altos.

— Er, acho que ele realmente está determinado — disse o passageiro, no momento em que uma carroça emparelhava com eles.

— Pare! Pare, pelo amor, *pare*! — gritou o carroceiro ao ultrapassá-los.

Mas não havia como fazer Henry parar. O cavalo havia passado anos puxando aquela carroça pelas aldeias, muito lentamente, sempre com a ideia de que havia sido feito para mais velocidade firme em sua cabeça de cavalo. Ele tinha se arrastado, sendo ultrapassado por carruagens, carroças e cães de três pernas, e, agora, estava se divertindo como nunca na vida.

Além disso, a carroça estava bem mais leve do que o habitual e a estrada fazia um ligeiro declive ali. Tudo o que ele estava realmente tendo que fazer era galopar rápido o bastante para se manter na frente. E, finalmente, ele havia ultrapassado a diligência. Ele, Henry!

Só parou, enfim, porque o motorista da diligência parou primeiro. Além disso, o sangue estava pulsando com força por seu corpo e havia um par de éguas na parelha de cavalos puxando a diligência que ele sentiu que gostaria muito de conhecer; descobrir quando era seu dia de folga, de que tipo de feno elas gostavam, esse tipo de coisa.

O carroceiro, com o rosto pálido, desceu com cuidado, deitou no chão e agarrou-se com firmeza à terra.

Seu único passageiro, que para o motorista da diligência parecia uma espécie de espantalho, desceu cambaleando da parte de trás da carroça e deu uma guinada na direção da diligência.

— Sinto muito, estamos lotados — mentiu o motorista. Eles não estavam lotados, mas certamente não havia espaço para uma coisa com aquela aparência.

— Hmpf, e eu aqui querendo pagar em ouro — disse a criatura. — Ouro como esse aqui — acrescentou, acenando com uma luva rasgada no ar.

De uma hora para outra surgiu bastante espaço para um milionário excêntrico. Em poucos segundos, ele estava sentado lá dentro, e, para o aborrecimento de Henry, a diligência partiu novamente.

Do lado de fora da casinha da Srta. Plana, uma vassoura estava passando em meio às árvores. Uma jovem bruxa (ou pelo menos alguém vestida como uma bruxa: nunca é bom tirar conclusões precipitadas) estava sentada de lado sobre ela.

Não voava muito bem. Dava alguns trancos e ficava claro que a menina não era boa em fazer curvas, já que às vezes ela parava, saltava e apontava a vassoura para uma nova direção com as mãos. Quando chegou ao portão do jardim, ela desceu de novo com pressa e amarrou a vassoura nele com um pedaço de barbante.

— Muito bem, Petulia! — disse a Srta. Plana, aplaudindo com as quatro mãos. — Você está ficando boa!

— Hm, obrigado, Srta. Plana — respondeu a menina, curvando-se. Permaneceu curvada e disse: — Hm, ah...

Metade da Srta. Plana deu um passo à frente.

— Ah, entendi o problema — disse, olhando para baixo. — Seu amuleto com as pequenas corujas enroscou em seu colar de morcegos de prata e os dois prenderam em um botão. Fique parada um segundo, está bem?

— Hum, estou aqui para perguntar se a sua nova garota gostaria de vir para o sabá esta noite — disse Petulia, a curvada com a voz um tanto abafada.

Tiffany não pôde deixar de notar que Petulia tinha joias em todos os lugares; mais tarde, ela descobriu que era difícil estar perto da garota por qualquer período de tempo sem ter que desenroscar uma pulseira de um colar ou, uma vez, um brinco de uma tornozeleira (ninguém nunca descobriu como isso aconteceu). Petulia não conseguia resistir a joias de ocultismo. A maioria era para protegê-la magicamente das coisas, mas ela ainda não havia encontrado nada que a protegesse de parecer um tanto pateta.

Era baixa e roliça, com o rosto permanentemente vermelho e um pouco preocupado.

— Sabá? Ah, uma de suas reuniões — disse a Srta. Plana. — Isso seria bom, não seria, Tiffany?

— Sim? — retrucou Tiffany, parecendo incerta.

— Algumas das meninas se encontram na floresta à noite — explicou a Srta. Plana. — Por algum motivo, o ofício está ficando popular de novo. Isso é muito bem-vindo, é claro.

Falou como se não tivesse tanta certeza. E acrescentou:

— Petulia trabalha para a Velha Mãe Toutinegra, lá em Sem Esguelha. Especializada em animais. Uma mulher muito boa com doenças de porcos. Quero dizer, com porcos que têm doenças, não que ela *tenha* doenças de porcos. Vai ser bom para você fazer amigas aqui. Por que não vai? Pronto, tudo resolvido.

Petulia levantou-se e deu a Tiffany um sorriso preocupado.

— Hm, Petulia Cartilagem — disse, estendendo a mão.

— Tiffany Dolorida — respondeu Tiffany, balançando a mão com cuidado para evitar que o som de todas as pulseiras e braceletes tilintando juntos deixasse todos surdos.

— Hm, você pode ir comigo na minha vassoura, se quiser — ofereceu Petulia.

— Melhor não.

Petulia pareceu aliviada, mas disse:

— Hum, você quer se vestir?

Tiffany olhou para seu vestido verde.

— Eu estou vestida.

— Hum, você não tem nenhuma joia, conta, amuleto ou algo assim?

— Não, desculpe — disse Tiffany.

— Hum, você deve ter pelo menos um embaralhado, não?

— Hum, não peguei o jeito deles ainda — respondeu Tiffany. Não queria dizer o "hum", mas perto de Petulia isso era contagioso.

— Hum... um vestido preto, talvez?

— Eu não gosto muito de preto. Prefiro azul ou verde. Hum...

— Hum. Ah, bem, você só está começando — concluiu Petulia generosamente. — Estou oficiada há três anos.

Tiffany olhou desesperada para a metade mais próxima da Srta. Plana.

— No ofício — ajudou ela. — Bruxaria.

— Ah.

Tiffany estava ciente de que não estava sendo nada amigável e Petulia, com seu rosto rosado, era claramente uma boa pessoa. Mas Tiffany se sentia desconfortável na frente dela e não conseguia descobrir por quê. Era uma bobagem, sabia. Seria bom ter uma amiga. A Srta. Plana era muito boa e ela tinha conseguido se entender com Oswald, mas seria bom ter alguém da sua idade com quem conversar.

— Bem, eu adoraria ir — disse. — Sei que tenho muito a aprender.

Os passageiros dentro da diligência tinham pago uma boa quantia de dinheiro para estar em seus assentos macios, protegidos do vento e da poeira, e, portanto, foi estranho tantos terem descido na parada seguinte para viajar no teto.

Os poucos que não quiseram viajar lá em cima ou não conseguiriam subir sentaram-se amontoados no assento oposto, encarando o novo viajante como um grupo de coelhos assiste a uma raposa, tentando não respirar.

O problema não era o cheiro de furões. Bem, isso *era* um problema, mas em comparação com o *grande* problema, não era tão problemático. Ele falava sozinho. Pior, partes dele falavam com outras partes dele. *O tempo todo.*

— *Ah, tá um atoleiro aqui embaixo. Eu tô dizendo! Com certeza é a minha vez de ficar na cabeça!*

— *Rá, pelo menos cês tão confortáveis no estômago; é a gente aqui nas pernas que tem que fazer todo o trabalho!*

Ao que a mão direita disse:

— *Pernas? Vocês num sabem o que é a palavra "trabalho"! Experimenta ficar preso numa luva! Agh, chega desse joguinho! Eu vou esticar as pernas!*

Em silêncio horrorizado os outros passageiros observaram uma das mãos enluvadas do homem cair e andar pelo banco.

— *Sim, bom, num é um piquenique aqui dentro das calças, também. Vou deixar entrar um pouco de ar fresco agora mesmo!*

— *Wullie Doido, num se atreve...*

Os passageiros, espremendo-se ainda mais, observavam as calças com terrível fascinação. Houve um pouco de movimento e alguns palavrões abafados em um lugar onde nada deveria estar respirando; então, alguns botões saltaram e um pequeno homenzinho azul de cabelo ruivo colocou a cabeça para fora, piscando por causa da luz.

Ele congelou no lugar quando viu as pessoas.

Olhou para elas.

Elas olharam para ele.

Então seu rosto se arreganhou em um sorriso desvairado.

— Tudo bem com vocês? — perguntou ele, desesperado. — Que máááximo! Num liga pra mim, sou uma das alusões idióticas, sabem?

Desapareceu de novo dentro das calças as pessoas o ouviram sussurra:

— Acho que enganei todo mundo fácil, sem problema!

Poucos minutos depois, a diligência parou para trocar de cavalos. Quando partiu novamente, estava sem os passageiros da parte de dentro. Eles desceram e pediram que sua bagagem fosse retirada também. Não, obrigado, eles não querem continuar a viagem. Vão pegar a diligência de amanhã, obrigado. Não, não havia nenhum problema em esperar aqui nesta, er, deliciosa cidadezinha de Canto Perigoso. Obrigado. Adeus.

A diligência partiu novamente, um tanto mais leve e mais rápida. Ela não parou naquela noite. Deveria tê-lo feito. E os passageiros do teto ainda estavam comendo seu jantar na última estalagem quando a ouviram partir sem eles. O motivo provavelmente tinha algo a ver com a grande pilha de moedas agora no bolso do cocheiro.

Capítulo 5

O círculo

Tiffany caminhava pela floresta enquanto Petulia voava sem firmeza ao seu lado em uma série de linhas retas. Tiffany descobriu que Petulia *era* legal, tinha três irmãos, queria ser uma parteira de seres humanos e porcos quando crescesse e tinha medo de alfinetes. Ela também descobriu que Petulia odiava discordar sobre *qualquer coisa*.

De forma que partes da conversa foram assim:

— Eu vivo mais para baixo, no Giz — disse Tiffany.

— Ah, onde eles guardam todas aquelas ovelhas? — respondeu Petulia. — Eu não gosto muito de ovelhas, elas me parecem um pouco... largas.

Tiffany respondeu:

— Bem, na verdade, temos muito orgulho de nossas ovelhas.

E então era só parar e observar Petulia inverter suas opiniões como alguém que tenta fazer o retorno com uma carroça em um espaço muito estreito:

— Ah, eu não quis dizer que as *odeio*. Acho que algumas ovelhas são OK. Nós *precisamos* de ovelhas, é claro. São melhores do que as cabras e dão mais lã. Quer dizer, eu na verdade gosto de ovelhas, é. Ovelhas são legais.

Petulia passava muito tempo tentando descobrir o que as outras pessoas pensavam para que ela pudesse pensar da mesma forma. Era impossível ter uma discussão com ela. Tiffany teve que se esforçar para não dizer "O céu é verde" só para ver quanto tempo levaria para Petulia concordar. Mas acabou gostando dela. Não dava para *não* gostar. Ela era uma companhia tranquila. Além disso, não dá para não gostar de alguém que não sabe fazer curvas com uma vassoura.

Foi uma longa caminhada pela floresta. Tiffany sempre quis ver uma floresta tão grande que você não pudesse enxergar a luz do dia na outra extremidade; mas, agora que estava vivendo em uma por duas semanas, isso a enervava. Era uma floresta bastante aberta, ao menos em torno das aldeias, e não era difícil andar por ela. Tiffany teve que aprender o que eram bordos e bétulas e nunca tinha visto antes os abetos e pinheiros que cresciam no alto das encostas. Mas não estava feliz na companhia das árvores. Sentia falta dos horizontes. Sentia falta do céu. Ali tudo estava perto demais.

Petulia tagarelava, nervosa. A Velha Mãe Toutinegra falava com porcos e vacas e era uma verdadeira bruxa veterinária. Petulia gostava de animais, especialmente de porcos, porque tinham narizes que balançavam. Tiffany gostava bastante de animais também, mas ninguém, exceto outros animais, gostava tanto de animais quanto Petulia.

— Então... sobre o que é essa reunião? — perguntou Tiffany, para mudar de assunto.

— Hum? Ah, é só para nos mantermos em dia umas com as outras — respondeu Petulia. — Annagramma diz que é importante fazer contatos.

— Annagramma é a líder, então?

— Hum, não. As bruxas não têm líderes, segundo Annagramma.

— Humm.

Enfim chegaram a uma clareira na floresta, assim que o sol estava se pondo. Havia ali os restos de uma velha casinha, então cobertos principalmente por amoras. Você nem perceberia sua presença se não notasse o crescimento desenfreado de lilases e groselheiras, então uma floresta de espinhos. Alguém tinha vivido ali antes; e havia um jardim.

Já outra pessoa, naquele momento, havia acendido uma fogueira. Muito mal. E logo elas descobriram que deitar no chão para soprar uma fogueira, que estava demorando a pegar porque tinha sido criada com pouco papel e galhos secos, não era uma boa ideia, porque seu chapéu pontudo e *bastante seco*, que você tinha esquecido de tirar, poderia cair na fogueira ainda insossa e então pegar fogo.

Uma jovem bruxa estava agora batendo desesperadamente em seu chapéu incendiado, observada por várias espectadoras interessadas.

Uma outra, sentada em um tronco, disse:

— Dimity Tumulto, essa foi literalmente a coisa mais estúpida que alguém já fez em qualquer lugar do mundo inteiro, desde o início dos tempos. — Era uma voz forte, não muito agradável, a voz que a maioria das pessoas usa quando quer ser sarcástica.

— Desculpe, Annagramma! — disse a Srta. Tumulto, tirando o chapéu e pisando na ponta.

— Quero dizer, preste atenção, tá? Você realmente está decepcionando todas nós.

— Desculpe, Annagramma!

— Hum — disse Petulia.

Todas se viraram para olhar para as recém-chegadas.

— Você está *atrasada*, Petulia Cartilagem! — ralhou Annagramma. — E quem é essa?

— Hum, você *pediu* que eu passasse na Srta. Plana para chamar a nova garota, Annagramma — disse Petulia, como se tivesse sido pega fazendo algo errado.

Annagramma ficou de pé. Ela era pelo menos uma cabeça mais alta do que Tiffany e tinha um rosto que parecia se formar ao contrário a partir do nariz, que ela mantinha ligeiramente levantado. Ser olhada por Annagramma era saber que você já tinha tomado muito do precioso tempo dela.

— Essa é ela?

— Hm, sim, Annagramma.

— Deixe-me dar uma olhada em você, novata.

Tiffany deu um passo à frente. Era incrível. Ela realmente não pretendia fazer isso. Mas Annagramma tinha o tipo de voz à qual se obedecia.

— Qual é o seu nome?

— Tiffany Dolorida? — Tiffany flagrou-se dizendo seu nome como se estivesse pedindo permissão para tê-lo.

— Tiffany? Que nome engraçado — disse a garota alta. — *Meu* nome é Annagramma Hawkin.

— Hum, Annagramma trabalha para... — começou Petulia.

— ...trabalha *com* — disse Annagramma enfaticamente, ainda examinando Tiffany de cima a baixo.

— Hum, desculpe, trabalha *com* a Sra. Tesourinha — continuou Petulia. — Mas ela...

— Eu pretendo partir no ano que vem — disse Annagramma.

— Ao que parece, estou me saindo *extremamente* bem. Então

você é a garota que está com a Srta. Plana, não é? Ela é estranha, sabe. As últimas três garotas foram embora bem depressa. Elas disseram que era esquisito demais tentar lembrar qual era qual.

— Ah, qual é? — brincou uma das meninas, alegremente.

— Qualquer um pode fazer essa piada, Lucy Warbeck — disse Annagramma, sem olhar para a menina. — Não é engraçado e não é inteligente.

Voltou sua atenção de novo para Tiffany, que se sentiu examinada da mesma maneira crítica e minuciosa que Vovó Dolorida examinaria uma ovelha que estivesse pensando em comprar. Imaginou se Annagramma chegaria a tentar abrir sua boca para ver se tinha todos os dentes.

— Dizem que não é possível criar boas bruxas em giz — disse Annagramma.

Todas as outras meninas olharam de Annagramma para Tiffany, que pensou: Rá!, então bruxas não têm líderes, é?

Mas não estava com disposição para fazer inimigos.

— Talvez seja — disse em voz baixa. Não parecia ser o que Annagramma queria ouvir.

— Você nem se veste direito — disse a garota.

— Desculpe.

— Hum, Annagramma diz que, se você quer que as pessoas a tratem como uma bruxa, deve parecer uma — explicou Petulia.

— Humm — retrucou Annagramma, encarando Tiffany como se ela tivesse falhado em um teste simples. Em seguida, balançou a cabeça.

— Bem, todas tivemos que começar em algum momento.

Olhou para trás:

— Senhoritas, esta é Tiffany. Tiffany, você conhece Petulia. A que bate nas árvores. Dimity Tumulto é a que está com fumaça saindo do chapéu, porque quer parecer uma chaminé. Esta é Gertruder Cansativa, esta é a comicamente hilária Lucy Warbeck, esta é isso é Harrieta Fraude, que parece não conseguir fazer nada para melhorar seu estrabismo, e, finalmente, está é Lulu Querida, que parece não conseguir fazer nada para melhorar o próprio nome. Pode se sentar, err... Tiffany, não é? Lamento que tenha sido recebida pela Srta. Plana. Ela é um caso meio triste. Uma completa amadora. Não tem realmente a menor noção. Só anda por aí, cheia de esperança. Ah, bem, agora já é tarde demais. Gertruder, Invoque Os Quatro Cantos do Mundo e Abra o Círculo, por favor.

— Er... — disse Gertruder, nervosa. Era incrível como muitas pessoas ficavam nervosas perto de Annagramma.

— Eu tenho que fazer tudo aqui? — questionou a outra. — *Tente* se lembrar, por favor! Devemos ter feito isso *literalmente* um milhão de vezes!

— Eu nunca ouvi falar dos quatro cantos do mundo — disse Tiffany.

— Sério? Que surpresa — comentou Annagramma. — Bem, são as direções do poder, Tiffany, e eu *gostaria* de aconselhá-la a fazer alguma coisa em relação a esse nome, também, por favor.

— Mas o mundo é redondo, como um prato — disse Tiffany.

— Hum, você terá que imaginar os cantos — sussurrou Petulia.

Tiffany franziu a testa.

— Por quê?

Annagramma revirou os olhos.

— Porque essa é a maneira apropriada de se fazer as coisas.

— Ah.

— Você *já* fez *algum* tipo de magia, não é? — exigiu Annagramma.

Tiffany estava um pouco confusa. Não estava acostumada a pessoas como Annagramma.

— Sim — disse.

Todas as outras meninas estavam olhando para ela, e Tiffany não conseguia deixar de pensar nas ovelhas. Quando um cão ataca uma ovelha, as outras fogem para uma distância segura e observam. Não se unem contra o cão. Apenas ficam felizes por não serem elas ali.

— E em que você é melhor? — ralhou Annagramma.

Tiffany, com a mente ainda cheia de ovelhas, falou sem pensar:

— Fresquinho Suave. É um queijo de ovelha. É muito difícil de fazer...

Em seguida, olhou para o círculo de rostos inexpressivos e sentiu o constrangimento crescer dentro dela como geleia quente.

— Hum, Annagramma quis dizer qual magia você sabe fazer melhor — disse Petulia gentilmente.

— Por melhor que seja o Fresquinho Suave — disse Annagramma com um sorrisinho cruel.

Duas das meninas soltaram aquele ronco que significava que estavam tentando segurar o riso, mas que não se importavam em mostrar que era necessário tentar.

Tiffany olhou para suas botas de novo.

— Eu não sei — murmurou. — Mas expulsei a Rainha das Fadas da minha terra.

— Sério? — perguntou Annagramma. — A Rainha das Fadas, ahn? Como você fez isso?

— Eu... não tenho certeza. Só fiquei com raiva dela.

E era difícil lembrar exatamente o que tinha acontecido naquela noite. Tiffany recordava da raiva, uma raiva terrível, e do mundo... mudando. Ela o tinha visto com mais clareza do que um gavião, escutado melhor do que um cão, sentido a idade dele sob os pés, percebido as colinas ainda vivas. E também se lembrava de ter pensado que ninguém poderia fazer aquilo por muito tempo e continuar humano.

— Bem, você está com as botas certas para manter seus pés bem firmes no chão — comentou Annagramma. Houve mais algumas risadinhas mal disfarçadas. — A Rainha das Fadas. É *claro* que você fez isso. Bem, sonhar ajuda.

— Eu não conto mentiras — murmurou Tiffany, mas ninguém estava ouvindo.

Irritada e chateada, observou as meninas Abrindo os Cantos e Invocando o Círculo; ou seria o contrário? Aquilo prosseguiu por algum tempo. Teria se saído melhor se todas soubessem ao certo o que fazer, mas devia ser difícil *saber* o que fazer quando Annagramma estava por perto, já que ela ficava corrigindo todo mundo. Ficava ali de pé, parada, com um grande livro aberto nos braços.

— ...agora você, Gertruder, vá no sentido anti-rotacional, *não, é na outra direção, já devo ter dito a você literalmente milhares de vezes,* e Lulu; onde está Lulu? Bem, você não deveria estar lá! Pegue o cálice confessional; não esse aí, não, aquele sem alças... sim. Harrieta, segure a Varinha do Ar um pouco mais alto, quero dizer, precisa *estar* no ar, você entende? E tenha piedade, Petulia, *por favor* tente parecer um pouco mais imponente, pode ser? Compreendo que isso não seja natural para você, mas dava para, pelo menos, mostrar que está fazendo algum esforço. Por falar nisso, estou há tempos querendo lhe dizer, ou muito me engano ou não existe invocação que comece com "hum". Harrieta, é esse o Caldeirão do Mar? Isso *parece* um Caldeirão do Mar? Eu acho que não, certo? *Que barulho foi esse?*

As meninas olharam para o chão. Então alguém murmurou:

— Dimity pisou na Diadema do Infinito, Annagramma.

— Não aquela encravada com as genuínas sementes de madrepérola? — disse Annagramma com uma vozinha aguda.

— Hum, sim — respondeu Petulia. — Mas tenho certeza de que ela sente muito. Hum... devo fazer uma xícara de chá?

O livro foi fechado com força.

— Qual o sentido? — questionou Annagramma para o mundo em geral. — Qual. O. *Sentido?* Vocês querem passar o resto da vida como bruxas de aldeia, curando furúnculos e verrugas por uma xícara de chá e um biscoito? Bem? Querem?

Houve uma leve movimentação entre as bruxas amontoadas e um murmúrio geral de "não, Annagramma".

— Vocês todas *leram* o livro da Sra. Tesourinha, não é? Bem, não leram?

Petulia levantou a mão nervosamente.

— Hum... — começou.

— Petulia, eu já lhe disse literalmente um milhão de vezes para não começar. Todas. As. Suas. Frases. Com "hum"; não disse?

— Hum... — disse Petulia, tremendo de nervosismo.

— É só falar, ora bolas! Não hesite o tempo todo!

— Hum...

— Petulia!

— Hum...

— Você poderia mesmo fazer um *esforço*. Honestamente, não sei qual é o problema com vocês todas!

Eu sei, pensou Tiffany. Você é como um cão enervando as ovelhas. Não dá tempo para que a obedeçam e não avisa quando elas fizeram as coisas direito. Fica só latindo, inutilmente.

Petulia havia mergulhado em silêncio profundo.

Annagramma colocou de volta o livro em um tronco.

— Bem, nós perdemos *completamente* o momento — disse. — Podemos muito bem tomar aquela xícara de chá, Petulia. Depressa.

Petulia, aliviada, pegou a chaleira. Todas relaxaram um pouco. Tiffany olhou para a capa do livro. Dizia:

A MágiKa Superior

por Letice Tesourinha, Bruxa

— Mágica com K — disse, em voz alta. — Mágikkkka?

— Isso é proposital — afirmou Annagramma friamente. — A Sra. Tesourinha diz que, se quisermos fazer *algum* qualquer progresso, *devemos* distinguir a MágiKa superior da do tipo cotidiano.

— O tipo *cotidiano* de magia? — indagou Tiffany.

— Exatamente. Nada de ficar murmurando coisas pelas sebes para *nós*. Círculos sagrados apropriados, feitiços anotados. A hierarquia apropriada, sem que todo mundo fique correndo por aí fazendo o que bem entender. Varinhas de verdade e não pedaços de pau imundos. Profissionalismo, tudo respeitável. Absolutamente nenhuma verruga. Esse é o único caminho a seguir.

— Bem, eu acho... — começou Tiffany.

— Eu realmente não me importo com o que você acha, porque você ainda não sabe o bastante — disse Annagramma bruscamente. Virou-se para o grupo em geral. — Temos pelo menos alguma coisa para os Julgamentos este ano?

Ouviram-se murmúrios gerais e acenos com o mesmo tema: "sim".

— E você, Petulia?

— Vou fazer o truque do porco, Annagramma — disse Petulia humildemente.

— Bom. Você está quase boa nisso — comentou Annagramma, que apontou pelo círculo, de uma menina para outra, ouvindo suas respostas, até chegar a vez de Tiffany. — Fresquinhos Suaves? — perguntou Annagramma, para deleite das risadinhas abafadas.

— O que são os Julgamentos das Bruxas? — questionou Tiffany. — Miss Tick os mencionou, mas eu não sei o que são.

Annagramma deu um de seus suspiros ruidosos.

— Explique você, Petulia. *Você* a trouxe aqui, afinal.

Hesitante, com muitos "hums" e olhares de relance para Annagramma, Petulia explicou sobre os Julgamentos das Bruxas. Hum, era uma época em que as bruxas de todas as montanhas podiam se encontrar e, hum, rever velhas amigas e, hum, saber das últimas notícias e fofocas. As pessoas comuns podiam vir também, e havia uma feira e hum espetáculos.

Era até um hum grande evento. E na parte da tarde todas as bruxas que hum quisessem podiam mostrar um feitiço ou hum alguma coisa que tivessem criado, o que era muito hum popular.

Para Tiffany, isso tudo soava como as exibições de cães pastores, só que sem os cães e as ovelhas. Este ano eles estavam em Sheercliff, que era bem perto.

— E há um prêmio?

— Hum, oh, não — disse Petulia. — É tudo feito em um espírito de diversão e fratern... hum, sororidade.

— Rá! — disse Annagramma. — Nem mesmo ela vai acreditar nisso! É tudo um grande embaraço, de qualquer forma. Todos vão aplaudir Madame Cera do Tempo. Ela sempre ganha, no que quer que faça. Ela bagunça a mente das pessoas. Os engana e faz com que pensem que ela é boa. Não duraria cinco minutos contra um mago.

Eles fazem magia *de verdade*. E ela se veste como um espantalho, também! São velhas ignorantes como ela que mantêm a bruxaria presa ao passado, como a Sra. Tesourinha aponta no capítulo um!

Uma ou duas meninas não pareciam muito certas a respeito disso. Petulia chegou a olhar por cima do ombro.

— Hum, as pessoas dizem que ela fez coisas incríveis, Annagramma — disse ela. — E, hum, dizem que ela pode espiar as pessoas a quilômetros de distância...

— Sim, *dizem* — interrompeu Annagramma. — Isso é porque todos têm medo dela! Ela é intimidadora! Isso é tudo o que ela faz: intimida as pessoas e bagunça suas cabeças! Isso é bruxaria *velha*! A apenas um passo de cacarejar, na *minha* opinião. Ela está meio maluca já, dizem.

— Ela não me pareceu meio maluca.

— *Quem disse isso?* — explodiu Annagramma.

Todas olharam para Tiffany, que desejou não ter falado nada. Mas agora não havia nada a fazer senão ir em frente.

— Ela estava só um pouco velha e austera. Mas era muito... educada. Ela não cacarejava.

— Você a conheceu?

— Sim.

— *Ela* falou com *você*, é? — rosnou Annagramma. — Isso foi antes ou depois de você expulsar a Rainha das Fadas?

— Logo depois — respondeu Tiffany, que não estava acostumada a esse tipo de coisa. — Ela apareceu em uma vassoura. Eu *estou* dizendo a verdade.

— Claro que você está — disse Annagramma, sorrindo tristemente. — E ela parabenizou você, imagino.

— Na verdade, não. Ela parecia contente, mas era difícil identificar.

E então Tiffany falou algo realmente estúpido. Muito tempo depois e também muito depois de todos os tipos de coisas terem acontecido, ela ainda cantaria "la la la!" para apagar da memória aquela noite, sempre que alguma coisa a fizesse se lembrar. Ela disse:

— Ela me deu este chapéu.

E elas perguntaram, todas elas, a uma só voz:

— *Que chapéu?*

Petulia levou-a de volta para casa. Ela fez o que pôde e assegurou Tiffany de que *acreditava* nela, mas Tiffany sabia que Petulia estava apenas sendo gentil. A Srta. Plana tentou puxar uma conversa enquanto ela corria escada acima, mas Tiffany trancou a porta, tirou as botas e deitou na cama com o travesseiro sobre a cabeça para abafar a gargalhada que ecoava lá dentro.

No andar de baixo, houve uma conversa abafada entre Petulia e a Srta. Plana e depois o som da porta se fechando quando a garota partiu.

Depois de um tempo, houve um ruído de algo raspando no chão quando as botas de Tiffany foram arrastadas e dispostas ordeiramente debaixo da cama. Oswald nunca tirava folgas.

Depois de mais um tempo, a gargalhada cessou, mas ficou a certeza de que nunca sumiria completamente.

Tiffany podia sentir o chapéu. Pelo menos, *tinha* sido capaz de senti-lo. O chapéu virtual, em sua cabeça real. Mas ninguém podia vê-lo, e Petulia chegou a mover a mão para a frente e para trás sobre a cabeça de Tiffany, deparando-se com uma completa ausência de chapéu.

A pior parte (e foi difícil achar a pior parte, de tão humilhantemente ruim que tinha sido) foi ouvir Annagramma dizer: "Não,

não riam dela. Isso é muito cruel. Ela é apenas tola, só isso. Eu disse que a velha bagunça a cabeça das pessoas!"

Os Pensamentos Normais de Tiffany vieram correndo em círculos. Seus Pensamentos Melhores foram apanhados na tempestade. Apenas seus Pensamentos Melhores Ainda, que estavam muito fracos, vieram com essa: *Mesmo que o seu mundo esteja completa e totalmente arruinado e nunca possa ser consertado, não importa o que você faça, e que você esteja completamente inconsolável, seria bom ouvir alguém trazendo uma sopa aqui para cima...*

Os Pensamentos Melhores Ainda tiraram Tiffany da cama e a levaram até a porta, onde guiaram sua mão a destrancar o ferrolho. Então, eles a deixaram se jogar na cama de novo.

Alguns minutos depois houve um ranger de passos no corredor. É bom estar certa.

A Srta. Plana bateu e em seguida entrou, após uma pausa decente. Tiffany ouviu a bandeja pousar na mesinha e sentiu a cama se mexer conforme um corpo sentava-se nela.

— Petulia é uma menina capaz, sempre achei — disse a Srta. Plana depois de alguns instantes. — Ela será uma bruxa muito útil para uma aldeia algum dia.

Tiffany ficou em silêncio.

— Ela me contou tudo — disse a Srta. Plana. — Miss Tick nunca mencionou o chapéu, mas se eu fosse você não teria contado sobre ele para ela. Parece o tipo de coisa que a Madame Cera do Tempo faria. Sabe, às vezes conversar sobre essas coisas ajuda.

Mais silêncio de Tiffany...

— Tá, isso não é bem verdade — acrescentou a Srta. Plana. — Mas, como uma bruxa, sou incrivelmente curiosa e gostaria de saber mais.

Isso também não surtiu efeito. A Srta. Plana suspirou e se levantou.

— Vou deixar a sopa, mas se você deixá-la ficar muito fria Oswald vai tentar levá-la.

Desceu as escadas.

Nada se moveu no quarto por cerca de cinco minutos. Então houve o mais fraco dos tilintares e a sopa começou a se mover.

A mão de Tiffany disparou e agarrou a bandeja com firmeza. Essa é a função dos Pensamentos Melhores Ainda: os Pensamentos Normais e Melhores podem compreender a sua tragédia atual, mas *algo* precisa lembrar que você não comeu nada desde a hora do almoço.

Mais tarde, depois de Oswald ter rapidamente levado a tigela vazia, Tiffany estava deitada no escuro, olhando para o nada.

As novidades dessa outra terra tomaram toda a sua atenção nos últimos dias, mas isso foi drenado pela tempestade de gargalhadas, e a saudade de casa correu para preencher os espaços vazios.

Sentia falta dos sons, das ovelhas, dos silêncios do Giz. Sentia falta de ver o negrume das colinas da janela de seu quarto, delineado contra as estrelas. Sentia falta... de parte de si mesma...

Mas riram dela. Elas disseram "que chapéu?" e riram ainda mais quando ela levantou a mão para tocar a aba invisível e não a encontrou...

Tiffany o tocou diariamente por dezoito meses e agora ele tinha sumido. E ela não conseguia fazer um embaralhado. E só tinha um vestido verde, enquanto todas as outras meninas usavam vestidos pretos. Annagramma tinha um monte de joias, também, em preto e prata. *Todas* as outras meninas tinham embaralhados muito bonitos. E daí que eram apenas enfeites?

Talvez ela não fosse uma bruxa, afinal. Ah, ela derrotara a Rainha, com a ajuda dos homenzinhos e da memória de Vovó Dolorida, mas não usou magia. Não estava certa, agora, do que tinha usado. Foi algo que desceu pelas solas das botas, seguiu através das colinas e dos anos e voltou forte e rugindo em uma fúria que abalou o céu:

...como se atreve a invadir o meu *mundo,* minha *terra,* minha *vida...*

Mas o que o chapéu virtual havia feito por ela? Talvez a velha a tivesse enganado, a tivesse feito *pensar* que havia um chapéu lá. Talvez ela estivesse meio maluca, como Annagramma disse, e tivesse entendido tudo errado. Talvez Tiffany devesse ir para casa e fazer Fresquinhos Suaves pelo resto da vida.

Tiffany se virou, esticou-se por baixo da cama e abriu a mala. De lá tirou a caixinha, abriu-a no escuro e fechou uma das mãos ao redor da pedra da sorte.

Esperava que houvesse algum tipo de faísca, algum tipo de amistosidade na pedra. Não havia nada. Apenas a rugosidade da sua superfície, a suavidade da face onde se partira e o contraste entre as duas partes. O pedaço de lã de ovelha, por sua vez, nada fez além de deixar seus dedos com cheiro de ovelhas, o que a fez sentir muita falta de casa e ficar ainda mais chateada. O cavalo de prata gelado.

Só alguém muito próximo teria ouvido seu soluço. Era muito fraco, mas foi carregado pelas asas vermelho-escuras da angústia. Ela queria, *ansiava* pelo assobio do vento na relva e a sensação de séculos sob seus pés. Ela queria essa sensação, que nunca a tinha deixado antes, de estar onde os Dolorida viveram por milhares de anos. Ela precisava de borboletas azuis e dos sons das ovelhas e do enorme céu vazio.

Em casa, quando ficava chateada, ela ia até as ruínas da velha casinha de pastoreio e ficava lá por um tempo. Isso sempre funcionava.

Estava muito longe agora. Longe demais. Estava cheia de um horrível sentimento morto e pesado, e não havia lugar para deixá-lo. E não era assim que as coisas deveriam ser.

Onde estava a *mágica*? Ah, ela entendeu que tinha aprendido o ofício básico, cotidiano, mas quando é que a parte "bruxa" apareceria? Estava tentando aprender, de verdade, e estava se transformando em... Bem, uma boa trabalhadora, uma menina habilidosa com poções e uma pessoa confiável. Fiel, como a Srta. Plana.

Ela tinha esperado... Bem, o que? Bem... fazer coisas sérias de bruxa, sabe, vassouras, magia, proteger o mundo contra as forças do mal de uma forma nobre porém modesta e *também* fazer o bem para as pessoas pobres, *porque ela era uma pessoa muito boa*. E as pessoas que ela tinha visualizado em sua imaginação tinham doenças menos complicadas e seus filhos não tinham esses narizes escorrendo. As unhas voadoras do Sr. Weavall não se encaixavam *nem um pouco* lá. Algumas delas voltavam como *bumerangues*.

Ela passava *mal* nas vassouras. *Toda vez*. Nem conseguia fazer um embaralhado. Passaria os seus dias correndo para ajudar pessoas que, para ser honesta, às vezes poderiam fazer um pouco mais por si próprias. Sem magia, sem voar, sem segredos... apenas unhas e pessoas estranhas.

Ela pertencia ao Giz. Todos os dias ela dizia às colinas o que elas eram. Todos os dias elas lhe diziam quem ela era. Mas agora não podia ouvi-las.

Do lado de fora começou a chover, bem forte, e a distância Tiffany ouviu o murmúrio de um trovão.

O que Vovó Dolorida teria feito? Mas, mesmo encolhida nas asas do desespero, ela sabia a resposta.

Vovó Dolorida nunca desistiu. Ela procuraria a noite toda por um cordeirinho perdido...

Ficou deitada olhando para o nada por um tempo e depois acendeu a vela ao lado da cama e virou as pernas para o chão. Isso não podia esperar até de manhã.

Tiffany tinha um pequeno truque para ver o chapéu. Se movesse a mão por trás dele rapidamente, havia um leve e breve borrão, como se a luz que passasse através do chapéu invisível demorasse um pouco mais de tempo.

Ele *tinha* que estar lá...

Bem, a vela deve emitir luz suficiente para que tenha certeza. Se o chapéu estivesse ali, tudo estaria bem, não importando o que as outras pessoas pensassem...

Ela ficou de pé no meio do tapete, enquanto relâmpagos dançavam através das montanhas lá fora, e fechou os olhos.

Lá embaixo, no jardim, os galhos das macieiras eram castigados pelo vento e os apanhadores de sonhos e redes pega-maldição se torciam em um ruído metálico...

— Me ver — disse ela.

O mundo ficou quieto, totalmente silencioso. Não aconteceu isso antes. Mas Tiffany foi dando a volta na ponta dos pés até saber que estava em frente a si mesma e abriu os olhos de novo...

E lá estava ela e também o chapéu, claro como sempre...

E a imagem de Tiffany logo abaixo, uma jovem menina em um vestido verde, abriu os olhos, sorriu para ela e disse:

— *Nós vemos você. Agora nós somos você.*

Tiffany tentou gritar "Não me ver!" Mas não havia boca para gritar...

Um raio atingiu algum lugar próximo. A janela explodiu. A chama da vela voou para fora em uma serpentina de fogo e morreu.

E então só restou a escuridão e o chiado da chuva.

Capítulo 6

O enxame

Trovões ressoaram por toda a região do Giz.

Jeannie abriu cuidadosamente o pacote que sua mãe lhe dera no dia em que deixou o morro do Lago Comprido. Era um presente tradicional, que toda jovem kelda ganhava ao ir embora para nunca mais voltar. Keldas nunca podiam voltar para casa. Keldas *eram* uma casa.

O presente era este: memória.

Dentro do pacote havia um triângulo de couro de carneiro curtido, três estacas de madeira, um pedaço de corda feita com fibras de urtiga torcidas, uma pequena garrafa de couro e um martelo.

Ela sabia o que fazer, porque tinha visto sua mãe fazê-lo muitas vezes. O martelo era usado para cravar as estacas em volta de uma fogueira que ainda ardesse, mas sem chamas. A corda era usada para amarrar as três pontas do triângulo de couro às estacas, de modo que ele ficasse suspenso no centro e pudesse sustentar uma pequena quantidade de água, que Jeannie havia pego com um baldinho no poço profundo.

Ajoelhou-se e esperou até que a água bem lentamente começasse a atravessar o couro; então, atiçou o fogo.

Ela estava bem consciente de todos os olhos dos Feegles nas sombrias galerias ao seu redor e mais acima. Nenhum deles chegaria perto dela enquanto estivesse usando o caldeirão; prefeririam cortar fora a própria perna. Aquilo era *puro* hiddlin.

E era assim um caldeirão de verdade antes que os humanos começassem a trabalhar com cobre ou ferro derretido. Parecia mágica. Era essa a intenção. Mas, se você soubesse o truque, entenderia como o caldeirão podia ferver a água até secá-la antes do couro queimar.

Quando a água no couro começou a soltar vapor, ela diminuiu o fogo e adicionou à água o conteúdo da pequena garrafa de couro, que continha um pouco da água do caldeirão de sua mãe. Sempre foi assim, passado de mãe para filha, desde o princípio de tudo.

Jeannie esperou até o caldeirão esfriar um pouco mais, pegou um copo, encheu-o e bebeu. Houve um suspiro entre os Feegles nas sombras.

Ela se deitou e fechou os olhos, esperando. Nada aconteceu, apenas o trovão que sacudia a terra e os relâmpagos que tornavam o mundo preto e branco.

E então, de forma tão suave que já havia acontecido antes de ela perceber que estava começando a acontecer, o passado a encontrou. Lá, à sua volta, estavam todas as velhas keldas, começando por sua mãe, suas avós, as mães delas... voltando até não haver mais ninguém para ser lembrada... uma grande memória, sustentada por um tempo por muitas, desgastada e nebulosa em partes, mas antiga como uma montanha.

Mas todos os Feegles sabiam dessa parte. Somente a kelda conhecia o verdadeiro hiddlin, que era este: o rio da memória não era um rio, era um mar.

Algum dia, keldas ainda por nascer se lembrariam. Nas noites ainda por vir, elas deitariam ao lado de seu caldeirão e se tornariam, por alguns minutos, parte do mar eterno. Ao ouvir keldas não nascidas lembrando de seu passado, você se lembrava do seu futuro...

Era preciso ter habilidade para encontrar essas vozes fracas, e Jeannie ainda não a tinha por completo, mas *algo* estava lá.

Quando um raio deixou o mundo preto e branco mais uma vez, ela se sentou.

— Aquilo encontrou ela... — sussurrou. — Ah, a pobrezinha!

A chuva tinha ensopado o tapete quando Tiffany acordou. A luz úmida do dia se derramava pelo quarto.

Ela se levantou e fechou a janela. Algumas folhas tinham caído lá dentro.

Tá-bem.

Não tinha sido um sonho. Estava certa disso. Algo... estranho havia acontecido. As pontas dos dedos estavam formigando. Ela se sentia... diferente. Mas não, acabava de perceber, de um jeito ruim. Não. Na noite anterior ela se sentira péssima, mas agora, *agora* ela se sentia... cheia de vida.

Na verdade, sentia-se feliz. Assumiria o comando. Tomaria o controle de *sua* vida. Estava na hora.

O vestido verde estava amarrotado e precisava muito ser lavado. Ela tinha seu velho vestido azul na gaveta da cômoda, mas, de alguma forma, não parecia certo usá-lo agora. Teria que se virar com o verde até que conseguisse outro.

Foi colocar as botas, mas parou e olhou para elas.

Não serviriam, não agora. Tirou as botas novas e reluzentes da mala e as calçou.

Descobriu que as duas Srta. Plana estavam lá fora no jardim molhado, de camisola, tristemente recolhendo pedaços de apanhadores de sonhos e maçãs caídas. Até mesmo alguns dos enfeites de jardim tinham sido esmagados, mas os gnomos de sorriso perturbador infelizmente haviam escapado da destruição.

A Srta. Plana afastou o cabelo de um seus pares de olhos e disse:

— Muito, muito estranho. Todas as redes pega-maldição parecem ter explodido. Até as pedras do tédio estão descarregadas! Você percebeu alguma coisa?

— Não, Srta. Plana — disse Tiffany debilmente.

— E todos os embaralhados velhos da oficina estão em pedaços! Quer dizer, eu sei que eles são apenas decorativos e não têm mais quase poder algum, mas algo muito *estranho* deve ter acontecido.

Ambas olharam para Tiffany de uma forma que a Srta. Plana devia achar muito esperta e sagaz, mas que a deixava com uma expressão um tanto adoentada.

— A tempestade me pareceu ter um toque mágico. Presumo que vocês, meninas, não fizeram nada... anormal na noite passada, fizeram, querida?

— Não, Srta. Plana. Eu as achei meio bobas.

— Porque, sabe, Oswald parece ter partido — disse a Srta. Plana. — Ele é muito sensível a atmosferas...

Tiffany demorou um instante para entender do que ela estava falando. Então disse:

— Mas ele está sempre aqui!

— Sim, desde que eu me lembro!

— Você já tentou colocar uma colher na gaveta das facas?

— Sim, é claro! Nem um só ruído!

— Deixou cair no chão um resto de maçã? Ele sempre...

— Foi a primeira coisa que eu tentei!

— Que tal o truque do sal e açúcar?

A Srta. Plana hesitou.

— Bem, não... — Animou-se. — Ele adora esse, então *deve* acabar aparecendo, não é?

Tiffany encontrou o grande saco de sal e outro de açúcar e jogou um pouco dos dois em uma tigela. Em seguida, misturou os finos cristais brancos com a mão.

Havia descoberto que esta era a forma ideal de manter Oswald ocupado enquanto ela cozinhava. Separar os grãos de sal e açúcar e colocá-los de volta em seus sacos certos poderia ocupá-lo por toda uma feliz tarde. Mas, dessa vez, a mistura simplesmente ficou ali, *desoswaldada*.

— Ah, bem... vou procurar pela casa — disse a Srta. Plana, como se essa fosse uma boa maneira de encontrar uma pessoa invisível. — Vá e cuide das cabras, está bem, querida? E então vamos ter que tentar lembrar como se lava louça!

Tiffany deixou as cabras saírem do galpão. Normalmente, Meg Preta saía de imediato e parava na plataforma de ordenha, com um olhar de expectativa, como se dissesse: "Pensei em um *novo* truque."

Mas não naquele dia. Quando Tiffany olhou para dentro do galpão, as cabras estavam amontoados no canto mais escuro. Quando foi em sua direção, elas entraram em pânico, com as narinas dilatadas, e fugiram, mas ela conseguiu agarrar Meg Preta pela coleira. A cabra se contorceu e lutou enquanto ela a arrastava para a plataforma de ordenha. Só subiu porque era isso ou ter a cabeça arrancada fora, então ficou ali de pé bufando e balindo.

Tiffany olhou para a cabra. Parecia sentir uma coceira nos próprios ossos. Ela queria... fazer coisas, escalar a montanha mais alta, saltar até o céu, correr ao redor do mundo. E pensou: isso é *ridículo*, eu começo todo dia com um duelo intelectual com um *animal*!

Bem, vamos mostrar a essa criatura quem está no comando...

Pegou a vassoura que era usada para varrer a sala de ordenha. Os olhos apertados de Meg Preta se arregalaram de medo e *bam!* fez a vassoura.

Acertou a plataforma. Tiffany não teve a intenção de errar desse jeito. Queria dar a Meg a pancada que aquela criatura muito merecia, mas, de alguma forma, a vassoura tinha se torcido em sua mão. Levantou-a de novo, mas seu olhar e a pancada na madeira tinham obtido o efeito desejado. Meg estava encolhida.

— Acabaram os joguinhos! — sibilou Tiffany, abaixando a vassoura.

A cabra ficou imóvel como um pedaço de lenha. Tiffany a ordenhou, levou o balde de volta para a leiteria, pesou, escreveu com giz a quantidade no quadro preso à porta e despejou o leite em uma grande vasilha.

O resto das cabras estava quase tão ruim, mas um rebanho aprende rápido.

Ao todo deram três litros, o que era bem lamentável para dez cabras. Tiffany rabiscou a cifra sem entusiasmo e ficou olhando para o quadro, brincando com o giz. Qual era o sentido daquilo tudo? No dia anterior ela estava cheia de planos para queijos experimentais, mas agora queijo lhe parecia *chato*.

Por que ela estava ali, fazendo tarefas bobas, ajudando pessoas estúpidas demais para serem ajudadas? Ela poderia estar fazendo... *qualquer coisa*!

Olhou para a mesa de madeira crua.

Socorro

Alguém tinha escrito com giz na madeira. E o pedaço de giz ainda estava em sua mão...

— Petulia veio ver você, querida — disse a Srta. Plana, atrás dela.

Tiffany rapidamente puxou um balde de ordenha para cobrir as palavras e virou-se de forma embaraçada.

— O quê? Por quê?

— Só para ver se você está bem, acho — disse a Srta. Plana, observando Tiffany minuciosamente.

A menina gorducha estava de pé perto da porta com um ar nervoso e o chapéu pontudo nas mãos.

— Hum, eu só pensei em vir ver como você, hum, está... — murmurou, olhando diretamente para as botas de Tiffany. — Hum, não acho que elas realmente quisessem ser indelicadas...

— Você não é muito esperta e é gorda demais — disse Tiffany. Olhou por um instante para o rosto rosado e redondo e *soube* de coisas. — E você ainda tem um ursinho de pelúcia socorro e acredita em fadas.

Bateu a porta, voltou para a leiteria e encarou as tigelas de leite e coalhada, como se as visse pela primeira vez.

Boa com Queijo. Essa era uma das coisas a seu respeito que todo mundo lembrava: Tiffany Dolorida, cabelos castanhos, Boa com Queijo. Mas agora a leiteria parecia toda errada, desconhecida.

Ela cerrou os dentes. Boa com Queijo. Era *mesmo* isso que ela queria ser? De todas as coisas que as pessoas podem ser no mundo inteiro, ela queria ser conhecida apenas como uma pessoa confiável para se ter perto de leite podre? Ela queria *mesmo* passar o dia inteiro esfregando azulejos, lavando baldes e pratos e... e... e essa coisa esquisita de arame logo ali, esse...

...cortador de queijo...

...esse cortador de queijo? Ela queria passar a vida toda...

Espere...

— Quem está aí? — indagou Tiffany. — Alguém acabou de dizer "cortador de queijo"?

Olhou pelo cômodo, como se alguém pudesse estar escondido atrás dos maços de ervas secas. Não poderia ter sido Oswald. Ele tinha partido e, de qualquer forma, nunca havia sequer falado.

Tiffany pegou o balde, cuspiu na mão e apagou o

...*tentou* apagá-lo. Mas sua mão agarrou a beirada da mesa e a segurou com força, ignorando seus puxões. Ela se debateu com a mão esquerda, conseguindo derrubar um balde de leite, que se derramou sobre as letras... e a mão direita se soltou de repente.

A porta se abriu. As duas partes da Srta. Plana estavam ali. Quando ela se apresentava assim, ambas as partes de pé, uma ao lado da outra, era porque sentia que tinha algo importante a dizer.

— Eu tenho que dizer, Tiffany, que acho...

— ...que você foi muito cruel com Petulia agora...

— ...há pouco. Ela foi embora chorando.

Olhou para o rosto de Tiffany.

— Você está bem, filha?

Tiffany estremeceu.

— Er... sim. Bem. Me sinto um pouco estranha. Ouvi uma voz na minha cabeça. Sumiu agora.

A Srta. Plana olhou para ela com as duas cabeças, a da direita e a da esquerda, em diferentes direções.

— Se está certa disso. Vou me trocar. É melhor partirmos em breve. Há muito a fazer hoje.

— Muito a fazer — repetiu Tiffany com a voz fraca.

— Bem, sim. Há a perna de Slapwick, e eu tenho que dar uma olhada no bebê Grimly, que está doente. E já faz uma semana que visitei Surleigh Bottom e, deixe-me ver, o Sr. Plover está com mordidas de mosquitos de novo, e é melhor eu encontrar um momento para ter uma palavrinha com a Madame Declives... também há o almoço do Sr. Weavall para preparar, acho que vou ter que fazer isso aqui e levar comigo, e, claro, a Sra. Basculante está perto do fim e — suspirou — também a Srta. Hobblow, *de novo*... Vai ser um dia cheio. É mesmo difícil encaixar tudo isso, ah, se *é*.

Tiffany pensou: sua mulher estúpida, de pé aí com cara de preocupada só porque não tem tempo para dar às pessoas tudo o que elas exigem! Você acha que sua ajuda algum dia será *suficiente*? Pessoas gananciosas, preguiçosas, burras, o tempo todo *querendo*! O bebê Grimly? A Sra. Grimly tem onze filhos! Quem vai sentir falta de um?

O Sr. Weavall já está morto! Ele só não se foi ainda! Você acha que eles são gratos, mas só estão garantindo que você volte sempre! Isso não é gratidão, é apenas um seguro!

O pensamento horrorizou parte dela, mas havia subido e ardia em sua cabeça, ansioso por escapar pela boca.

— As coisas precisam ser arrumadas aqui — murmurou.

— Ah, eu posso fazer isso enquanto estivermos fora — disse a Srta. Plana alegremente. — Vamos lá, sorria! Há muito o que fazer!

Há *sempre* muito o que fazer, rosnou Tiffany na própria cabeça enquanto seguia a Srta. Plana até a primeira vila. Muito e mais muito. E nunca fazia qualquer diferença. Não havia fim para o *querer*.

Passavam de uma casinha imunda e fedorenta a outra, cuidando de pessoas estúpidas demais para usar sabão, bebendo chá de canecas rachadas, fofocando com velhas com menos dentes do que dedos dos pés. Isso a deixava doente.

Era um dia bem claro, mas parecia escuro quando caminhavam. Parecia que havia uma tempestade dentro de sua cabeça.

Foi então que começou a sonhar acordada. Estava ajudando a colocar uma tala no braço quebrado de alguma criança chata quando olhou para cima e viu seu reflexo no vidro da janela da casa.

Ela era um tigre, com presas enormes.

Deu um grito e se levantou.

— Ah, tenha cuidado — disse a Srta. Plana, que logo em seguida viu o rosto dela. — Há algo errado?

— Eu... Eu... algo me mordeu! — mentiu Tiffany.

Era uma boa desculpa nesses lugares. As pulgas mordiam os ratos e os ratos mordiam as crianças.

Conseguiu sair para a luz do dia, com a cabeça girando. A Srta. Plana saiu alguns minutos depois e a encontrou encostada na parede, tremendo.

— Você parece *péssima* — comentou a bruxa.

— Samambaias! — disse Tiffany. — Em todos os lugares! Grandes samambaias! E coisas grandes, como vacas feitas de lagartos!

Voltou um sorriso largo e melancólico para a Srta. Plana, que deu um passo atrás.

— São de comer! — piscou. Então sussurrou: — O que está acontecendo?

— Não sei, mas estou vindo para cá neste exato momento para buscá-la — disse a Srta. Plana. — Estou sobre a vassoura agora mesmo!

— Eles riram de mim quando eu disse que conseguia prender um. Bem, quem está rindo agora, me diga, hum?

A expressão de preocupação da Srta. Plana se transformou em algo parecido com pânico.

— Isso não soou como a sua voz. Soou como um homem! Você *está* se sentindo bem?

— Me sinto... lotada — murmurou Tiffany.

— Lotada?

— Memórias... estranhas... me ajude...

Tiffany olhou para seu braço. Tinha escamas. Agora tinha pelos. Agora era liso e marrom e segurava...

— Um sanduíche de escorpião?

— Você pode me ouvir? — Perguntou a Srta. Plana, com a voz muito distante. — Você está delirando. Tem certeza de que as meninas não te deram poções ou algo assim?

A vassoura desceu com força do céu e a outra parte da Srta. Plana quase caiu. Sem falar, as duas colocaram Tiffany na vassoura e uma parte da Srta. Plana sentou-se atrás dela.

Não demoraram muito para voar de volta para casa. Tiffany passou o voo com os ouvidos fechados por causa da pressão e não sabia ao certo onde estava, mas seu corpo sabia e vomitou novamente.

A Srta. Plana a ajudou a descer da vassoura e fez com que sentasse no banco de jardim logo ao lado da porta da casa.

— Agora apenas espere um pouco aí — disse a Srta. Plana, que lidava com emergências falando sem parar e usando a palavra "apenas" com muita frequência, porque se tratava de uma palavra calmante — que eu vou apenas pegar uma bebida e depois vamos apenas ver qual é o problema... — Houve uma pausa, e, então, o fluxo de palavras saiu de dentro de casa de novo, arrastando a Srta. Plana com ele — ...e vou apenas checar... umas coisas. Apenas beba isso, por favor!

Tiffany bebeu a água e, com o canto do olho, notou a Srta. Plana passando uma linha em volta de um ovo. Ela estava tentando fazer um embaralhado sem que Tiffany percebesse.

Imagens estranhas estavam flutuando pela mente da garota. Havia pedaços de vozes, fragmentos de memórias... e uma vozinha que era a sua, pequena e desafiadora e ficando mais fraca:

Você não sou eu. Você apenas pensa que é! Alguém me ajude!

— Agora, então, vamos ver o que podemos ver... — disse a Srta. Plana.

O embaralhado explodiu, não apenas em pedaços, mas em fogo e fumaça.

— Ah, Tiffany — disse a Srta. Plana, gesticulando freneticamente para afastar a fumaça. — Você está bem?

Tiffany se levantou lentamente. A Srta. Plana achou que a menina estava um pouco mais alta do que antes.

— Sim, acho que estou — disse Tiffany. — Acho que estive bem ruim, mas *agora* estou bem. E estive perdendo tempo, Srta. Plana.

— Quê...? — começou a Srta. Plana.

Tiffany apontou o dedo para ela.

— Eu *sei* porque você teve que deixar o circo, Srta. Plana. Teve a ver com o palhaço Floppo, a armadilha da escada e... um pouco de *creme de ovos*...

A Srta. Plana empalideceu.

— Como você poderia saber disso?

— Só de olhar para você! — disse Tiffany, passando por ela rumo à leiteria. — Observe isso, Srta. Plana!

Ela apontou para a mesa. Uma colher de madeira levantou-se um centímetro. Então, começou a girar cada vez mais rápido, até que, com um estalo, virou pedaços, que foram arremessados para o outro lado do cômodo.

— E eu posso fazer *isso*! — gritou Tiffany.

Pegou uma tigela de coalhada, derramou na mesa e acenou. Ela se transformou em um queijo.

— *Assim* é que se fabrica queijos! — disse. — E pensar que passei *anos* estúpidos aprendendo a maneira mais difícil! É assim que uma bruxa de *verdade* faz! Por que rastejamos na lama, Srta. Plana? Por que andamos por aí com ervas e enfaixamos pernas de velhos fedorentos? Por que somos pagas com ovos e bolos solados? Annagramma é burra feito uma galinha, mas até ela pode ver que isso está errado. Por que não *usamos* a magia? Por que vocês têm tanto *medo*?

A Srta. Plana tentou sorrir.

— Tiffany, querida, todas nós passamos por isso — disse, com a voz trêmula. — Ainda que não de forma tão... explosiva como a sua, devo dizer. E a resposta é... Bem, porque é perigoso.

— Sim, mas isso é o que as pessoas sempre dizem para assustar as crianças — disse Tiffany. — Contam histórias para nos assustar, para nos deixar com medo! Não vá até a grande floresta má socorro, porque ela é cheia de coisas assustadoras, é o que dizem. Mas, na verdade, a grande floresta má é que deveria ter medo de *nós*! Eu vou sair!

— Acho que seria uma boa ideia — disse a Srta. Plana, sem forças. — Até que você se comporte.

— Eu *não* tenho que fazer as coisas do seu jeito — rosnou Tiffany, batendo a porta.

A vassoura da Srta. Plana estava encostada na parede perto dali. Tiffany parou e olhou para ela, sua mente em chamas.

Vinha tentando se manter longe dela. A Srta. Plana a havia convencido a fazer um voo de teste, que envolveu Tiffany agarrada firmemente pelos braços e pernas enquanto as duas Srta. Plana corriam ao lado dela, segurando cordas e fazendo ruídos encorajadores. Pararam quando Tiffany vomitou pela quarta vez.

Bom, isso foi antes!

Agarrou a vassoura, passou uma perna sobre ela e descobriu que seu outro pé estava preso ao chão como se pregado. A vassoura se retorcia descontroladamente enquanto ela tentava erguê-lo e, quando a bota finalmente se soltou do chão, a vassoura virou e deixou Tiffany de cabeça para baixo. Esta não é lá a melhor posição para uma saída triunfal.

Ela disse, calmamente:

— Eu não vou aprender a andar em você, você vai aprender a andar *comigo*. Ou a próxima aula envolverá um machado!

A vassoura virou-se para a posição certa e subiu delicadamente.

— Certo — disse Tiffany. Não havia medo dessa vez. Havia apenas impaciência. O chão se afastando embaixo dela não a preocupava nem um pouco. Se não ele tivesse o bom senso de manter distância, ela *bateria* nele..

Quando a vassoura se afastou, houve um murmúrio na grama alta do jardim.

— *Agh, a gente chegou atrasado, Rob. Era o enxame, esse aí.*

— *Sim, mas cê viu o pé que ficou preso? Não tá vencida ainda; nossa bruaca tá lá dentro em algum lugar! Ela tá lutando contra a coisa! Ele só pode vencer depois que tomar o último pedaço dela! Wullie, dá pra parar de tentar pegar essas maçãs?*

— *Num queria ser eu a dizer isso, Rob, mas ninguém luta com um enxame. É que nem lutar com cê mesmo. Quanto mais cê luta, mais ele toma de ti. E quando ele te tem inteiro...*

— *Vai lavar essa boca com xixi de ouriço, Grande Yan! Isso num vai acontecer...*

— *Diabos! Aí vem a grande bruaca!*

Metade da Srta. Plana saiu para o jardim arruinado.

Ela olhou para a vassoura nos céus, balançando a cabeça.

Wullie Doido estava bem à vista, tentando pegar uma maçã caída. Virou-se para fugir e teria conseguido se não tivesse corrido direto para um gnomo de jardim de cerâmica. Quicou, atordoado, e cambaleou descontroladamente, tentando se concentrar na grande, gorda e bochechuda figura à sua frente. Estava zangado demais para ouvir o clique do portão do jardim e o piso macio de passos que se aproximavam.

Quando se trata de escolher entre fugir e lutar, um Feegle não pensa duas vezes. Não pensa, aliás.

— *Tá rindo de quê, amigo? Ah, sim, cê se acha o maioral, ahn, só porque tem uma vara de pescar?*

Pegou uma orelha pontuda e rosada em cada mão e mirou com a cabeça para atingir o que acabou se revelando um nariz de cerâmica bem duro. De qualquer forma, ele quebrou, como as coisas tendem a fazer nestas circunstâncias, mas isso desacelerou o homenzinho, que ficou cambaleando em círculos.

Era tarde demais quando notou a Srta. Plana se abaixando sobre ele, vinda do umbral da porta. Virou-se para fugir, caindo direto nas mãos da *outra* parte da Srta. Plana.

Os dedos se fecharam em torno dele.

— Eu sou uma bruxa, sabe — disse ela. — E se você não parar de lutar neste minuto vou submetê-lo à mais terrível das torturas. Sabe qual é?

Wullie Doido sacudiu a cabeça, aterrorizado. Longos anos de malabarismo tinham dado a Srta. Plana um aperto de aço. Lá embaixo, na grama alta, o resto dos Feegles escutava com tanta força que chegava a doer.

A Srta. Plana o trouxe para um pouco mais perto da boca.

— Vou deixar que vá embora *sem* que prove o MacAbro malte único de vinte anos que eu tenho em minha despensa — disse ela.

Rob Qualquerum deu um pulo.

— Agh, diabos, senhora, mas que coisa pra se provocar um ser vivo! Num tem uma gota de piedade? — gritou. — Você é uma bruaca velha e cruel mesmo pra...

Parou. A Srta. Plana estava sorrindo. Rob Qualquerum olhou em volta, atirou a espada no chão e disse:

— Agh, *diabos*!

Os Nac Mac Feegle respeitavam as bruxas, mesmo que as chamassem de bruacas. E esta tinha trazido um grande pão e uma garrafa de uísque para a mesa. Você tinha que respeitar alguém assim.

— Claro, *ouvi* falar de vocês, e Miss Tick os mencionou — disse ela, observando-os comer, o que não é algo para ser feito levianamente. — Mas sempre pensei que vocês fossem apenas um mito.

— É, bem, a gente quer continuar assim, se não se importa — disse Rob Qualquerum; e arrotou. — Já é ruim o bastante com aqueles *arqui-iólogos* querendo escavar nossos morros tudo, e aquelas senhoras do folclore querendo fazer retratos da gente ou coisa assim.

— E vocês tomam conta da fazenda de Tiffany, Sr. Qualquerum?

— Sim, a gente toma e nunca pede nenhuma recompensa — disse Rob Qualquerum, resoluto.

— É, a gente só pega uns ovinhos, umas frutas, umas roupas velhas e... — começou Wullie Doido.

Rob olhou para ele de cara feia.

— Er... essa foi uma daquelas vezes em que eu num devia abrir minha boca grande e gorda? — perguntou Wullie.

— Foi — disse Rob. Voltou-se para as duas Srta. Plana. — Às vezes a gente pega uma ou outra coisinha que esteja ali largada...

— ...em armários trancados ou coisa assim — adicionou Wullie Doido, feliz.

— ...mas de que ninguém vá sentir falta; e a gente fica de olho nas *velhas* em troca — disse Rob, olhando para o irmão.

— Ela tem muitos parentes idosos? — perguntou a Srta. Plana, entrando naquele estado de confusão geral em que a maioria das pessoas cai quando fala com os Feegle.

— Rob Qualquerum quis dizer as ovelhas — disse Billy Pequenininho. Gonagos conhecem um pouco melhor a língua.

— Sim, foi o que eu disse, as velhas — disse Rob Qualquerum.
— Enfim... é, a gente fica de olho na fazenda. Ela é a bruaca das nossas montanhas, que nem a avó dela.

Acrescentou, com orgulho:

— É através dela que as colinas sabem que estão vivas.

— E um enxame é...?

Rob hesitou.

— Num sei o jeito bruaqueiro certo de falar sobre isso. Billy Pequenininho, cê que sabe dessas palavras compridas.

Billy engoliu em seco.

— Há antigos poemas, senhora. É como uma... uma mente sem um corpo, só que não pensa. Alguns dizem que não é nada além de um medo, que nunca morre. E o que ele faz... — Seu minúsculo rosto enrugou-se. — É como aquelas coisas que as ovelhas têm — concluiu.

Os Feegles que não estavam comendo e bebendo vieram em seu auxílio.

— Chifres?

— Lã?

— Rabos?

— Patas?

— Cadeiras? — Este foi Wullie Doido.

— Carrapatos de ovelha — disse Billy, pensativo.

— Um parasita, você quer dizer? — perguntou a Srta. Plana.

— Sim, essa poderia ser a palavra — afirmou Billy. — Ele se insinua, sabe. Procura pessoas com poder e força. Reis, sabe? Mágicos, líderes. Dizem que muito tempo atrás, antes de *existir* gente, viviam em animais. Os mais fortes, sabe? Aqueles com dentes bem grandes. E quando encontra você, ele espera uma chance de se esgueirar para dentro da sua cabeça e se *tornar* você.

Os Feegles ficaram em silêncio, olhando para a Srta. Plana.

— Se tornar você? — indagou ela.

— Sim. Com suas memórias e tudo. Só... que ele muda você. Dá muito poder, mas toma você, faz você dele. E o último pedacinho seu que ainda é seu... Bem, vai lutar sem parar, talvez, mas vai diminuir e diminuir até sumir e você virar só uma lembrança...

Os Feegles observavam as duas Srta. Plana. Nunca se sabe o que uma bruaca pode fazer em um momento como este.

— Os magos costumavam invocar demônios — contou ela. — Talvez ainda o façam, só que acho que isso hoje em dia é considerado uma coisa tão quinze séculos atrás. Mas exige muita magia. E era possível falar com os demônios, acho. E havia regras.

— Nunca soube de um enxame falando — disse Billy. — Ou obedecendo regras.

— Mas por que ele viria atrás de Tiffany? — questionou a Srta. Plana. — Ela não é poderosa!

— Ela tem o poder da terra — disse Rob Qualquerum, resoluto. — É um poder que vem na hora da necessidade, num funciona pra ficar conjurando truquezinho. A gente viu, senhora!

— Mas Tiffany não faz tipo *nenhum* de magia — disse a Srta. Plana, incapaz de entender. — Ela é muito inteligente, mas nem consegue fazer um embaralhado. Vocês devem estar errados em relação a isso.

— Algum de vocês, rapazes, *viu* a bruaca fazer alguma bruacagem ultimamente? — perguntou Rob Qualquerum.

Houve um monte de cabeças se sacudindo; e uma chuva de pérolas, besouros, penas e diversos adereços para cabeça.

— Vocês a espionam... quero dizer... tomam conta dela o tempo *todo*? — perguntou a Srta. Plana, um pouco horrorizada.

— Ah, é — disse Rob, alegremente. — Não no banheiro, claro. E tá ficando mais difícil no quarto, porque ela bloqueou várias das rachaduras por algum motivo.

— Nem posso imaginar por quê — disse a Srta. Plana, cautelosa.

— A gente também não — concordou Rob. — Achamos que era por causa da poeira.

— Sim, imagino que deva ter sido por isso — disse a Srta. Plana.

— Então, na maior parte do tempo, a gente entra por um buraco de rato e se esconde na casa de bonecas até ela pegar no sono — continuou Rob. — Num olha pra mim desse jeito, senhora, todos os rapazes são perrrfeitos cavalheiros e ficam de olho fechado quando ela tá vestindo a camisola. E também fica um guarda na janela dela e outro na porta.

— Protegendo-a de quê?

— De tudo.

Por um momento, a Srta. Plana teve na cabeça a imagem de um quarto silencioso e jogado na penumbra, com uma criança dormindo. Ela viu, pela janela, iluminada pela lua, uma pequena figura de guarda e outra nas sombras perto da porta. Do que elas a estavam protegendo? *De tudo...*

Mas agora algo, esta *coisa*, a tomou e ela está trancada, dentro de algum lugar. Mas ela não costumava fazer mágica! Dava para entender se fosse uma das outras meninas, brincando com coisas sérias, mas... Tiffany?

Um dos Feegles estava levantando lentamente a mão.

— Sim? — disse ela.

— Sou eu, senhora, o Grande Yan. Num sei se aquilo foi bruaquice pra valer, senhora — disse ele, nervoso —, mas Angus Quasegrande e eu vimos a bruaquinha fazendo uma coisa estranha umas vezes, né, Angus Quasegrande?

O Feegle ao seu lado assentiu e o orador prosseguiu.

— Foi quando ela ganhou o vestido novo e o chapéu novo...

— E muito galante ela ficou neles —acrescentou Angus Quasegrande.

— Sim, ficou mesmo. Mas ela vestia tudo e aí ficava parada em pé no meio do quarto e dizia... o que ela dizia mesmo, Angus Quasegrande?

— Me ver — completou Angus Quasegrande.

A Srta. Plana ficou pálida. Grande Yan, agora parecendo um pouco arrependido de ter levantado o assunto, continuou:

— Então, um tempinho depois, a gente ouvia a voz dela "Não me ver" e aí ela ajustava o chapéu, sabe, pra ficar num ângulo melhor.

— Ah, você quer dizer que ela estava olhando para si mesma no que chamamos de *espelho* — comentou a Srta. Plana. — É um tipo de...

— A gente sabe bem o que essas coisas são, senhora — interrompeu Angus Quasegrande. — Ela tem um pequenininho, todo rachado e sujo. Mas num serve pra ver o corpo inteiro direito.

— Muito bons de roubar, os espelhos — disse Rob Qualquerum. — Demos pra nossa Jeannie um de prata, com granados na moldura.

— E ela dizia "Me ver"? — perguntou a Srta. Plana.

— Sim, e depois "Não me ver" — insistiu Grande Yan. — E entre os dois ela ficava muito parada, que nem uma *estátua*.

— Parece que ela estava tentando inventar algum tipo de feitiço de invisibilidade — ponderou a Srta. Plana. — Eles não funcionam assim, claro.

— A gente achava que ela tava só tentando atirar a própria voz — disse Angus Quasegrande. — Pra parecer que tava vindo de outro lugar, sabe? Iain Pequeno sabe fazer isso muito bem quando a gente tá caçando.

— Atirar a voz? — questionou a Srta. Plana, com a testa franzida. — Por que você achou isso?

— Porque, quando ela dizia "Não me ver", parecia que num tava vindo dela, e a boca num mexeu.

A Srta. Plana encarou os Feegles. Quando falou, sua voz estava um pouco estranha.

— Diga-me, quando ela estava ali, de pé, ela estava se mexendo?

— Só respirando muito lento, madame — disse Grande Yan.

— Os olhos estavam fechados?

— Sim!

A Srta. Plana começou a respirar muito rápido.

— Ela saiu do próprio corpo! Não há uma...

— ...bruxa em cem capaz de fazer isso! Chama-se Empréstimo! É melhor do que qualquer truque de circo! É colocar...

— ...a sua mente em outro lugar! Você tem que...

— ...aprender a se proteger antes de sequer *tentar*! E *ela* inventou isso sozinha, porque não tinha um espelho? A tolinha, por que ela não...

— ...disse? Saía do próprio corpo e o deixava lá para ser tomado por qualquer coisa que aparecesse! Eu me pergunto o que...

— ...ela pensou que estava..
— ...fazendo?

Algum tempo depois, Rob Qualquerum deu uma tossidinha educada.

— A gente é melhor com questões de brigar, beber e roubar — murmurou. — Num sabemos dessas bruaquices.

Capítulo 7

Em matéria de Brian

Algo que se chamava Tiffany voava pelas copas das árvores. Achava que era Tiffany. Podia se lembrar de tudo, quase tudo, sobre ser Tiffany. Parecia Tiffany. Ainda pensava como Tiffany, mais ou menos. Tinha tudo o que precisava para ser Tiffany...

...exceto Tiffany. Exceto a pequena parte dela que era... eu.

Olhava com os olhos dela, tentava ouvir com os ouvidos dela, pensava com o cérebro dela.

Um enxame toma a sua vítima não pela força, exatamente, mas apenas ocupando todo o espaço, como o elefante eremita.* Ele apenas tomava você porque era isso o que fazia, até que estivesse em todos os lugares e não sobrasse espaço algum.

---

* O elefante eremita de Howondaland tem um couro muito fino, exceto na cabeça, e os mais jovens muitas vezes se mudam para uma pequena casinha de barro enquanto os donos estão fora. É muito tímido para machucar alguém, mas a maioria das pessoas desiste de suas casinhas logo depois que um elefante se muda para lá. Até mesmo porque ele levanta a casinha do chão e a carrega nas costas pela estepe, pousando-a em qualquer pedaço de grama agradável que encontrar. Isso torna as tarefas domésticas muito imprevisíveis. No entanto, uma vila inteira de elefantes eremitas se deslocando pelas planícies é uma das mais belas visões do continente.

Só que...

...estava com problemas. Fluía através dela como uma onda escura, mas havia um lugar, apertado e lacrado, que ainda estava fechado. Se tivesse o cérebro de uma árvore, teria ficado confuso.

Se tivesse o cérebro de um ser humano, teria ficado com medo...

Tiffany desceu com a vassoura até pouco acima das árvores e pousou com cuidado no jardim da Sra. Tesourinha. Não era um grande mistério, concluiu. Era só *querer* que ela voasse.

Estava passando mal de novo, ou ao menos tentando; mas, como havia vomitado duas vezes durante o voo, não havia restado muito com o que passar mal. Era ridículo! Ela não tinha mais medo de voar, mas seu estômago estúpido tinha!

Limpou a boca com cuidado e olhou em volta.

Havia pousado em um gramado. Tinha ouvido falar deles, mas nunca vira nenhum de verdade até então. Havia grama ao redor da casa da Srta. Plana, mas aquilo era apenas, bem, a grama da clareira. Todos os outros jardins que conhecia eram usados para o cultivo de hortaliças, com apenas um pequeno espaço para flores, caso o dono tivesse tempo livre. Um gramado significava que você era elegante o suficiente para se dar ao luxo de ocupar um valioso espaço de plantar batatas.

Este gramado tinha listras.

Tiffany se virou para a vassoura e disse:

— Parada!

Em seguida, marchou pelo gramado na direção da casa. Era bem maior do que a da Srta. Plana, mas, pelo que Tiffany tinha ouvido, a Sra. Tesourinha era uma bruxa mais experiente. E, além disso, era casada com um mago, embora ele já não fizesse mais essas coisas de magos hoje em dia. Era uma coisa engraçada, dissera a Srta. Plana, que dificilmente se encontrava um mago pobre.

Bateu na porta e esperou.

Havia uma rede pega-maldição na varanda. Você pensaria que uma bruxa não precisaria de uma coisa daquelas, mas Tiffany presumiu que eram usadas como decoração. Havia também uma vassoura encostada na parede e uma estrela de prata de cinco pontas na porta. A Sra. Tesourinha era bem *pública*.

Tiffany bateu na porta de novo, com mais força.

Foi aberta imediatamente por uma mulher alta e magra, toda de preto. Mas era um preto bem decorativo e rico, profundo, cheio de rendas e babados e enfeitado com mais joias de prata do que Tiffany achara possível existir. Ela não tinha menos anéis nos dedos. Alguns dedos tinham uma espécie de luvas de dedo feitas de prata, projetadas para se assemelharem a garras. A Sra. Tesourinha brilhava como o céu noturno.

E estava usando seu chapéu pontudo, o que a Srta. Plana nunca fazia em casa. Era mais alto do que qualquer chapéu que Tiffany já vira. Tinha estrelas sobre ele e alfinetes reluzentes.

Tudo isso deveria se somar para formar algo bem impressionante. Só que não era o caso. Em parte porque havia muito de *tudo*, mas principalmente por causa da Sra. Tesourinha em si. Ela tinha um rosto comprido e pontudo, com uma expressão de quem estava prestes a reclamar do gato da vizinha em seu gramado. E estava com essa cara o tempo todo. Antes de falar, olhou incisivamente para a porta para ver se as batidas fortes tinham deixado alguma marca.

— Bem? — disse ela, com altivez; ou com o que achava que fosse altivez. Soou meio estrangulada.

— Que todos nesta casa sejam abençoados — disse Tiffany.

— O quê? Ah, sim. Que runas favoráveis brilhem sobre você neste nosso encontro — disse a Sra. Tesourinha apressadamente. — Bem?

— Eu vim ver Annagramma — explicou Tiffany. Havia realmente prata *demais*.

— Ah, você é uma das garotas dela?

— Não... exatamente. Eu trabalho com a Srta. Plana.

— Ah, *ela* — disse a Sra. Tesourinha, examinando-a de cima a baixo. — Verde é uma cor muito perigosa. Qual o seu nome, criança?

— Tiffany.

— Humm — disse a Sra. Tesourinha, sem aprovar nem um pouco. — Bem, é melhor entrar.

Olhou de relance para cima e fez um *tsc!*

— Ah, veja só! Eu comprei isso na feira de artesanato de Fatia. Foi *muito* caro!

A rede pega-maldição estava em farrapos.

— Você não fez isso, fez? — indagou a Sra. Tesourinha, autoritária.

— É muito alto, Sra. Tesourinha — disse Tiffany.

— Se pronuncia Têê-sourinha — disse a Sra. Tesourinha, friamente.

— Desculpe, Sra. Tesourinha.

— Venha.

Era uma casa estranha. Não deixava dúvidas de que uma bruxa morava ali e não apenas porque havia um espaço pontudo cortado no alto de cada umbral de porta para permitir que o chapéu da Sra. Tesourinha passasse. A Srta. Plana não tinha nada em suas paredes além dos cartazes de circo, mas a Sra. Tesourinha tinha grandes pinturas de verdade por toda parte, e eram todas...

bruxescas. Havia um monte de luas crescentes e moças que, francamente, não usavam muita roupa, além de homens enormes com chifres e, ooh, não apenas chifres. Havia sóis e luas nos azulejos do chão e o teto da sala para onde Tiffany foi levada era alto e azul, com estrelas pintadas. A Sra. Tesourinha (pronunciando-se Têê-sourinha) apontou para uma cadeira com pés de grifos e almofadas em forma de meia-lua.

— Sente-se ali. Vou avisar Annagramma que você está aqui. Não chute os pés da cadeira, por favor.

Saiu por uma outra porta.

Tiffany olhou em volta...

...o enxame olhou em volta...

...e pensou: tenho que ser a mais forte. Quando for a mais forte, estarei a salvo. *Essa* aí é fraca. Ela acha que magia se pode comprar.

— Ah, *é* mesmo você — disse uma voz aguda às suas costas.
— A menina do queijo.

Tiffany se levantou.

...o enxame tinha sido muitas coisas, incluindo alguns magos, porque magos buscavam poder o tempo todo e às vezes encontravam, em seus círculos traiçoeiros, não algum demônio estúpido o bastante para ser enganado com ameaças e enigmas, mas o enxame, que era estúpido a ponto de não poder ser enganado com nada. E o enxame se lembrava...

Annagramma estava bebendo um copo de leite. Conhecendo a Sra. Tesourinha, entendia-se melhor Annagramma. Ela tinha certo ar de quem está fazendo anotações sobre o mundo para elaborar uma lista de sugestões de melhorias.

— Olá — disse Tiffany.

— Imagino que tenha vindo implorar para ser autorizada a juntar-se a nós, afinal, não é? — disse Annagramma. — Acho que você pode ser divertida.

— Não, não é bem isso. Mas posso deixar que você se junte a *mim* — disse Tiffany. — Está gostando desse leite?

O copo de leite se transformou em um monte de cardos e mato. Annagramma rapidamente o deixou cair. Quando atingiu o chão, voltou a ser um copo de leite, quebrou e esparramou o líquido.

Tiffany apontou para o teto. As estrelas pintadas se acenderam, enchendo a sala de luz. Mas Annagramma só tinha olhos para o leite derramado.

— Você sabe que dizem que o poder vem? — disse Tiffany, andando em volta dela. — Bem, ele veio a *mim*. Você quer ser minha amiga? Ou quer ficar... no meu caminho? Eu limparia esse leite se fosse você.

Ela se concentrou. Não sabia de onde isso estava vindo, mas parecia saber exatamente o que fazer.

Annagramma subiu alguns centímetros do chão. Ela lutou e tentou correr, mas isso só a fez girar. Para o terrível deleite de Tiffany, a menina começou a chorar.

— *Você* disse que devemos usar o nosso poder — continuou Tiffany, andando ao redor dela enquanto Annagramma tentava se libertar. — *Você* disse que, se tivéssemos o dom, as pessoas deveriam ficar sabendo. Você é uma garota com a cabeça no lugar certo

Tiffany aproximou-se um pouco e inclinou a cabeça para olhá-la nos olhos.

— Não seria terrível se ela ficasse no lugar errado?

Acenou com a mão e sua prisioneira caiu no chão. Mas, se Annagramma era desagradável, não era uma covarde; ela se levantou com a boca aberta prestes a gritar e uma das mãos levantadas...

— Cuidado — disse Tiffany. — Posso fazer isso de novo.

Annagramma também não era estúpida. Abaixou a mão e deu de ombros.

— Bem, você *tem* tido sorte — disse a contragosto.

— Mas preciso de sua ajuda — rebateu Tiffany.

— Por que precisaria da minha ajuda? — indagou Annagramma, mal-humorada.

Precisamos de aliados, pensou o enxame com a mente de Tiffany. *Eles podem nos proteger. Se necessário, podemos sacrificá-los. Outras criaturas sempre querem ser amigas dos poderosos, e esta aqui ama o poder...*

— Para começar, onde posso conseguir um vestido como o seu?

Os olhos de Annagramma se iluminaram.

— Ah, você deve falar com Zakzak Braçoforte, lá em Sem Elmo. Ele vende *tudo* para a bruxa moderna.

— Então eu quero tudo — disse Tiffany.

— E *ele* vai querer pagamento. É um anão. Sabem diferenciar ouro de verdade da ilusão de ouro. Todo mundo tenta fazer isso, claro. Ele apenas ri. Se você tenta isso duas vezes, ele faz uma reclamação com a sua mestra.

— Miss Tick disse que uma bruxa deve ter apenas o dinheiro que lhe basta — disse Tiffany.

— Isso mesmo — retrucou Annagramma. — Apenas o que lhe basta para comprar tudo o que quiser! A Sra. Tesourinha diz que não é porque somos bruxas que temos que viver como camponesas. Mas a Srta. Plana é antiquada, não? Provavelmente nem tem dinheiro algum em casa.

E Tiffany disse:

— Ah, eu sei onde posso conseguir algum dinheiro. Vou encontrá-la por favor me ajude! aqui nesta tarde, e você poderá me mostrar onde fica essa loja

— O que você disse? — perguntou Annagramma bruscamente.

— Só que iria me impeça! encontrá-la aqui nesta... — começou Tiffany.

— Aconteceu de novo! Houve uma espécie de... eco esquisito na sua voz. Como duas pessoas tentando falar ao mesmo tempo.

— Ah, isso — disse o enxame. — Isso não é nada. Vai parar logo.

Era uma mente interessante e o enxame gostava de usá-la; mas sempre havia aquele lugar, aquele lugarzinho fechado. Era irritante, como uma coceira que não ia embora...

Ele não pensava. A mente do enxame era só o que restava de todas as outras mentes nas quais vivera antes. Eram como ecos após o fim da música. Mas até mesmo os ecos, reverberando, podem produzir novas harmonias.

Reverberavam nesse momento. Tocavam coisas como: *Acomode-se. Sem força ainda para fazer inimigos. Tenha amigos...*

A loja escura e de teto baixo de Zakzak oferecia muita coisa com o que gastar dinheiro. Zakzak era mesmo um anão, e eles não são tradicionalmente interessados pelo uso de magia. Mas ele certamente sabia exibir sua mercadoria, coisa na qual anões são realmente bons.

Havia varinhas, a maioria de metal e algumas de madeiras raras. Algumas tinham cristais brilhantes incrustados, o que, naturalmente, as tornava mais caras. Havia garrafas de vidro colorido na seção de "poções" e, por incrível que parecesse, quanto menor a garrafa, mais cara ela era.

— Isso é porque muitas vezes há ingredientes muito raros, como lágrimas de uma cobra rara ou algo assim — disse Annagramma.

— Eu não sabia que cobras choravam — respondeu Tiffany.

— Não choram? Ah, bem, deve ser por isso que é caro.

Havia muitas outras coisas. Embaralhados pendiam do teto, muito mais bonitos e interessantes do que os que Tiffany já tinha visto. Como não eram de verdade, estavam mortos, como aqueles que a Srta. Plana usava para decoração. Mas eram bonitos, e boa aparência era importante.

Havia até mesmo pedras feitas para que as pessoas olhassem *dentro* delas.

— Bolas de cristal — disse Annagramma, quando Tiffany pegou uma. — Cuidado! São *muito* caras!

Apontou para uma placa, que havia sido colocada cuidadosamente entre os globos brilhantes. Dizia:

> Adorável de se olhar
>
> Agradável ao toque
>
> Quem deixá-la cair
>
> Será despedaçado por cavalos selvagens

Tiffany segurava a maior delas em sua mão e viu Zakzak afastar-se ligeiramente de seu balcão, pronto para correr para a frente com uma conta caso ela a deixasse cair.

— Miss Tick usa um pires de água misturada com um pouco de tinta — disse ela. — E geralmente são água e tinta que ela ganhou de esmola.

— Ah, uma *fundamentalista* — disse Annagramma. — Letice; quero dizer, Sra. Tesourinha, diz que elas são uma decepção terrível. Nós realmente queremos que as pessoas pensem que as bruxas são apenas um bando de velhas loucas parecidas com corvos? Isso é tão casinha-feita-de-doces! Nós realmente devemos ser profissionais com essas coisas.

— Humm — disse Tiffany, jogando a bola de cristal para o alto e pegando-a novamente com uma das mãos. — As pessoas deveriam *temer* as bruxas.

— Bem, er, certamente elas deveriam nos respeitar — disse Annagramma. — Hum... Eu teria cuidado com isso, se fosse você...

— Por quê? — perguntou Tiffany, jogando a bola por cima do ombro.

— Essa era feita com o melhor quartzo! — gritou Zakzak, correndo ao redor do balcão.

— Ah, *Tiffany* — disse Annagramma, chocada, mas tentando não rir.

Zakzak passou correndo por elas até onde estava a bola, quebrada em centenas de caros fragmen...

...onde *não* estava a bola quebrada em caros fragmentos.

Ele e Annagramma voltaram-se para Tiffany.

Ela estava girando o globo de cristal na ponta do dedo.

— A rapidez da mão engana o olho.

— Mas eu a escutei se quebrar! — disse Zakzak.

— Engana o ouvido, também — acrescentou Tiffany, colocando a bola de volta em seu estande. — Eu não quero isso, *mas* — apontou com um dedo — vou levar aquele colar e aquele outro e aquele dos gatos e esse anel e um conjunto *desses* e dois, não, três daqueles e... o que é isso?

— Hm, isso é um Livro da Noite — disse Annagramma, nervosa. — É uma espécie de diário mágico. Você escreve sobre os assuntos em que anda trabalhando...

Tiffany pegou o livro encadernado em couro. Na capa, havia um olho adornado em couro mais duro. Ele se mexeu para olhá-la. Ali estava era um verdadeiro diário de bruxa, muito mais impressionante do que um livro qualquer e vergonhosamente barato comprado de um mascate.

— De quem era esse olho? — perguntou Tiffany. — Alguém interessante?

— Er, eu recebo os livros dos magos da Universidade Invisível — disse Zakzak, ainda abalado. — Não são olhos de verdade, mas são espertos o suficiente para girar até verem um outro olho.

— Acabou de piscar — disse Tiffany.

— Muito inteligentes, os magos — disse o anão, que sabia reconhecer uma venda. — Quer que eu embrulhe para você?

— Sim. Embrulhe tudo. E, agora, alguém pode me ouvir? mostre-me o departamento de roupas...

...onde havia chapéus. Há modas e tendências na bruxaria, como em todo o resto. Há os anos em que o visual meio sanfonado está na moda e é possível ver a ponta do chapéu se dobrar tanto que chega a apontar para o chão. Há variações até mesmo no chapéu mais tradicional (Ponta Para Cima, Preto), como o "Camponesa" (bolsos internos, à prova d'água), o "Fura-Nuvens" (aerodinâmico, para uso em vassouras) e, muito importante, o "Seguro" (garantia de sobrevivência de 80% para casas caindo aos pedaços).

Tiffany escolheu o que tinha o mais alto cone vertical. Tinha mais de meio metro de altura e grandes estrelas costuradas.

— Ah, o Arranha-Céus. Este tem muito o seu Estilo — disse Zakzak, apressando-se em fazer a venda. — É para a bruxa que está em seu caminho até o topo, sabe o que quer e não se importa com os sapos que forem necessários, a-rá. Aliás, muitas gostam de usar uma capa com ele. Agora, temos a Meia-Noite, pura lã, muito fina, bastante quente, mas... — deu uma olhada atenta em Tiffany — ...acontece de ainda termos em estoque *limitadíssima* quantidade da Vagalhão de Zéfiro, que acabou de chegar, bem rara, preta como carvão e fina como uma sombra. Completamente inútil para mantê-la aquecida ou seca, mas parece *fabulosa* até na mais leve brisa. Observe...

Ele ergueu a capa e soprou suavemente. Ela ondulou quase horizontalmente, batendo e girando como um lençol em um vendaval.

— Ah, *sim*. — Annagramma ficou sem fôlego.

— Vou levá-la — disse Tiffany. — Vou usá-la nos Julgamentos das Bruxas no sábado.

— Bem, se você ganhar, não se esqueça de dizer a todos que a comprou aqui — disse Zakzak.

— *Quando* eu ganhar, vou dizer que tive um desconto considerável — disse Tiffany.

— Ah, eu não faço descontos — disse Zakzak, da forma mais arrogante possível para um anão.

Tiffany o encarou e pegou uma das varinhas mais caras do mostruário. Brilhava.

— Essa é uma Número Seis — sussurrou Annagramma. — A Sra. Tesourinha tem uma dessas!

— Vejo que tem runas nela — disse Tiffany; algo no modo como falou fez Zakzak empalidecer.

— Bem, é *claro* — disse Annagramma. — Tem que ter *runas*.

— Estas são em Oggham — disse Tiffany, sorrindo maldosamente para Zakzak. — É uma língua muito antiga dos anões. Devo lhe contar o que elas *dizem*? Elas dizem: "Ah Que Pessoa Desajeitada Está Usando Isso."

— Não use esse tom desagradável e mentiroso comigo, mocinha! — exclamou o anão. — Quem é sua mestra? Conheço o seu tipo! Aprende um feitiço e já se acha a Madame Cera do Tempo! Não vou aceitar este tipo de comportamento! *Brian*!

Houve um farfalhar nas cortinas de contas que levavam aos fundos da loja e um mago apareceu.

Dava para ver que era um mago. Magos nunca querem que você tenha dúvidas. Usava longas túnicas esvoaçantes com estrelas e símbolos mágicos; havia até algumas lantejoulas. Sua barba poderia ser longa e cheia se ele de fato fosse o tipo de rapaz que consegui deixar a barba crescer. Em vez disso, era irregular e rala, além de não muito limpa. E o efeito geral também era estragado pelo fato de que estava fumando um cigarro, tinha uma caneca de chá na mão e uma cara que se parecia um pouco com algo que vive debaixo de troncos úmidos.

A caneca estava rachada e nela se liam as alegres palavras 'Você Não Precisa Ser Mágico Para Trabalhar Aqui, Mas Ajuda!!!!!'

— Sim? — disse, acrescentando em tom de censura: — Eu *estava* na minha pausa para o chá, sabe?

— Esta jovem... madame está sendo constrangedora — disse Zakzak. — Se mostrando com mágica. Respondendo e sendo espertinha comigo. O de sempre.

Brian olhou para Tiffany. Ela sorriu.

— Brian frequentou a Universidade Invisível — disse Zakzak com um sorriso "quero ver agora". — Tem um *diploma*. O que ele não sabe sobre magia poderia encher um livro! Mostre a saída para estas senhoras, Brian.

— Vamos, madames — disse Brian, nervoso, pondo a caneca no balcão. — Façam o que o Sr. Braçoforte diz e caiam fora, tudo bem? Nós não queremos problemas, não é? Vamos lá, como boas meninas.

— Por que você precisa de um mago para protegê-lo, com todos esses amuletos mágicos à sua volta, Sr. Braçoforte? — perguntou Tiffany docemente.

Zakzak virou para Brian:

— Por que está aí parado? Ela está fazendo de novo! Eu pago a você, não é? Coloque um feitiço nelas ou algo assim!

— Bem, er... esta aqui pode ser uma cliente um pouco esquisita... — disse Brian, gesticulando para Tiffany.

— Se você estudou na Universidade, Brian, então sabe sobre conservação da massa, não é? Quero dizer, você sabe o que *realmente* acontece quando se tenta transformar alguém em um sapo?

— Bem, er... — começou o mago.

— Rá! Isso é só figura de linguagem! — explodiu Zakzak. — Eu gostaria de ver *você* transformar alguém em sapo!

— Desejo concedido — disse Tiffany, acenando com a varinha.

Brian começou a dizer:

— Olha, quando disse que tinha ido pra Universidade Invisível, eu quis dizer...

Mas acabou dizendo:

— Ribbit.

Levante os olhos para longe de Tiffany, por cima da loja, para o alto, bem alto sobre a vila, até que a paisagem se espalhe em uma colcha de retalhos de campos, bosques e montanhas.

A magia se espalha como as ondulações geradas quando uma pedra é jogada na água. A poucos quilômetros dali, ela faz embaralhados girarem e parte as linhas das redes pega-maldição. Ao passo que as ondulações se alargam, a magia fica mais fraca, mas nunca morre, e ainda pode ser sentida por coisas muito mais sensíveis do que qualquer embaralhado...

Deixe os olhos se moverem e caírem agora sobre *esta* floresta, *esta* clareira, *esta* casinha...

Não há nada nas paredes além de cal, nada no chão além da pedra fria. A enorme lareira não tem sequer um forno. Uma chaleira preta está pendurada em um gancho preto sobre o que dificilmente poderia ser chamado de fogo; são apenas alguns galhos amontoados.

Esta é a casa de uma vida descascada até o seu núcleo.

No andar de cima, uma mulher velha, toda de preto desbotado, está deitada em uma cama estreita. Mas ninguém acharia que ela está morta, porque há uma grande placa em uma linha ao redor de seu pescoço onde está escrito:

...e você tem que acreditar quando está escrito.

Seus olhos estão fechados, as mãos cruzadas sobre o peito e a boca entreaberta.

E abelhas rastejam por sua boca, sobre as orelhas e por todo o travesseiro. Elas tomam a sala, entram e saem voando pela janela aberta, onde alguém colocou uma fileira de pires cheios de água com açúcar no peitoril.

Nenhum dos pires é igual ao outro, claro. Uma bruxa nunca tem louças que combinam. Mas as abelhas trabalham neles, indo e vindo... ocupadas como abelhas.

Quando a onda de magia chega, o zumbido se eleva a um rugido. Abelhas passam pela janela com urgência, como se impulsionadas por um vendaval. Elas pousam sobre a velha imóvel até sua cabeça e seus ombros virarem uma massa em ebulição de minúsculos corpos marrons.

E então, como um só inseto, todas sobem em uma tempestade e se espalham pelo ar exterior, que está cheio de sementes rodopiantes dos plátanos do jardim.

Madame Cera do Tempo ficou sentada de repente e disse:

— Bzzzt!

Então ela enfiou um dedo na boca, cutucou um pouco e tirou de dentro uma abelha que se debatia. Foi soprada janela afora.

Por um momento, seus olhos pareceram ter muitas facetas, como os de uma abelha.

— Então — disse. — Ela aprendeu a Emprestar, foi? Ou foi Emprestada!

Annagramma desmaiou. Zakzak olhava, com *medo* demais para desmaiar.

— Sabe — disse Tiffany, enquanto algo no ar fazia *gloop, gloop* acima deles —, um sapo pesa apenas alguns gramas, mas Brian pesa, ah, cerca de sessenta quilos, não? *Assim*, para transformar alguém grande em um sapo é preciso fazer alguma coisa com todos os pedaços que não cabem no sapo, certo?

Ela se abaixou e levantou do chão o chapéu pontudo de mago.

— Feliz, Brian?

Um pequeno sapo, sentado em uma pilha de roupas, olhou para cima e disse:

— *Ribbit!*

Zakzak não olhou para o sapo. Estava olhando para a coisa que passava fazendo *gloop, gloop*. Era como um grande balão rosa cheio de água, bem bonito na verdade, batendo suavemente no teto.

— Você o matou! — murmurou.

— O quê? Ah, não. Isso são apenas as partes das quais ele não precisa agora. É uma espécie de... Brian *reserva*.

— *Ribbit* — disse Brian. O resto dele fez *gloop*.

— Sobre esse desconto... — começou Zakzak apressadamente. — Dez por cento seria...

Tiffany acenou com a varinha. Atrás dela, todos os cristais do mostruário subiram e começaram a orbitar uns aos outros de uma forma brilhante e, acima de tudo, *frágil*.

— Essa varinha não deveria poder fazer isso! — disse ele.

— É claro que não. É só lixo. Mas *eu* posso — retrucou Tiffany. — Noventa por cento de desconto, ouvi você dizer? Pense rápido, estou ficando cansada. E o Brian reserva está ficando... pesado.

— Você pode ficar com tudo! — gritou Zakzak. — De graça! Só não deixe ele explodir no chão! Por favor!

— Não, não, eu gostaria que você permanecesse no ramo — disse Tiffany. — Um desconto de noventa por cento estaria ótimo. Quero que pense em mim como... uma amiga...

— Sim! Sim! Eu *sou* seu amigo! Eu sou uma pessoa muito amigável! Agora por favor traga-o de vooolta! Por favor! — Zakzak caiu de joelhos, que não estavam muito longe do chão. — *Por favor!* Ele não é um mago de verdade! Só fez um curso noturno de arabescos lá! Eles alugam salas para outros cursos, esse tipo de coisa. Ele acha que eu não sei! Mas leu escondido alguns dos livros de magia, pegou algumas roupas e sabe todo o jargão de mago, então nem dá para notar a diferença! Por favor! Eu nunca conseguiria um mago de *verdade* com o salário que pago a ele! Não o machuque, *por favor*!

Tiffany fez um gesto com a mão. Houve um momento ainda mais desagradável do que aquele que tinha terminado com o

Brian reserva batendo no teto e, então, o Brian inteiro estava ali de pé, piscando.

— Obrigado! Obrigado! Obrigado! — engasgou Zakzak.

Brian piscou:

— O que aconteceu?

Zakzak, fora de si de horror e alívio, bateu-lhe freneticamente nas costas.

— Você está todo aí? Não é um balão?

— Ei, sai! — disse Brian, empurrando-o para longe.

Annagramma deu um gemido. Ela abriu os olhos, viu Tiffany e tentou se levantar *e* se afastar, o que significa que se moveu para trás como uma aranha.

— Por favor, não faça isso comigo! Por favor, não! — gritou.

Tiffany correu atrás dela e a puxou para que ficasse de pé.

— Eu não faria nada com *você*, Annagramma — disse, alegremente. — Você é minha amiga! Somos *todos* amigos! Isso não é *legal?* Por favor por favor me façam parar...

Era preciso lembrar que os pictsies não eram como os duendes. Em teoria, duendes fariam o trabalho doméstico para você, se lhes deixasse um pires de leite.

Os Nac Mac Feegle... não.

Ah, eles tentariam, se gostassem de você e você não os insultasse com *leite* no pires. *Gostavam* de ajudar. Apenas não eram bons nisso. Por exemplo, você não tentaria remover uma mancha mais insistente de um prato batendo nela repetidamente com a cabeça.

E você não gostaria de ver uma pia cheia deles com sua melhor porcelana. Ou um pote mais caro rolando pra lá e pra cá pelo chão enquanto os Feegles lutavam dentro dele contra a sujeira e entre si.

Mas a Srta. Plana, depois que conseguiu colocar sua melhor porcelana fora do caminho, descobriu que gostava dos Feegles. Havia algo de indomável nos homenzinhos. E eles não pareciam ligar nem um pouco para uma mulher com dois corpos.

— Rá, isso não é nada — disse Rob Qualquerum. — Quando a gente tava em missão pra Raía uma vez, encontrou um mundo onde cada pessoa tinha cinco corpos cada uma. De todos os tamanhos, sabe, pra todo tipo de trabalho.

— Sério? — questionaram as duas Srta. Plana.

— É, e o maior corpo tinha a mão esquerda enorme, só pra abrir os frascos de picles.

— Aquelas tampas às vezes ficam muito apertadas, é verdade — concordou a Srta. Plana.

— Ah, a gente viu uns lugares bem arabescos quando tava em missão pra Raía — disse Rob Qualquerum. — Mas desistimos disso porque ela era uma coroca duas caras e gananciosa, isso que ela era!

— Sim, e não é porque ela expulsou a gente do Reino das Fadas por estar todo emborrachado às duas da tarde; afinal, qualquer sacripanta pode mphf mphf... — disse Wullie Doido.

— Emborrachado? — questionou a Srta. Plana.

— Sim... er, sim, ele quer dizer... cansado. Sim. Cansado. Isso é que ele quer dizer — alegou Rob Qualquerum, tapando com firmeza a boca do irmão. — E cê nem sabe como falar direito na frente de uma senhora, seu idiota sacripantinha!

— Er... obrigado por lavarem a louça — disse a Srta. Plana. — Vocês realmente não precisavam...

— Ah, num foi problema algum — disse Rob Quálquerum alegremente, soltando Wullie Doido. — E tenho certeza que todos aqueles pratos e aquelas coisas vão ficar que nem novas com um pouco de cola.

A Srta. Plana olhou para o relógio sem ponteiros.

— Está ficando tarde. O que exatamente propõe que se faça, Sr. Qualquerum?

— Quê?

— Você tem um plano?

— Ah, sim!

Rob Qualquerum remexeu em sua spog, que é uma bolsa de couro que a maioria dos Feegles leva pendurada em seu cinto. O conteúdo é geralmente um mistério, mas às vezes inclui dentes interessantes.

Ofereceu com um floreio um pedaço de papel muito dobrado.

A Srta. Plana desdobrou-o com cuidado.

— PLN?

— Sim — disse Rob com orgulho. — A gente veio preparado! Olha, tá escrito. Pê Ele Iêne. Plano.

— Er... como posso colocar isso...? — ponderou a Srta. Plana. — Ah, sim. Vocês vieram depressa até aqui para salvar Tiffany de uma criatura que não pode ser vista, tocada, farejada ou morta. O que pretendem fazer quando a encontrarem?

Rob Qualquerum coçou a cabeça, provocando uma pequena chuva geral de objetos.

— Acho que talvez cê tenha encontrado um ponto fraco, senhora — admitiu.

— Quer dizer que vão atacar de qualquer forma?

— Ah, é. Esse é o plano, com certeza — disse Rob Qualquerum, animando-se.

— E então o que acontece?

— Bom, geralmente tão tentando espancar a gente a essa altura, então a gente improvisa na hora.

— Sim, Robert, mas a criatura está dentro da cabeça dela!

Rob Qualquerum lançou um olhar interrogativo a Billy.

— Robert é uma maneira ufana de dizer Rob — disse o gonago; e, para poupar tempo, disse a Srta. Plana: — Significa "meio esnobe".

— Agh, a gente pode entrar na cabeça dela se precisar — disse Rob. — Eu esperava chegar aqui antes da coisa alcançar ela, mas a gente pode perseguir.

O rosto da Srta. Plana estava imóvel como um retrato. Como dois retratos.

— *Entrar* na *cabeça* dela?

— Ah, é — disse Rob, como se esse tipo de coisa acontecesse todos os dias. — Sem problema. A gente pode entrar e sair de qualquer lugar. Exceto, talvez, dos bares. Por algum motivo a gente não consegue sair deles. Uma cabeça? Fácil.

— Desculpe, mas estamos falando de uma cabeça de verdade aqui, não é? — disse a Srta. Plana, horrorizada. — O que vocês fazem, entram pelos ouvidos?

Mais uma vez Rob olhou para Billy, que parecia confuso.

— Não, senhora. Seriam pequenos demais — disse ele, pacientemente. — Mas a gente pode se mover entre os mundos, sabe? A gente é do povo das fadas.

A Srta. Plana assentiu com ambas as cabeças. Era verdade, mas ficava difícil olhar para fileiras de Nac Mac Feegles e lembrar que eram, tecnicamente, fadas. Era como ver pinguins nadando debaixo d'água e ter que lembrar que eram pássaros.

— E?

— A gente pode entrar nos sonhos, entende?... E o que é a mente além de um outro mundo de sonhos?

— Não, eu proíbo isso! — disse a Srta. Plana. — Não posso deixar que fiquem correndo por aí pela cabeça de uma garota!

Quero dizer, olhem só para vocês! Vocês são homens crescid... Bem, vocês são homens! Seria como, como... Bem, seria como se olhassem o diário dela!

Rob Qualquerum pareceu intrigado.

— Ah, é? A gente olhou o diário dela um monte de vezes. Num causou mal nenhum.

— Vocês *olharam* o *diário* dela? — questionou a Srta. Plana, horrorizada. — Por quê?

Realmente, pensou mais tarde, ela deveria ter imaginado a resposta.

— Porque tava trancado — disse Wullie Doido. — Se ela num queria que ninguém olhasse pra ele, por que guardava na gaveta de meias? Mas enfim, só tinha um monte de palavras que a gente não conseguia entender e uns desenhos de corações e flores e essas coisas.

— Corações? Tiffany? — perguntou a Srta. Plana. — *Sério?* — Ela se sacudiu. — Mas vocês não deveriam ter feito isso! E entrar na mente de alguém é ainda pior!

— O enxame tá lá dentro, madame — disse Billy Pequenininho, humildemente.

— Mas vocês disseram que não podem fazer nada quanto a isso!

— *Ela* pode. Se conseguirmos rastreá-la — disse o gonago. — Se a gente puder encontrar o minúsculo pedacinho pequenininho que ainda é *ela*. A garota é uma boa lutadora quando precisa. Veja bem, senhora, a mente é como um mundo. Ela vai estar escondida em algum lugar, olhando pelos próprios olhos, escutando pelos próprios ouvidos, tentando fazer as pessoas escutarem, tentando não deixar aquela besta encontrá-la... e aquilo vai caçá-la o tempo todo, tentando quebrá-la...

A Srta. Plana já começava a se sentir caçada. Cinquenta pequenos rostos, cheios de preocupação, esperança e narizes quebrados, olhavam para ela. E ela sabia que não tinha um plano melhor. Nem mesmo um PLN.

— Está bem. Mas vocês deveriam pelo menos tomar um banho. Eu sei que é bobagem, mas isso vai me fazer sentir melhor sobre essa coisa toda.

Houve um gemido geral.

— Um banho? Mas a gente tomou um faz nem um ano — disse Rob Qualquerum. — Lá no grande lago de orvalho pras velhas!

— Agh, diabos! — disse Grande Yan. — Num se pode pedir que um homem tome banho de novo assim tão cedo, senhora! Num vai restar nada da gente!

— Com água quente e sabão! — disse a Srta. Plana. — E falo sério! Vou preparar a água e... colocar uma corda na beirada para que possam entrar e sair, mas vocês *vão* ficar limpos. Eu sou uma bru... aca, e é melhor vocês fazerem o que digo!

— Ah, tá bom! — disse Rob. — A gente vai fazer isso pela grande bruaquinha. Mas num vai espiar, hein?

— *Espiar?* — questionou a Srta. Plana. Apontou um dedo trêmulo. — Entrem nesse banheiro agora!

A Srta. Plana ficou, no entanto, escutando na porta. É o tipo de coisa que uma bruxa faz.

Não havia nada para ouvir no início além do suave *splash* da água, mas então:

— *Isso num é tão ruim como eu pensava!*
— *Sim, bem agradável.*
— *Ei, tem um pato amarelo enorme aqui. Pra quem cê tá apontando esse bico, seu sacripanta...*

Houve um *quack* molhado e alguns ruídos borbulhantes quando o pato de borracha afundou.

— *Rob, a gente tem que colocar uma dessas lá no morro. Muito bom pra aquecer no inverno.*

— *É, num é muito bom pras velhas ter que beber naquele lago depois que a gente toma banho. É horrível ouvir uma velha tentando cuspir.*

— *Agh, vai deixar a gente frouxo! Não é um bom banho se você não tem gelo formando na sua cabeça!*

— *Quem você tá chamando de frouxo?*

Seguiram-se muitos barulhos de água, que começava a escorrer por baixo da porta.

A Srta. Plana bateu.

— Saiam agora e sequem-se! — ordenou. — Tiffany pode voltar a qualquer momento!

Ainda demoraram por mais duas horas e, a essa altura, a Srta. Plana estava tão nervosa que seus colares tilintavam o tempo todo.

Ela começou na bruxaria mais tarde do que a maioria, sendo naturalmente qualificada pelo fato de ter dois corpos, mas nunca foi muito feliz com magia. Na verdade, a maioria das bruxas poderia passar a vida inteira sem ter que fazer nenhuma magia séria, inegável (criar embaralhados, redes pega-maldição e apanhadores de sonhos não contavam de verdade, porque eram coisas mais de artes-e-ofícios, e a maior parte do restante era medicina prática, bom senso e a capacidade de parecer austera com um chapéu pontudo). Mas ser uma bruxa e usar um grande chapéu preto era como ser um policial. As pessoas viam o uniforme, não você. Se um lenhador louco estivesse correndo pela rua, você não poderia se afastar, resmungando: "Não pode encontrar outra pessoa? Na verdade eu só lido com, você sabe, vira-latas e segurança no trânsito..." Você estava lá, você tinha o chapéu, você fazia o trabalho. Essa era uma regra básica da bruxaria: *Depende de você*.

Ela tinha virado duas pilhas de nervos quando Tiffany chegou, então ficou lado a lado de mãos dadas com ela mesma para se transmitir confiança.

— Onde você esteve, querida?

— Fora — disse Tiffany.

— E o que tem feito?

— Nada.

— Vejo que foi fazer compras.

— Sim.

— Com quem?

— Ninguém.

— Ah, sim — disse a Srta. Plana, completamente à deriva. — Eu me lembro de quando costumava sair e não fazer nada. Às vezes você mesma pode ser sua pior companhia. Acredite, eu sei...

Mas Tiffany já tinha subido correndo as escadas.

Sem que ninguém parecesse se mover, Feegles começaram a aparecer por toda a sala.

— Bem, dava pra ter sido melhor — disse Rob Qualquerum.

— Ela parecia tão diferente! — explodiu a Srta. Plana. — Até se movia de forma diferente! Eu não soube o que fazer! E aquelas roupas!

— Sim. Brilhando que nem filhote de corvo — disse Rob.

— Você viu todas aquelas sacolas? Onde será que conseguiu o dinheiro? *Eu* com certeza não tenho esse dinheiro tod....

Parou. As duas Srta. Plana falaram ao mesmo tempo.

— Ah, não...

— ...Claro que não! Ela não faria...

— ...isso, faria?

— Eu não sei do que você está falando — disse Billy Pequenininho —, mas o que *ela* faria não é o problema. O enxame é que está pensando!

A Srta. Plana apertou as quatro mãos juntas de nervoso.

— Oh, céus... Eu *preciso* ir até a vila e conferir!

Uma delas correu em direção à porta.

— Bem, pelo menos ela trouxe a vassoura de volta — murmurou a Srta. Plana que ficou. Começou a esboçar a expressão um pouco desfocada que exibia quando seus dois corpos não estavam no mesmo lugar.

Ouviram barulhos no andar de cima.

— Eu voto pra que a gente apenas toque bem suave na cabeiça dela — disse Grande Yan. — Não pode causar problema pra gente se acabar dormindo, né?

A Srta. Plana abria e fechava os punhos de nervoso.

— Não — respondeu. — Eu vou até lá ter uma conversa *séria* com ela!

— Eu te disse, senhora, não é ela — insistiu Billy Pequenininho, cansado.

— Bem, pelo menos vou esperar até ter visitado o Sr. Weavall — disse a Srta. Plana, parada na cozinha. — Estou quase lá... ah... ele está dormindo. Vou apenas conferir sua caixa sem fazer barulho... se ela tiver pego o dinheiro, vou ficar *tão* zangada...

Era um *bom* chapéu, pensou Tiffany. Era no mínimo tão alto quanto o chapéu da Sra. Tesourinha e brilhava sombriamente. As estrelas reluziam.

Os outros pacotes cobriam o chão e a cama. Tirou mais um dos vestidos pretos, o tal coberto de rendas, e a capa, que se espraiou pelo ar. Tinha realmente gostado da capa. Em qualquer situação que não fosse uma calmaria completa e absoluta ela flutuava e ondulava como se chicoteada por um vendaval. Como Tiffany queria se tornar uma bruxa, a aparência era um bom começo.

Rodopiou com a capa uma ou duas vezes e então disse algo sem pensar, de maneira que a parte enxame dela foi pega de surpresa.

— Me ver.

O enxame foi jogado subitamente para fora de seu corpo; Tiffany estava livre. Ela não esperava por isso...

Sentiu-se inteira até a ponta dos dedos. Pulou na cama, agarrou uma das melhores varinhas de Zakzak e gesticulou desesperadamente como se portasse uma arma.

— Fique aí fora! Fique longe! O corpo é meu, não seu! Você já o forçou a fazer coisas terríveis! Você *roubou* o dinheiro do Sr. Weavall! Olhe só pra essas roupas estúpidas! E não sabe nada sobre comer e beber? Fique longe! Você não vai voltar! Não se atreva! Eu tenho poder, você sabe!

Assim como nós, disse na voz dela, na cabeça dela. *O seu.*

Lutaram. Um observador teria visto apenas uma menina de vestido preto, girando pelo quarto e agitando os braços como se tivesse sido picada, mas Tiffany lutava por cada dedo, cada unha. Pulava na parede, esbarrava na cômoda, batia em outra parede..

...então a porta se escancarou.

Uma das Srta. Plana estava lá, não mais nervosa, mas tremendo de fúria. Apontou um dedo trêmulo.

— Ouça-me, quem quer que seja! Você roubou o Sr. Weav...?

O enxame se virou.

O enxame atacou.

O enxame... matou.

Capítulo 8

A terra secreta

Já é ruim o bastante estar morta. Acordar e ver um Nac Mac Feegle de pé sobre o seu peito e olhando fixamente para você a cinco centímetros de distância só piora as coisas.

A Srta. Plana gemeu. Parecia que estava deitada no chão.

— Bom, essa aqui tá viva, isso é certo — disse o Feegle. — Falei pra vocês! Agora tão me devendo um crânio de doninha!

A Srta. Plana piscou um par de olhos e então ficou paralisada de horror.

— O que aconteceu comigo? — sussurrou.

O Feegle à sua frente foi substituído pelo rosto de Rob Qualquerum. Não era muito melhor.

— Quantos dedos eu tô mostrando?

— Cinco — sussurrou a Srta. Plana.

— Estou? Ah, bom, cê deve estar certa, deve saber contar — disse Rob, abaixando a mão. — Cê sofreu um pequeno acidente, sabe. Tá um pouquinho morta.

A cabeça da Srta. Plana tombou para trás. Através da névoa de alguma coisa que não era exatamente dor, ouviu Rob Qualquerum dizer a alguém que ela não estava vendo:

— Ei, eu *tava* dando as notícias de jeito delicado! Usei "pequeno" e "pouquinho", certo?

— É como se parte de mim estivesse... muito longe daqui — murmurou a Srta. Plana.

— Sim, cê tá certa — disse Rob, campeão da delicadeza.

Algumas memórias borbulhavam pela superfície da espessa sopa na mente da Srta. Plana.

— Tiffany me matou, não foi? Eu me lembro de ter visto essa figura toda de preto se virar e a expressão dela era horrível...

— Aquele era o enxame — disse Rob Qualquerum. — Num era Tiffany alguma! Ela tava brigando com ele! E ainda tá, lá dentro! Mas ele num lembra que você tinha dois corpos! Temos que ajudar a menina, madame!

A Srta. Plana forçou-se a ficar de pé. *Não era* dor o que sentia, era o... fantasma da dor.

— Como foi que eu morri? — perguntou, com voz fraca.

— Teve, tipo, uma explosão, com fumaça e tudo — respondeu Rob. — Nada muito bizarro, na verdade.

— Ah, bem, uma pequena misericórdia, pelo menos — disse a Srta. Plana, perdendo a firmeza do corpo.

— Sim, tinha só, tipo, uma grande nuvem roxa, que nem poeira — disse Wullie Doido.

— Onde está o meu... Eu não sinto... Onde está o meu outro corpo?

— Bem, ele que foi destruído na tal grande nuvem, isso é certo — disse Rob. — Ainda bem que você tinha um reserva, hein?

— Ela tá com a cabeça bem magoada — sussurrou Billy Pequenininho. — Seja gentil, tá?

— Como vocês conseguem? Ver apenas um lado das coisas? — perguntou a Srta. Plana, de forma sonhadora, para o mundo em geral. — Como vou fazer tudo com apenas um par de mãos e pés? Estar em um só lugar o tempo todo... como as pessoas conseguem? É impossível...

Fechou os olhos.

— Srta. Plana, a gente *precisa* de você! — gritou Rob Qualquerum em seu ouvido.

— Precisa, precisa, precisa — murmurou a Srta. Plana. — Todo mundo precisa de uma bruxa. Ninguém se importa com o que uma bruxa *precisa*. Dar e *dar* sempre... uma fada madrinha nunca pode fazer um pedido, essa é a verdade...

— Srta. Plana! — gritou Rob. — Num pode desmaiar agora!

— Estou cansada — sussurrou a bruxa. — Estou muito, muito emborrachada.

— Srta. Plana! A grande bruaquinha tá deitada no chão que nem uma pessoa morta, mas tá fria que nem gelo e suando que nem um cavalo! Ela tá lutando com a fera dentro dela, senhora! E tá perdendo!

Rob olhou para o rosto da Srta. Plana e sacudiu a cabeça.

— Ah, essa agora não! Desmaiou! Vamos, rapazes, vamos carregá-la!

Assim como muitas criaturas pequenas, Feegles são imensamente fortes para o seu tamanho. Ainda assim, foi preciso dez deles para levar a Srta. Plana escada acima sem bater com a cabeça dela mais do que o necessário. Chegaram a usar, entretanto, os pés dela para empurrar e abrir a porta do quarto de Tiffany.

A garota estava deitada no chão. Às vezes um músculo se contraía.

A Srta. Plana foi colocada sentada como uma boneca.

— Como a gente vai fazer a bruacona acordar? — indagou Grande Yan.

— Ouvi dizer que é bom pôr a cabeiça da pessoa entre as pernas — sugeriu Rob, em dúvida.

Wullie Doido suspirou e desembainhou sua espada.

— Me parece um pouquinho drástico, mas se alguém puder me ajudar a segurar o corpo...

A Srta. Plana abriu os olhos, o que foi bem melhor. Tentou focalizar a visão embaçada nos Feegles e exibiu um sorriso estranho e feliz.

— Oooh, fadas! — murmurou.

— Agh, não, agora ela endoidou — disse Rob Qualquerum.

— Não, ela quis dizer fadas como os parrudos acham que elas são — disse Billy Queixudão Pequenininho. — Minúsculas criaturas pequeninas que fazem barulhinhos e vivem nas flores e voam por aí com as amigas borboletas e coisas assim.

— Quê? Eles nunca *viram* fadas de verdade? Elas são piores do que vespas! — disse Grande Yan.

— A gente não tem *tempo* pra isso — explodiu Rob Qualquerum. Pulou para o joelho da Srta. Plana.

— Sim, minha senhora, a gente é as fadas da terra do... — parou e olhou suplicante para Billy.

— Tilintar? — sugeriu o gonago.

— Sim, da terra do Tilintar, sabe, e encontramos esta pobre...

— ...princesinha — disse Billy.

— Sim, princesinha, que foi atacada por um bando de sacripantas...

— ...goblins perversos — disse Billy.

— ...Sim, goblins perversos e sacripantas, certo, e ela tá num mau estado, então a gente queria saber se você podia explicar como cuidar dela...

— ...até que o príncipe encantado apareça em um grande cavalo branco com babados em volta e acorde ela com um beijo mágico — disse Billy.

Rob retribuiu-lhe um olhar desesperado e voltou-se para a Srta. Plana toda confusa:

— Sim, isso que o meu amigo Billy Fadinha disse

A Srta. Plana tentou se concentrar:

— Vocês são umas fadas muito *feias*.

— Sim, bem, as que você costuma ver são pras flores *bonitas*, sabe — disse Rob Qualquerum, inventando desesperadamente. — A gente é mais pras urtigas, capim, cardos e calças-de-velhos, tá? Não seria justo se só as flores elegantes tivessem fadas, não é? Seria até contra a lei, né? Agora, pode *por favor* ajudar a gente com essa princesa aqui antes que aqueles sacripantas...

— ...Goblins perversos — disse Billy.

— Sim, antes que eles voltem — disse Rob.

Ofegante, observou o rosto da Srta. Plana. Parecia estar processando certa quantidade de pensamento.

— O pulso dela está rápido? — murmurou a Srta. Plana. — Você disse que sua pele está fria, mas ela está suando? Está respirando depressa? Parece que está em choque. Mantenham-na aquecida. Levantem suas pernas. Muito cuidado. Tentem remover... a causa... — Sua cabeça tombou.

Rob se virou para Billy Pequenininho:

— Um cavalo com babados em volta? De onde cê tirou toda essa bobajada?

— Há uma casa bem grande perto do Lago Comprido onde eles leem histórias pras criancinhas e eu fico escutando em um buraco de rato — disse Billy Queixudão Pequenininho. — Um dia eu entrei lá escondido e fiquei vendo os retratos, e tinha uns parrudos chamados cavaleiros, com escudos, armaduras e cavalos com babados...

— Bom, funcionou, por mais bobajada que seja — disse Rob Qualquerum. Olhou para Tiffany. Ela estava deitada, então ele estava quase tão alto quanto seu queixo. Era como caminhar ao redor de uma pequena colina. — Diabos, não me faz bem nenhum ver a pobrezinha desse jeito — disse, balançando a cabeça. — Vamos, rapazes, tirem o lençol da cama e coloquem essa almofada debaixo dos pés dela.

— Er, Rob? — disse Wullie Doido.

— Sim? — Rob estava olhando para a Tiffany inconsciente.

— Como a gente vai *entrar* na cabeiça dela? Alguma coisa tem que guiar a gente até lá dentro.

— Sim, Wullie, e já sei o que vai ser, porque tenho usado a minha cabeça pra pensar! — disse Rob. — Cê já cansou de ver a grande bruaquinha, certo? Bom, já viu esse colar?

Esticou o braço. O cavalo de prata tinha escorregado do pescoço de Tiffany quando ela viera ao chão. Estava caído entre os amuletos e as joias negras.

— Sim? — disse Wullie.

— Foi um presente daquele filho do Barão — continuou Rob. — E a grande bruaquinha guardou. Ela tá tentando se transformar em um tipo de criatura da noite, mas alguma coisa fez com que ficasse com isso. Isso deve tá na cabeça dela, também. É importante pra ela. É só prender uma roda de pedra nele e vai levar a gente até exatamente onde ela tá.*

---

* Se alguém soubesse o que isso significava, saberia também muita coisa sobre como os Nac Mac Feegle costumavam viajar.

Wullie Doido coçou a cabeça:

— Mas eu pensei que *ela* achasse que ele fosse só um bobalhão. Se ela tivesse passeando e ele passasse cavalgando, ela levantava o nariz e olhava pro outro lado. Eu vi. Na verdade, às vezes ela esperava de cinco a vinte minutos até ele passar, só pra poder fazer isso.

— Ah, bom, nenhum homem sabe como funciona a mente feminina — disse Rob Qualquerum, pomposo. — Vamos seguir o cavalo.

Das Fadas e Como Evitá-las, por Miss Perspicácia Tick:

Ninguém sabe exatamente *como* os Nac Mac Feegle passam de um mundo para o outro. Aqueles que de fato já viram Feegles viajarem desta forma dizem que aparentemente eles jogam os ombros para trás e estendem uma perna bem à frente. Em seguida, sacodem o pé e somem. Isto é conhecido como "o passo da lagosta", e o único comentário de algum Feegle sobre o assunto é que "o segredo está no movimento do tornozelo, sabe?". Parecem ser capazes de viajar magicamente entre mundos de todos os tipos, mas não *dentro* de um mundo. Para *este* propósito, dizem a qualquer um que pergunte, é que eles têm "pés".

O céu estava negro, embora o sol estivesse alto. Passava um pouco do meio-dia, e a paisagem estava iluminada e brilhante como em um dia quente de verão, mas o céu tinha o negrume da meia-noite despojada de estrelas.

Este era o cenário da mente de Tiffany Dolorida.

Os Feegles olharam em volta. Sob seus pés parecia haver uma planície, ondulante e verde.

— Ela diz pra terra o que ela é. A terra diz pra ela quem ela é — sussurrou Billy Pequenininho. — Ela *realmente* tem a alma da terra na *cabeça*...

— Sim, é assim mesmo — murmurou Rob Qualquerum. — Mas num tem criaturas, está vendo? Num tem velhas. Num tem passarinhos.

— Talvez... talvez alguma coisa assustou eles? — disse Wullie Doido.

De fato, não havia vida. Quietude e silêncio governavam ali. Na verdade, Tiffany, que se importava muito com a escolha das palavras certas, teria dito que tudo estava quieto, o que não é o mesmo que estar em silêncio. Quietas ficam as catedrais à meia-noite.

— Tá, rapazes — sussurrou Rob Qualquerum. — A gente num sabe o que vai encontrar, então pisem o mais leve que seus pés conseguirem, entenderam? Vamos encontrar a grande bruaquinha.

Todos concordaram e avançaram como fantasmas.

O caminho se elevava ligeiramente mais à frente, até uma espécie de aterro. Caminharam sobre ele com cuidado, com medo de uma emboscada, mas nada os impediu de subirem dois longos montes na relva que formavam uma espécie de cruz.

— Isso é feito pelo homem — disse Grande Yan quando chegaram ao topo. — Como nos velhos tempos, Rob.

O silêncio dissipou sua voz.

— Aqui é bem o fundo da cabeça da grande bruaquinha — disse Rob Qualquerum, olhando em volta com cautela. — A gente num sabe *o que* fez isso.

— Eu não gosto disso, Rob — disse um Feegle. — Está quieto demais.

— Sim, Georgie Ligeiramente São, está mesmo....

— *Atirei o pau no gato, tô, mas o gato, tô...*

— Wullie Doido! — ralhou Rob, sem tirar os olhos da estranha paisagem.

A cantoria parou.

— Sim, Rob? — disse Wullie Doido detrás dele.

— Lembra que eu disse que ia avisar quando cê estivesse fazendo alguma coisa estúpida e ina-pro-pri-ada?

— Sim, Rob — disse Wullie Doido. — Essa foi mais uma vez, né?

— É.

Voltaram a caminhar, olhando ao redor. E a quietude continuava. Era a pausa antes da orquestra tocar, a calmaria antes do trovão. Era como se todos os pequenos sons das colinas tivessem parado para abrir espaço para um som enorme ainda por vir.

E então encontraram o Cavalo.

Já o tinham visto, no Giz. Mas aqui estava ele, não escavado nas encostas, mas estendendo-se diante deles. Todos olharam para ele.

— Billy Pequenininho? — disse Rob, chamando o jovem gonago para perto dele. — Cê é um gonago, sabe sobre poesia e sonhos. O que é isso? Por que isso está aqui? Num deveria estar no *topo* das colinas!

— Hiddlins sérios, Sr. Rob — disse Billy. — Estes são hiddlins *sérios*. Eu num entendi ainda.

— Ela conhece o Giz. Por que ela faria esta parte errada?

— Estou pensando nisso, Sr. Rob.

— Você se importaria de pensar um pouco mais rápido?

— Rob? — disse Grande Yan, apressando-se. Ele havia avançado um pouco, como batedor.

— Sim? — disse Rob, sombrio.

— É melhor cê vir até aqui ver isso...

No topo de uma colina arredondada, havia uma casinha de pastoreio de quatro rodas, com um telhado curvo e uma chaminé para o fogão redondo. No interior, as paredes estavam cobertas por embalagens amarelas e azuis de centenas de pacotes de tabaco Marujo Feliz. Havia sacos velhos pendurados, e a parte de trás da porta estava cheia de marcas de giz, que Vovó Dolorida usava para contar ovelhas e dias. E havia uma cama de ferro estreita, transformada em algo confortável graças a velhos sacos de alimentos e pedaços de lã.

— Já conseguiu entender isso, Billy Pequenininho? — perguntou Rob. — Pode contar pra gente onde está a grande bruaquinha?

O jovem gonago parecia preocupado.

— Er, Sr. Rob, sabe que eu acabei de virar um gonago? Quer dizer, eu sei as canções e tudo, mas num sou muito experiente nesse...

— Ah, sim? — disse Rob Qualquerum. — E exatamente quantos gonagos antes de você andaram pelos sonhos de uma bruaca?

— Er... nenhum de que eu tenha ouvido falar, Sr. Rob — confessou Billy.

— Pois é. Então cê já sabe mais sobre isso do que qualquer um deles — disse Rob. Deu um sorriso para o jovem. — Faz o seu melhor, rapaz. Num espero de você nada além disso.

Billy olhou para fora pela porta da casinha e respirou fundo:

— Então digo a você que acho que ela tá escondida em algum lugar próximo, como uma criatura caçada, Sr. Rob. Isso é um pouquinho da memória dela, a casa da avó, o lugar onde ela sempre se sentiu segura. Digo que acho que a gente tá na alma e no centro dela. A parte dela que *é* ela. E estou com medo por ela. Assustado até os ossos.

— Por quê?

— Porque tenho olhado pras sombras, Sr. Rob — disse Billy. — O sol tá se movendo. Tá se pondo.

— Sim, bom, é isso que o sol faz... — começou Rob.

Billy sacudiu a cabeça.

— Não, Sr. Rob. Você num entendeu! Eu tô dizendo que esse num é o sol do nosso mundo grande. É o sol da alma dela.

Os Feegles olharam para o sol, para as sombras e então para Billy. Ele projetava o queixo para a frente bravamente, mas estava tremendo.

— Ela vai morrer quando a noite chegar? — perguntou Rob.

— Tem coisa pior que a morte, Sr. Rob. O enxame terá a garota, da cabeça aos pés...

— Isso num vai acontecer! — gritou Rob Qualquerum, tão de repente que Billy se afastou. — Ela é uma garotinha forte! Ela enfrentou a Raía só com uma frigideira!

Billy Pequenininho engoliu em seco. Havia um monte de coisas que preferiria fazer do que enfrentar Rob Qualquerum agora. Mas insistiu:

— Desculpe, Sr. Rob, mas ela tinha ferro naquela situação e tava no território dela. Ela tá muito, muito longe de casa aqui. E aquela coisa vai espremer esse lugar até encontrar ela, até não sobrar mais espaço, e a noite vai chegar e...

— Com licença, Rob. Tô com uma ideia.

Era Wullie Doido, torcendo as mãos de nervoso. Todos se viraram para olhar para ele.

— *Você* tem uma ideia? — indagou Rob.

— Sim, e se eu contar pra vocês num quero que digam que ela é ina-pro-pri-ada. Combinado, Rob?

Rob Qualquerum suspirou.

— Tá, Wullie, você tem minha palavra.

— Bom — disse Wullie, enquanto seus dedos se atavam e desatavam. — O que é *esse* lugar, se num for o único lugar realmente dela? O que é tudo isso se num for o território dela? Se ela num puder combater a criatura aqui, num vai poder combater em lugar nenhum!

— Mas o enxame num vai vir até aqui — disse Billy. — Num precisa. Quando a bruaquinha ficar bem fraca, esse lugar vai sumir.

— Oh, diabos — murmurou Wullie Doido. — Bom, foi uma boa ideia, né? Mesmo que num tenha funcionado?

Rob Qualquerum não estava prestando atenção. Ele olhava em volta da casinha de pastoreio. "Peço que use a cabeça pra algo além de nocautear as pessoas", dissera Jeannie.

— Wullie Doido tá certo — disse calmamente. — Este é o porto seguro dela. Ela segura a terra, ela tem a terra no olho. A criatura num vai nunca tocar nela aqui. *Aqui* ela tem poder. Mas aqui vai ser uma prisão pra ela, a menos que enfrente o monstro. Ou ela vai ficar trancada aqui assistindo a própria vida descer pelo cano. Vai olhar pro mundo lá fora como uma prisioneira por uma janelinha e ver ela mesma ser odiada e temida. Então a gente precisa trazer a besta aqui contra a sua vontade, e aqui ela vai morrer!

Os Feegles aplaudiram. Não tinham certeza do que estava acontecendo, mas gostaram daquilo tudo.

— Como? — indagou Billy Pequenininho.

— Você tinha que perguntar, né? — disse Rob Qualquerum, amargamente. — E eu indo tão bem com isso de pensar...

Ele se virou. Houve um barulho de arranhões na porta logo acima dele.

Lá em cima, ao longo das linhas e linhas de marcações meio apagadas, letras recém-riscadas apareciam uma a uma, como se uma mão invisível as escrevesse.

— Palavras — disse Rob Qualquerum. — Ela tá tentando nos dizer alguma coisa!

— Sim, elas dizem... — começou Billy.

— Eu sei bem o que elas dizem! — interrompeu Rob Qualquerum, impaciente. — Tenho o conhecimento da leitura! Elas dizem...

Olhou para cima novamente.

— Tá, elas dizem... primeiro tem a letra que é um homem sentado, então tem a letra que parece uma casa, só que essa é daquelas que têm uma minhoquinha em cima, e aí tem o que a gente chama de "espaço", aí tem a letra que é um barrigão e do lado dela tem a que é igual um pente... aí tem espaço de novo e a letra que é redonda que nem o sol, a letra dos dois dedos pra cima, o pente de novo, o homem sentado de novo, e aí a letra que parece um portão, a casa de novo e então termina com aquela letra que é igual uma cobra... aí na linha de baixo, tem... deixa eu ver... o homem de braços abertos, o pente, aí vem a letra que é um gordo andando, depois dele vem mais um pente e aí a letra que parece uma papada de velho... depois dela vem o homem magrinho, e então tem aquela que sobe e desce, aí o homem de braços abertos, a letra magrinha, a que sobe e desce de novo e aí mais uma das casas... na linha de baixo tudo começa de novo com aquela letra que parece uma mesa com o tampo quebrado, a casa de novo e aí o homem gordo andando, aquela letra que parece um pinico, e aí vem o anzol de pescaria, e então o sol de novo... aí tem um espaço, porque não tem letra nenhuma ali, mas em seguida vem aquela que parece um garfo entortado pro lado, aí vem mais um desses malditos pentes e outro homem sentado, então um sujeito magrinho e aí a letra que faz zigue-zague de um lado pro outro! Fim!

Deu um passo atrás, com as mãos nos quadris, e exigiu:

— Pronto! Num foi leitura isso que eu acabei de fazer?

Houve alegria entre os Feegles e alguns aplausos.

Billy Pequenininho olhou para as palavras escritas com giz:

LÃ DE OVELHAS
TEREBINTINA
MARUJO FELIZ

E depois olhou para a expressão de Rob Qualquerum.

— Sim, sim. Está indo muito bem, Sr. Rob. Lã de ovelhas, terebintina e tabaco Marujo Feliz.

— Agh, bem, dá pra qualquer um ler tudo de uma vez só — disse Rob Qualquerum, desdenhoso. — Mas tem que ser *bom* pra separar todas essas letras traiçoeiras. E *muito* bom pra ter o conhecimento do significado como um todo.

— E qual é? — perguntou Billy Pequenininho.

— O significado, gonago, é que vocês vão *roubar*!

Houve manifestações de alegria entre os demais Feegles. Eles não estavam acompanhando tudo muito bem, mas reconheciam *esta* palavra.

— E um roubo que vai ser lembrado! — gritou Rob, para outro arroubo de alegria. — Wullie Doido!

— Sim!

— Cê fica no comando! Num tem o cérebro de um besouro, meu bom irmão, mas quando se trata de ladroagem num tem igual neste mundo! Cês têm que conseguir terebintina e lã de velha fresca e também um pouco desse Marujo Feliz! Cês têm que levar tudo isso pra bruacona de dois corpos. Digam que ela precisa fazer o enxame *sentir o cheiro* dessas coisas, certo? Isso vai trazer ele até aqui! E rápido, porque o sol tá indo embora. Cês vão roubar do próprio Tempo! Sim? Você tem uma pergunta?

Wullie Doido tinha levantado um dedo.

— Só queria dizer, Rob, que magoou um pouquinho ouvir cê dizer que eu num tenho o cérebro de um besouro...

Rob hesitou, mas apenas por um momento.

— Sim, Wullie Doido, cê tem razão. Num foi certo falar isso. Foi o calor do momento e sinto muito. E agora aqui, diante de todos, digo: Wullie Doido, cê *tem* o cérebro de um besouro, e brigo com qualquer sacripanta que disser o contrário!

O rosto de Wullie Doido se abriu em um sorriso enorme e depois se fechou com a testa franzida.

— Mas você é o líder, Rob.

— Não nesta missão, Wullie. Vou ficar aqui. Tenho toda a confiança de que você será um óóótimo líder neste roubo, sem estragar tudo como nas últimas dezessete vezes!

Houve um gemido geral da multidão.

— Olhem pro sol! — disse Rob, apontando. — Já andou mais enquanto a gente ficou falando! Alguém tem que ficar com ela! Num vou permitir que digam que a gente deixou ela morrer sozinha! Agora mexam-se, seus sacripantas, ou sentirão a parte chata da minha lâmina!

Levantou a espada e rosnou. Todos fugiram.

Rob Qualquerum abaixou a espada com cuidado e se sentou no degrau de entrada da casinha de pastoreio para ver o sol.

Algum tempo depois, percebeu uma outra coisa...

Hamish, o aviador, olhou com ar de dúvida para a vassoura da Srta. Plana. Estava parada a alguns metros do chão e aquilo o preocupava.

Ajeitou a mochila em suas costas que continha seu paraquedas, embora fosse tecnicamente um calçaquedas, já que era feito de linha e um velho par das melhores calcinhas de domingo de Tiffany, bem lavadas. Tinham desenhos de flores, mas não havia nada melhor para levar um Feegle com segurança até o chão. Ele tinha a sensação de que aquilo viria a ser necessário.

— A vassoura nem é de plumas — reclamou.

— Olha, a gente num tem tempo pra discutir! — disse Wullie Doido. — A gente tá com pressa, sabe, e cê é o único que sabe voar!

— Com uma vassoura não é *voar* — disse Hamish. — É mágica. Ela nem tem asas! Eu não sei usar essas coisas!

Mas Grande Yan já tinha jogado um pedaço de barbante sobre a ponta com cerdas da vassoura e estava subindo. Outros Feegles o seguiram.

— E também, como muda de direção nessas coisas? — continuou Hamish.

— Bom, como é que cê faz isso com os passarinhos? — exigiu Wullie Doido.

— Ah, é fácil. Cê apenas joga com o peso do corpo, mas...

— Agh, cê vai aprendendo na hora — disse Wullie. — Voar num pode ser tão difícil. Até os *patos* sabem fazer isso e eles nem têm cérebro.

E não havia mesmo sentido em discutir, motivo pelo qual, poucos minutos depois, Hamish caminhava pelo cabo da vassoura até a alça frontal. O resto dos Feegles estava agarrado às cerdas, na outra ponta, tagarelando.

Firmemente amarrado às cerdas estava um feixe do que parecia ser pedaços de pau e trapos, com um chapéu amassado e a barba roubada sobre ele.

Pelo menos esse peso extra mantinha a outra ponta da vassoura apontada para cima, na direção de uma abertura nas árvores frutíferas. Hamish suspirou, respirou fundo, pôs os óculos de aviação sobre os olhos e colocou a mão em uma área lustrosa da vassoura, logo à sua frente.

Gentilmente, a vassoura começou a se mover pelo ar. Os Feegles gritaram de alegria.

— Viu? Falei que ia ser fácil — disse Wullie Doido. — Mas num dá pra ir um pouco mais rápido?

Cuidadosamente, Hamish tocou a área brilhante novamente.

A vassoura estremeceu, ficou imóvel por um momento e então disparou para cima, deixando para trás um barulho muito parecido com *Arrrrrrrrrgggggggggggggghhhhhhhhhhhhhh...*

No mundo silencioso da cabeça de Tiffany, Rob Qualquerum pegou sua espada de novo e esgueirou-se pela relva cada vez mais escura.

Havia algo ali. Pequeno, mas em movimento.

Era um minúsculo arbusto de espinhos, crescendo tão rápido que dava para ver os ramos se mexendo. Sua sombra dançava sobre a grama.

Rob Qualquerum olhou para aquilo. Tinha que significar alguma coisa. Observou atentamente. Pequeno arbusto, crescendo...

E então se lembrou do que a velha kelda lhes dissera quando Rob era somente um menininho.

Uma vez, a terra tinha sido só floresta, pesada e escura. Então vieram os homens e cortaram as árvores. Deixaram o sol entrar. A grama cresceu nas clareiras. Os parrudos trouxeram as ovelhas, que comiam a grama e também o que crescia na grama: *mudas de árvores*. E, assim, as florestas escuras morreram. Não havia muita vida nelas, com os troncos das árvores se fechando ao seu redor; ali era escuro como o fundo do oceano, as folhas mais altas bloqueando a luz. Às vezes, soava os ruídos da queda de um galho ou de uma bolota despercebida pelos esquilos caindo do alto de um carvalho até o chão, batendo de galho em galho em meio às trevas. Mas, quase sempre, as florestas eram apenas quentes e silenciosas. Ao redor de suas margens, ficavam as casas de muitas criaturas. Bem no fundo da floresta, na floresta eterna, ficava a casa da madeira.

Mas a relva *vivia* sob o sol, com suas centenas de ervas, flores, pássaros e insetos. Os Nac Mac Feegle sabiam disso melhor do que a maioria das pessoas, por serem muito mais próximos dela. O que de longe parecia um deserto verde virava uma pequena, rica e trovejante *selva*...

— Agh — disse Rob Qualquerum. — Então é esse o seu jogo, é? Bom, cê num vai tomar isso aqui também!

Retalhou a coisinha espinhenta com sua espada e deu um passo atrás.

O farfalhar de folhas atrás dele fez com se virasse.

Havia mais dois rebentos se desdobrando. E um terceiro. Olhou pela grama e viu uma dúzia, uma centena de pequenas árvores começando sua corrida em direção ao céu.

Por mais preocupado que estivesse — e estava preocupado até os ossos —, Rob Qualquerum sorriu. Se há uma coisa de que um Feegle gosta é saber que, não importa onde ataque, sempre vai acertar um inimigo.

O sol estava se pondo, as sombras se moviam e a relva estava morrendo.

Rob *atacou*.

Arrrrrrrrrgggggggggggghhhhhhhhhhhhhh...

O que aconteceu durante a busca dos Nac Mac Feegles pelo cheiro certo foi lembrado por diversas testemunhas (além de todas as corujas e morcegos que ficaram girando no ar após a passagem de uma vassoura pilotada por um bando de homenzinhos azuis gritando).

Uma delas era Número 95, um carneiro de propriedade de um fazendeiro não muito imaginativo. Ele só se lembrava de um ruído súbito no meio da noite e uma ventania nas costas. Foi o máximo de aventura que Número 95 conseguiu, então ele, em seguida, voltou a pensar sobre grama.

Arrrrrrrrrgggggggggggghhhhhhhhhhhhhh...

Também havia Mildred Pusher, de sete anos, a filha do fazendeiro que possuía Número 95. Um dia, quando estivesse crescida e fosse avó, ela contaria aos netos sobre a noite em que desceu as escadas com uma vela para beber água e ouviu ruídos embaixo da pia...

— E havia pequenas vozes, sabe, e uma deles disse: "Agh, Wullie, você não pode beber isso, olha, aqui diz 'Veneno!!' na garrafa." E outra voz disse: "Sim, gonago, eles colocam isso pra assustar um sujeito que só quer uma bebidinha." E a primeira voz disse: "Wullie, é veneno de rato!" E a segunda voz disse: "Tudo bem, então, porque eu não sou um rato!" Então, abri o armário debaixo da pia, e, imagine só, estava cheio de fadas! Elas olharam para mim e eu olhei pra elas e uma disse: "Ei, isso é um sonho que você tá tendo, grande garotinha!" E, imediatamente, todos concordaram! E o primeiro disse: "Pois então, neste *sonho* que você tá tendo, grande garotinha, você não se importaria de dizer pra gente onde tá a terebintina, não é mesmo?" Então eu disse a eles que estava lá fora, no celeiro, e ele disse: "É? Então vamos partir. Mas aqui está um presentinho das fadas pra uma grande menininha quem vai voltar a dormir logo, logo!" E então eles se foram!

Uma de suas netas, que estivera ouvindo, boquiaberta, disse:

— O que é que eles lhe deram, vovó?

— Isso! — Mildred levantou uma colher de prata. — E o mais estranho é que é exatamente igual às que minha mãe tinha, que sumiram todas misteriosamente da gaveta naquela mesma noite! Eu a mantive guardada desde então!

Isso foi admirado por todos. Então, uma das netas perguntou:

— Como *eram* as fadas, vovó?

Vovó Mildred pensou sobre isso.

— Não tão bonitas quanto o esperado — disse, afinal. — Mas, com certeza, mais fedorentas. E, logo depois de terem sumido, ouvi um ruído como um...

Arrrrrrrrrggggggggggggghhhhhhhhhhhhhh...

As pessoas no Pernas do Rei (o proprietário tinha notado que havia muitas estalagens e bares chamados Cabeça do Rei ou Braços do Rei e vislumbrou uma lacuna no mercado) olharam para cima quando ouviram o barulho lá fora.

Um ou dois minutos depois a porta foi escancarada.

— Boa noite pra vocês, amigos parrudos! — rugiu uma figura na porta.

A sala caiu em um silêncio terrível. Meio sem jeito, com as pernas indo em todas as direções, a figura parecida com um espantalho cambaleou em direção ao bar e felizmente agarrou-se nele, pendurando-se até cair de joelhos.

— Uma boa dose do seu melhor uísque, meu bom camarada barman camarada — disse a figura, em algum lugar sob o chapéu.

— Me parece que você já bebeu o suficiente, amigo — disse o barman, cuja mão havia se esgueirado até o porrete que guardava atrás do balcão para clientes especiais.

— Quem cê tá chamando de amigo, camarada? — rugiu a figura, tentando puxar-se para cima. — Isso é conversa de quem quer briga, isso sim! E eu num bebi o suficiente, camarada, porque se tivesse bebido como ainda teria todo esse dinheiro, hein? Me responde!

Uma mão caiu no bolso do casaco, saiu bruscamente e bateu no balcão. Antigas moedas de ouro rolaram em todas as direções e um par de colheres de prata caíram da manga.

O silêncio do bar tornou-se muito mais profundo. Dezenas de olhos observaram os discos brilhantes caírem do balcão e rolarem pelo chão.

— E quero tabaco Marujo Feliz — disse a figura.

— Sim, certamente, senhor — disse o barman, que tinha sido educado para ser respeitoso com moedas de ouro. Abaixou-se do outro lado do balcão e sua expressão mudou. — Oh. Sinto muito, senhor, está em falta. Muito popular, o Marujo Feliz. Mas temos este ou...

A figura já tinha se voltado para encarar o resto da sala.

— Tá, vou dar um punhado de ouro pro primeiro sacripanta que me trouxer um cachimbo cheio de Marujo Feliz! — gritou.

A sala entrou em erupção. Mesas foram arrastadas. Cadeiras tombaram.

O homem espantalho pegou o primeiro cachimbo e jogou as moedas no ar. Brigas começaram imediatamente. Ele se voltou para o balcão e disse:

— E vou querer aquela dose de uísque antes de ir, barman. *Agh, não, você não vai, Grande Yan! Devia se envergonhar!* Ei, vocês, pernas, podem calar a boca já! Uma pequena caneca de uísque não vai fazer mal algum! *Ah, sim? Quem apontou você como Grande Homem, hein?* Ouça, seu sacripanta, nosso Rob está lá dentro! *Sim, e ele também beberia um pouquinho!*

Os frequentadores do bar pararam de se empurrar para pegar as moedas e ficaram de pé para ver um corpo inteiro discutindo sozinho.

— Afinal, eu tô na Cabeiça, certo? A Cabeiça é quem manda. Eu num preciso ouvir um bando de joelhos! *Eu disse que era uma péssima ideia, Wullie, cê sabe que a gente tem problema em sair de bar!* Bom, falando em nome das pernas, num vamos ficar parados e assistir à cabeça ficar emborrachada, sinto muito!

Para o horror dos frequentadores toda a metade inferior da figura virou-se e começou a caminhar em direção à porta, fazendo a metade superior cair para a frente. Ela agarrou a beirada do balcão, desesperado, e conseguiu dizer:

— Tá bom! Mas um ovo frito em conserva tá fora de questão?

E então a figura...

...se partiu ao meio. As pernas cambalearam mais alguns em direção à porta e caíram.

No silêncio horrorizado uma voz de algum lugar nas calças, disse:

— Diabos! Hora de cair fora!

Manchas turvaram o ar por um instante e a porta bateu.

Depois de algum tempo, uma das pessoas deu um passo à frente com cautela e cutucou o monte de roupas velhas e pedaços de pau que era tudo o que restava do visitante. O chapéu saiu e ele deu um pulo para trás.

Uma luva que ainda estava pendurada no balcão caiu no chão com um *pá!* que pareceu alto demais.

— Bem, vejam desta forma — disse o barman. — O que quer que fosse, pelo menos deixou os bolsos...

Do lado de fora veio o som de:

Arrrrrrrrrggggggggggggghhhhhhhhhhhhhh...

A vassoura atingiu com força o telhado de palha da casinha da Srta. Plana e ficou presa nele. Os Feegles caíram, ainda brigando.

Sob a forma de uma maçaroca que lutava e dava socos, rolaram para dentro da casa, subiram as escadas inteiras em situação de guerrilha e terminaram em um montinho briguento no quarto de Tiffany, onde aqueles que haviam ficado para proteger a menina e a Srta. Plana se juntaram à briga apenas por curiosidade.

Aos poucos, os lutadores começaram a ouvir um barulho. Era o soar das gaitas de camundongos, cortando a batalha ao meio como uma espada. Mãos pararam de apertar gargantas, punhos pararam no meio de um soco, pernas paravam no meio do chute.

As lágrimas corriam pelo rosto de Billy Pequenininho conforme ele tocava *As Flores Galantes*, a canção mais triste do mundo. Era sobre o lar, mães, bons tempos já passados e rostos não mais presentes. Os Feegles soltaram uns dos outros e baixaram os olhos conforme as notas desamparadas os feriam, falando de traição, infidelidade e quebra de promessas.

— Deviam se envergonhar! — gritou Billy Pequenininho, deixando a gaita cair de sua boca. — Que vergonha! Traidores! Traidores! Sua vergonha num tem fim! Sua bruaca está lutando por sua própria alma! Cês num têm honra?

Jogou ao chão as gaitas de camundongos, que gemeram até ficar em silêncio.

— Eu amaldiçoo meus pés que me permitem ficar aqui na frente de vocês! Cês envergonham o próprio sol que brilha sobre seus corpos! Envergonham a kelda que foi sua mãe! Traidores! Escumalha! Biltres! O que eu fiz para estar entre esta trupe de vilões? Algum homem aqui quer luta? Pois que lute comigo! Sim, *lute comigo*! E eu juro pela harpa de ossos que vou levar o infeliz até as profundezas do oceano e então chutar ele para as crateras da lua e ver ele cavalgar pras fossas do próprio Inferno em uma sela feita de ouriços! Tô dizendo, minha raiva é a força da tempestade que rasga montanhas e transforma elas em areia! Quem entre vocês vai se levantar contra mim?

Grande Yan, que tinha quase três vezes o tamanho de Billy Pequenininho, encolheu-se quando o pequeno gonago parou em sua frente. Nem um só Feegle teria ousado levantar a mão naquele momento, temendo por sua vida. A fúria de um gonago era uma coisa terrível de se ver. Um gonago sabe usar palavras como se fossem espadas.

Wullie Doido aproximou-se, incerto.

— Posso ver que está chateado, gonago. Sou eu que tô em falta, por conta de ser doido. Eu deveria ter lembrado como a gente é em bares.

Ele parecia tão abatido que Billy se acalmou um pouco.

— Muito bem, então — disse friamente, porque não se perde tanta raiva de uma vez só. — A gente num vai falar sobre isso de novo. Mas a gente vai se *lembrar* disso, certo?

Apontou para a forma adormecida de Tiffany.

— Agora pega essa lã, o tabaco e a terebintina, tão entendendo? Alguém tire a tampa da garrafa de terebintina e derrame uma gota em um pedaço de pano. E ninguém, deixe eu ser bem claro, deve beber *nem um gole* disso!

Os Feegles trombaram uns sobre os outros para obedecer. Houve um barulho de algo rasgando quando o "pedaço de pano" foi obtido da barra da saia de Srta. Plana.

— Certo — prosseguiu Billy Pequenininho. — Wullie Doido, cê pega as três coisas e coloca sobre o peito da grande bruaquinha, onde dê pra ela sentir o cheiro.

— Como ela pode sentir o cheiro desmaiada assim? — indagou Wullie.

— O nariz num dorme — disse o gonago categoricamente.

Os três aromas da casinha de pastoreio foram dispostos com reverência logo abaixo do queixo de Tiffany.

— Agora a gente espera — disse Billy. — Espera e torce.

Estava quente no pequeno quarto com as bruxas adormecidas e a multidão de Feegles. Não demorou muito para que o cheiro de lã de ovelha, terebintina e tabaco subissem, se misturassem e enchessem o ar...

O nariz de Tiffany tremeu.

O nariz é um grande pensador. Tem boa memória; muito boa. Tão boa que um cheiro pode levá-lo de volta no tempo com tanta força que dói. O cérebro não pode pará-lo. O cérebro não tem nada a ver com isso. O enxame podia controlar cérebros, mas não podia controlar um estômago que vomitava quando voava de vassoura. E era *inútil* com narizes...

O cheiro de lã de ovelha, terebintina e tabaco Marujo Feliz poderia levar a mente para longe, até um lugar silencioso que era quente, seguro e livre do mal...

O enxame abriu os olhos e olhou em volta.

— A casinha de pastoreio?

Sentou-se. Uma luz vermelha brilhava pela porta aberta e pelos troncos das mudas que cresciam em todo o terreno. Muitos estavam crescidos agora e projetavam longas sombras, colocando o pôr do sol atrás de grades. Em volta da casinha de pastoreio, porém, eles haviam sido cortados.

— Isto é um truque — disse. — Não vai funcionar. Nós somos você. Pensamos como você. Somos melhores pensando como você do que você mesma.

Nada aconteceu.

O enxame se parecia com Tiffany, mas tinha um pouco mais de altura, porque Tiffany achava que era um pouco mais alta do que realmente era. Deu um passo para fora da casinha e pisou na relva.

— Está ficando tarde — disse ao silêncio. — Olhe para as árvores! Este lugar está morrendo. Não precisamos escapar. Logo tudo isso será parte de nós. Tudo o que você realmente poderia ser. Você tem orgulho de seu pequeno pedaço de terra. Podemos nos lembrar de quando não havia mundos! Nós... você poderia mudar as coisas com um gesto de sua mão! Você poderia acertá-las ou deixá-las ainda mais erradas; e *você* pode decidir qual é qual! Você nunca vai morrer!

— Então por que você tá suando, seu grande monte de titica? Agh, que sacripanta! — disse uma voz atrás dele.

Por um momento o enxame vacilou. Sua forma mudou várias vezes em frações de segundo. Havia pedaços de escamas, barbatanas, dentes, um chapéu pontudo, garras... e então era Tiffany novamente, sorrindo.

— Oh, Rob Qualquerum, estamos contentes em vê-lo — disse. — Pode nos ajudar...?

— Não me venha com esse papo! — gritou Rob, pulando para cima e para baixo de raiva. — Eu sei reconhecer um enxame! Diabos, mas você merece uma surra!

O enxame mudou de novo; tornou-se um leão com dentes do tamanho de espadas e rugiu para ele.

— Agh, é assim, num é? — disse Rob Qualquerum. — Num vá embora! — Correu alguns passos e desapareceu.

O enxame assumiu de volta a sua forma de Tiffany.

— Seu amiguinho se foi. Pode sair agora. Pode sair *agora*. Por que tem medo de nós? Nós *somos* você. Você não será como os outros, os animais irracionais, os reis estúpidos, os magos gananciosos. Juntos...

Rob Qualquerum voltou, seguido por... bem, todo mundo.

— Cê num pode morrer — gritou. — Mas a gente vai te fazer desejar isso!

Atacaram.

Os Feegle tinham a vantagem na maioria das lutas, porque eram pequenos e enfrentavam inimigos grandes. Se você é pequeno e rápido, é difícil que te atinjam. O enxame revidou mudando de forma, o tempo todo. Espadas acertavam escamas, cabeças batiam em presas; ele girava pela relva, rosnando e gritando, invocando formas passadas para contra-atacar. Mas Feegles são duros de matar. Eles saltaram quando foram arremessados, revidaram com força quando foram pisoteadas e se esquivaram facilmente dos dentes e garras. Eles lutaram...

...e o chão tremeu tão de repente que até o enxame perdeu o equilíbrio.

A casinha de pastoreio rangeu e começou a tomar conta da relva, que se abria ao redor dela tão facilmente quanto manteiga. As mudas tremeram e começaram a cair, uma após a outra, como se suas raízes fossem cortadas sob a grama.

A terra... se ergueu.

Rolando pela encosta que mudava de forma, os Feegles viram as colinas subindo para o céu. O que estava lá, o que sempre esteve lá, tornou-se mais óbvio.

Subindo para o céu escuro via-se o que parecia ser uma cabeça, ombros, tronco... Alguém que estivera deitado, a relva crescendo sobre seu corpo, seus braços e pernas formando as colinas e vales da planície, agora estava se sentando. Movia-se com uma enorme lentidão pedregosa, milhões de toneladas de colina mudando de posição e rangendo ao seu redor. O que pareciam ser dois longos montes em forma de cruz viravam gigantescos braços verdes a se desdobrarem.

Uma mão com dedos mais longos do que casas se abaixou, pegou o enxame e levantou-o no ar.

Ao longe, um som de pancada soou três vezes. Parecia vir de fora do mundo. Os Feegles, observando da pequena colina que era um dos joelhos da menina gigante, ignoraram o som.

— Ela diz pra terra o que ela é; e a terra diz pra ela quem ela é — disse Billy, com lágrimas escorrendo pelo rosto. — Eu num posso escrever uma canção sobre isso! Num sou bom o bastante!

— Aquela é a grande bruaquinha sonhando que é as colinas ou as colinas sonhando que são a grande bruaquinha? — perguntou Wullie Doido.

— As duas coisas, talvez — disse Rob Qualquerum. Viram a enorme mão se fechar e tremeram.

— Mas num se pode matar um enxame — disse Wullie Doido.

— Sim, mas se pode esmigalhá-lo pra bem longe — disse Rob. — É um grande universo. Se eu fosse ele, num pensaria em tentar isso com *ela* de novo!

Houve mais três sons ribombantes, desta vez mais altos.

— Acho que é hora de cair fora daqui — disse Rob.

Na casa da Srta. Plana, alguém estava batendo com força na porta da frente. *Bam. Bam. Bam.*

Capítulo 9

A alma e o centro

Tiffany abriu os olhos, lembrou-se de tudo e pensou: isso foi um sonho ou foi real?

E o próximo pensamento foi: como saber que eu sou eu? E se eu não for eu mesma e apenas achar que sou? Como posso saber se sou ou não? Quem é o 'eu' que está fazendo estas perguntas? Sou eu que estou tendo esses pensamentos? Como poderia saber se não fosse?

— Não me pergunte — disse uma voz em sua cabeça. — É uma daquelas perguntas difíceis?

Era Wullie Doido. Estava sentado em seu travesseiro.

Tiffany olhou em volta. Estava na cama na casa da Srta. Plana. Uma colcha verde estava esticada à sua frente. Uma colcha. Verde. Não a relva, nem as colinas... mas parecia a planície, vista dali.

— Eu disse isso tudo em voz alta?

— Ah, é.

— Er... tudo aquilo aconteceu, não é? — disse Tiffany.

— Ah, é — repetiu Wullie Doido, alegremente. — A grande bruaca tava aqui até agora há pouco, mas disse que você provavelmente não iria acordar como um monstro.

Mais pedaços de lembranças desembarcaram na memória de Tiffany como rochas incandescentes caindo em um planeta pacífico.

— Vocês estão bem?
— Oh, sim — disse Wullie Doido.
— E a Srta. Plana?

E esta pedra de memória era enorme, uma montanha flamejante que faria um milhão de dinossauros saírem correndo. As mãos de Tiffany voaram para sua boca.

— Eu a matei!
— Não, veja, você não...
— Matei! Senti a minha mente planejando. Ela me deixou com raiva! Só fiz um gesto com a mão, assim — uma dúzia de Nac Mac Feegles se abaixou em busca de abrigo — e ela sumiu numa explosão! Fui *eu*! Eu me lembro!

— Sim, mas a grande bruaca das bruacas disse que a coisa tava usando a sua mente pra pensar... — começou Wullie Doido.

— Eu tenho as memórias! Fui *eu*, com esta mão! — Os Feegles que haviam levantado suas cabeças se abaixaram de novo. — E... as lembranças que eu tenho... Lembro-me de poeira, transformando-se em estrelas... coisas... o calor... sangue... o gosto do sangue... Eu me lembro... Me lembro do truque de "me ver"! Ah, não! Eu praticamente *convidei* aquela coisa! Eu matei a Srta. Plana!

Sombras estavam se fechando em torno de sua visão e havia um zumbido em seus ouvidos. Tiffany ouviu a porta se abrir e mãos a pegaram como se fosse leve como uma bola de sabão. Foi colocada sobre um ombro e carregada rapidamente escada abaixo até a manhã brilhante, onde foi colocada no chão.

— ...E todos nós... nós a matamos... pegamos um pote de prata... — murmurou Tiffany.

Levou um forte tapa no rosto. Através de suas névoas interiores olhou para a figura alta e escura à sua frente. A alça de um balde foi pressionada com firmeza em sua mão.

— Ordenhe as cabras agora, Tiffany! Agora, Tiffany, ouviu? As pobres criaturas confiam em você! Estão esperando! Tiffany ordenha as cabras. Vamos, Tiffany! As mãos sabem como fazer, a mente *vai* se lembrar e ficar mais forte, Tiffany!

Foi empurrada até o banquinho de ordenha e, através da névoa em sua cabeça, reconheceu a silhueta assustada de... de... Meg Preta.

As mãos se lembravam. Elas posicionaram o balde, pegaram uma teta e então, quando Meg levantou uma pata para o joguinho de derrubar o balde, as mãos a forçaram a descer de volta para a plataforma de ordenha.

Ela trabalhou devagar, com a cabeça cheia de névoa quente, deixando as mãos tomarem a frente. Baldes foram enchidos e esvaziados, cabras ordenhadas ganhando uma vasilha de ração...

Sensível Alvoroço ficou bem confuso em ver que suas mãos ordenhavam uma cabra. Parou.

— *Qual é o seu nome?* — *Perguntou uma voz atrás dele.*

— *Alvoroço. Sensí...*

— Não! Esse era o mago, Tiffany! Ele era o eco mais forte, mas você não é ele! Vá para a leiteria, TIFFANY!

Ela entrou tropeçando na sala fresca sob o comando daquela voz e o mundo voltou a ficar em foco. Havia um queijo velho na mesa, úmido e fedorento.

— Quem colocou isso aqui? — perguntou.

— Foi o enxame, Tiffany. Tentou fazer queijo usando magia, Tiffany. Rá! — disse a voz. — E você não é aquilo, Tiffany! Você *sabe* como fazer queijo da maneira certa, não é mesmo, Tiffany? Claro que sabe! Qual é o seu nome?

...tudo era confusão e odores estranhos. Em pânico, ela rugiu...

Levou um tapa novamente.

— Não, esse era o tigre-dentes-de-sabre, Tiffany! Todos eles são apenas memórias antigas que o enxame deixou para trás, Tiffany! Aquilo usou um monte de criaturas, mas elas não são você! Volte, Tiffany!

Ela ouvia as palavras sem realmente entendê-las. Eram coisas que estavam lá fora, em algum lugar, entre pessoas que eram apenas sombras. Mas desobedecê-las era impensável.

— Droga! — disse a alta figura nebulosa. — Onde está aquele sujeitinho azul? Sr. Qualquercoisa?

— Aqui, madame. É Rob Qualquerum, madame. Peço que não me transforme em objeto, madame!

— Você disse que ela tinha uma caixa de recordações. Traga-a aqui neste minuto. Eu temia que isso pudesse acontecer. Eu *odeio* fazer isso assim!

Alguém forçou Tiffany a se virar e mais uma vez ela olhou para o rosto nebuloso enquanto mãos fortes seguravam seus braços com firmeza. Dois olhos azuis fitavam os dela. Brilhavam na neblina como safiras.

— Qual o seu nome, Tiffany? — Perguntou a voz.

— Tiffany!

Os olhos a penetraram.

— É este? Mesmo? Cante para mim a primeira canção que você aprendeu, Tiffany! *Agora!*

— Hzan, hzana, m'taza...

— Pare! Isso nunca foi ensinado em uma colina de giz! Você não é Tiffany! Acho que você é aquela rainha do deserto que matou doze de seus maridos com sanduíches de escorpião! É Tiffany quem eu quero! Você pode voltar para as trevas!

As coisas ficaram borradas de novo. Ela ouviu discussões sussurradas através da névoa e a voz disse:

— Bem, isso pode funcionar. Qual é o seu nome, pictsie?

— Billy Queixudão Pequenininho Mac Feegle, madame.

— Você é *bem* pequeno, não é?

— Só para a minha altura, madame.

Alguém prendeu os braços de Tiffany mais uma vez. Os olhos azuis reluziam.

— O que o seu nome significa na Velha Língua dos Nac Mac Feegles, Tiffany? Pense...

Algo se elevou nas profundezas de sua mente, arrastando o nevoeiro consigo. Veio subindo através do clamor das vozes e ergueu-a para fora do alcance de mãos fantasmagóricas. À sua frente, as nuvens se abriram.

— Meu nome é Terra Sob As Ondas — disse Tiffany, e caiu para a frente.

— Não, não, nada disso, isso não pode acontecer — disse a figura que a segurava. — Você já dormiu o bastante. Bom, você sabe quem é! Agora pode ficar desperta e ativa! Você deve ser Tiffany o mais forte que puder e as outras vozes *vão* lhe deixar em paz, tenha certeza. Mas talvez seja uma boa ideia se não fizer sanduíches por algum tempo.

Realmente se sentia melhor. Ela dissera seu nome. O clamor em sua cabeça tinha se acalmado, embora ainda houvesse uma tagarelice que tornava difícil pensar. Mas agora, pelo menos, podia ver claramente. A figura vestida de preto que a segurava não era alta, mas era tão boa em agir como se fosse que conseguia enganar a maioria das pessoas.

— Oh... você é... *a Madame Cera do Tempo?*

Madame Cera do Tempo empurrou-a suavemente para uma cadeira. De cada uma das superfícies planas da cozinha, os Nac Mac Feegles observavam Tiffany.

— Sou eu. E que bela confusão temos aqui. Descanse um instante e então deverá estar de pé e...

— Bom dia, senhoras. Er, como ela está?

Tiffany virou a cabeça. A Srta. Plana estava na porta. Estava pálida e usava uma bengala.

— Estava deitada na cama e pensei, bem, não há razão para ficar aqui sentindo pena de mim mesma.

Tiffany se levantou.

— Eu sinto mui... — começou, mas a Srta. Plana acenou vagamente com a mão.

— Não é culpa sua — disse, sentando-se pesadamente à mesa. — Como você está? E, por falar nisso, *quem* você é?

Tiffany corou.

— Ainda sou eu, acho.

— Cheguei aqui ontem à noite e cuidei da Srta. Plana — disse Madame Cera do Tempo. — Fiquei de olho em você, também, menina. Você falou durante o sono, ou melhor, Sensível Alvoroço falou, o que sobrou dele. Aquele velho mago foi bastante útil, para algo que nada mais é do que um monte de memórias e hábitos.

— Eu não entendo isso do mago — disse Tiffany. — Ou a rainha do deserto.

— Não? — perguntou a bruxa. — Bem, um enxame coleciona pessoas. Tenta adicioná-las a si mesmo, pode-se dizer assim;

usá-las para pensar. O Dr. Alvoroço os estava estudando centenas de anos atrás e montou uma armadilha para pegar um. Em vez disso, um deles é que o pegou, pobre tolo. Isso o matou no final. Matou a todos eles no final. Eles enlouquecem, de uma forma ou de outra; param de lembrar o que não devem fazer. Mas a coisa mantém uma espécie de... cópia desbotada deles, uma espécie de memória viva...

Ela olhou para a expressão perplexa de Tiffany e deu de ombros.

— Algo como um fantasma — disse.

— E isso deixou *fantasmas* na minha cabeça?

— Mais como fantasmas de fantasmas, na verdade — disse Madame Cera do Tempo. — Não temos uma palavra para isso, acho.

A Srta. Plana estremeceu.

— Bom, ainda bem que você se livrou dessa coisa, pelo menos. — disse ela. — Alguém quer uma boa xícara de chá?

— Agh, deixa isso com a gente! — gritou Rob Qualquerum, dando um pulo. — Wullie Doido, você e os rapazes façam um pouco de chá pras senhoras!

— Obrigada — disse a Srta. Plana, com a voz fraca, enquanto um barulho começava atrás dela. — Eu me sinto tão desastr... *quê?* Pensei que vocês tivessem quebrado todas as xícaras de chá quando lavaram a louça!

— Ah, sim — disse Rob alegremente. — Mas Wullie encontrou uma coleção inteira de outras xícaras trancadas em um armário...

— *Esse jogo de porcelana muito valioso foi presente de um amigo muito querido!* — gritou a Srta. Plana.

Ficou de pé e foi até a pia. Com uma velocidade surpreendente para alguém que estava parcialmente morta, tomou bule, xícara e pires dos pictsies surpresos e segurou-os o mais alto que podia.

— Diabos! — disse Rob Qualquerum, olhando para a louça. — Agora, isso é o que eu chamo de bruacagem!

— Sinto muito se estou sendo rude, mas eles têm grande valor sentimental! — disse a Srta. Plana.

— Senhor Qualquerum, se você e seus homens puderem gentilmente se afastar da Srta. Plana e *calar a boca*! — disse Madame Cera do Tempo rapidamente. — Peço que não perturbem a Srta. Plana enquanto ela estiver fazendo o chá!

— Mas ela está segurando... — começou Tiffany, espantada.

— E deixe-a continuar sem sua tagarelice também, menina! — explodiu a bruxa.

— *Sim, mas ela pegou o bule sem...* — começou alguém a dizer.

A cabeça da velha bruxa virou de um lado para o outro. Os Feegles recuaram como árvores se dobrando sob um vendaval.

— William Doido — disse ela friamente —, há espaço para mais um sapo no meu poço; pena que você não tem o cérebro de um sapo!

— Ahahaha, isso é totalmente correto, madame — disse Wullie Doido, levantando o queixo com orgulho. — Te peguei nessa! Eu tenho o cérebro de um besouro!

Madame Cera do Tempo olhou para ele e então virou-se para Tiffany.

— *Eu* transformei alguém em um sapo! — disse Tiffany. — Foi horrível! Ele não coube inteiro no corpo, então teve esse enorme e rosado...

— Esqueça isso, agora — disse Madame Cera do Tempo com uma voz subitamente tão bondosa e comum que tilintou como um sino. — Acho que as coisas aqui foram um pouco diferentes do eram na sua casa, ahn?

— O quê? Bem, sim, em casa nunca transformei... — disse Tiffany, surpresa, então viu que logo à sua frente a velha estava fazendo frenéticos movimentos circulares com a mão, que de alguma forma significava *Continue como se nada tivesse acontecido.*

Então conversaram loucamente sobre ovelhas e Madame Cera do Tempo disse que elas eram muito cheias de lã, não eram?, e Tiffany disse que elas eram, muito mesmo, e Madame Cera do Tempo disse que tinha ouvido falar que eram extremamente cheias de lã... enquanto todos os olhos no cômodo observavam a Srta. Plana...

...fazer o chá usando quatro braços, dois dos quais não existiam, sem perceber.

A chaleira preta passeou pela sala e, aparentemente, acomodou-se sozinha na bandeja. Xícaras, pires, colheres e açucareiro flutuavam com destino certo.

Madame Cera do Tempo esticou-se para chegar perto de Tiffany.

— Espero que você ainda esteja se sentindo... sozinha? — sussurrou.

— Sim, obrigado. Quero dizer, eu posso... mais ou menos... senti-los lá, mas não estão ficando no caminho... Er... Mais cedo ou mais tarde ela vai perceber... Quero dizer, não vai?

— Uma coisa muito engraçada, a mente humana — sussurrou a velha. — Uma vez tive que cuidar de um pobre jovem que teve as pernas esmagadas pela queda de uma árvore. Perdeu as duas, do joelho para baixo. Teve que mandar fazer pernas de madeira. Bem, elas foram feitas daquela própria árvore, o que imagino tenha sido uma espécie de compensação, e ele se deu muito bem com elas. Mas me lembro dele dizendo: "Madame Cera do Tempo, eu às vezes ainda consigo sentir os dedos dos pés." É como se a cabeça não aceitasse o que aconteceu. E não é como se ela fosse... o tipo de pessoa mais comum, para começar; quero dizer, ela está acostumada a ter braços que não via o tempo to...

— Aqui está — disse a Srta. Plana, surgindo com três xícaras, três pires e o açucareiro. — Um para você, um para você e um para... Ah...

O açucareiro caiu de uma mão invisível e derramou açúcar na mesa. A Srta. Plana olhou para aquilo com horror, enquanto, na outra mão que não estava lá, uma xícara e um pires vacilaram, sem meios visíveis de apoio.

— Feche os olhos, Srta. Plana!

E havia algo na voz, alguma urgência ou tom esquisito que fez Tiffany fechar os olhos também.

— Certo! Agora, você *sabe* que a xícara está ali, você pode *sentir* o seu braço — disse Madame Cera do Tempo, ficando de pé. — Acredite! Seus olhos não têm noção de todos os fatos! Agora, coloque a xícara com cuidado na mesa... iiiisso mesmo. Pode abrir os olhos agora, mas o que quero que você faça, certo, como um favor para mim, é *colocar as mãos que você pode ver espalmadas na mesa*. Isso. Bom. Agora, sem tirar essas mãos daí, vá até a despensa e me traga aquela lata azul de biscoitos, está bem? Sempre gosto de um biscoito com o chá. Muito obrigada.

— Mas... mas eu não posso fazer isso agora...

— Pare com o "eu não posso", Srta. Plana — explodiu Madame Cera do Tempo. — Não pense, apenas faça! Meu chá está esfriando!

Então *isto* é bruxaria também, pensou Tiffany. É como Vovó Dolorida falando com os animais. Está na voz! Afiada e suave em momentos alternados. Você usa pequenas palavras de ordem e incentivo e *continua* falando, fazendo as palavras preencherem o mundo da criatura, de forma que os cães pastores obedeçam e as ovelhas nervosas se acalmem...

A lata de biscoitos flutuou da despensa. Quando se aproximou da velha, a tampa se desenroscou e pairou no ar. Ela esticou a mão delicadamente.

— Ooh, Hora do Chá Sortida, comprado em loja — disse, pegando quatro biscoitos e rapidamente colocando três deles no bolso. — Muito fino.

— É terrivelmente difícil fazer isso! — gemeu a Srta. Plana. — É como tentar não pensar em um rinoceronte rosa!

— Bem? — disse Madame Cera do Tempo. — O que há de tão especial em não pensar em um rinoceronte rosa?

— É impossível não pensar em um se alguém diz que você não pode — explicou Tiffany.

— Não, não é — disse Madame Cera do Tempo com firmeza. — Eu não estou pensando em um neste momento, dou-lhe a minha palavra. Você precisa ter controle sobre esse seu cérebro, Srta. Plana. Então perdeu um segundo corpo? O que é um outro corpo, no fim das contas? Só mais um monte de trabalho, outra boca para alimentar, vestir e desgastar a mobília... em uma palavra, *chateação*. Acerte a sua mente, Srta. Plana, e o mundo será seu...

A velha bruxa se inclinou para Tiffany e sussurrou:

— Qual é o nome daquele bicho, vive no mar, muito pequeno, as pessoas comem?

— Camarão? — sugeriu Tiffany, um pouco confusa.

— Camarão? Certo. O mundo será seu camarão, Srta. Plana. Não só fará uma grande economia em roupas e alimentos, o que não é de se desprezar nestes tempos difíceis, mas, quando as pessoas virem você mover as coisas pelo ar, bem, elas vão dizer "Ali está uma bruxa e tanto, não se engane!" e estarão certas. Apenas se aferre a esta habilidade, Srta. Plana. Mantenha-a. Pense no que eu disse. E agora você vai ficar aqui e descansar. Vamos cuidar do que precisa ser feito hoje. Basta fazer para mim uma pequena lista e Tiffany saberá os meios.

— Bem, realmente, eu me sinto... um pouco abalada — disse a Srta. Plana, distraidamente tirando o cabelo de cima dos olhos com uma mão invisível. — Deixe-me ver... vocês poderiam apenas dar uma passada no Sr. Umbril, na Madame Turvy e no jovem Raddle, ver como está a contusão da Sra. Towney, levar um pouco de pomada Número Cinco para o Sr. Drover, fazer uma visita à velha Sra. Hunter, lá em Recanto Insolente, e... agora, quem mais está faltando...?

Tiffany percebeu que estava prendendo a respiração. Tinha sido um dia horroroso e uma noite terrível, mas o que estava chegando e fazendo fila na língua da Srta. Plana era, de alguma forma, ainda pior do que o resto.

— ...Ah, sim, tenha uma conversa com a Srta. Rapidinho, em Uttercliff, e então provavelmente terá que conversar com a Sra. Rapidinho, também; e há alguns pacotes que devem ser entregues pelo caminho, que estão todos na minha cesta, já marcados. E acho que é isso... oh, não, que boba eu sou, quase me esqueci... você precisa passar no Sr. Weavall, também.

Tiffany soltou a respiração. Mas preferia não respirar novamente do que encarar o Sr. Weavall e vê-lo abrir uma caixa vazia.

— Você tem certeza de que está... totalmente você mesma, Tiffany? — perguntou a Srta. Plana, e Tiffany agarrou esse salva-vidas de desculpa para não ir.

— Bem, eu me sinto um pouco... — começou Tiffany, mas Madame Cera do Tempo interrompeu:

— Ela está bem, Srta. Plana, tirando os tais ecos. O enxame foi embora desta casa, posso garantir.

— Sério? — disse a Srta. Plana. — Eu não quero ser rude, mas como você pode ter tanta certeza?

Madame Cera do Tempo apontou para baixo.

De grão em grão, o açúcar derramado estava rolando pela mesa e pulando no açucareiro.

A Srta. Plana bateu as mãos juntas palmas.

— Oh, *Oswald* — disse, com um sorriso enorme no rosto. — Você voltou!

A Srta. Plana e possivelmente Oswald observaram-nas passar pelo portão e partir.

— Ela vai ficar bem com os seus homenzinhos fazendo companhia — disse Madame Cera do Tempo quando ela Tiffany fizeram uma curva e pegaram a trilha dos bosques. — Pode ser a melhor coisa para ela, sabe, ter meio que morrido.

Tiffany ficou chocada.

— Como você pode ser tão cruel?

— Ela vai ganhar um pouco de respeito quando as pessoas a virem movendo as coisas pelo ar. Respeito é carne e bebida para uma bruxa. Sem respeito, você não tem nada. Ela não ganha muito respeito, nossa Srta. Plana.

Isso era verdade. As pessoas não respeitavam a Srta. Plana. Gostavam dela, de uma maneira meio impensada, e só. Madame Cera do Tempo estava certa, e Tiffany desejou que não estivesse.

— Por que você e Miss Tick me enviaram para ela, então?

— Porque ela gosta de gente — disse a bruxa, caminhando um pouco à frente. — Ela se preocupa com as pessoas. Até mesmo com as estúpidas, maldosas e babonas, as mães sem noção com bebês de nariz escorrendo, os irresponsáveis, os bobos e os tolos que a tratam como uma espécie de serva. *Isso* é o que eu chamo de mágica: ver tudo isso, lidar com tudo isso e ainda assim seguir em frente. É ficar acordada a noite toda para ajudar um pobre velho que está deixando este mundo, aliviando a dor dele da maneira que der, reconfortando seus temores, garantindo que esteja em segurança... e ainda limpá-lo e arrumá-lo, deixando-o bonito para o funeral, ajudando uma viúva chorosa a desarrumar a cama e lavar os lençóis (o que não é, deixe-me lhe dizer, tarefa para os mais fracos), e ainda ficar acordada também na noite seguinte, para vigiar o caixão antes do funeral, para então ir para casa e sentar-se por cinco minutos antes que algum um homem irritado apareça gritando na sua porta porque sua mulher está com dificuldades de dar à luz o seu primeiro filho e a parteira não aguenta mais, e então levantar, pegar a bolsa e sair novamente... Todas nós fazemos isso, à nossa própria maneira. Ela o faz melhor do que eu, se eu tivesse que dizer com a mão no coração. *Essa* é a raiz, o coração, a alma e o centro da bruxaria. É isso. A alma e o centro!

Madame Cera do Tempo bateu com o punho na outra mão, martelando suas palavras:

— A... alma... e... o... *centro*!

Vieram ecos das árvores no silêncio repentino. Até os gafanhotos ao lado da trilha pararam de chiar.

— E a Sra. Tesourinha — disse Madame Cera do Tempo, com a voz virando um rosnado —, a *Sra. Tesourinha* diz para as suas meninas que tudo se resume a equilíbrios cósmicos, estrelas, círculos, cores, varinhas e... e *brinquedos*, nada além de brinquedos! — Bufou. — Ah, ouso dizer que tudo aquilo funciona muito bem como *decoração*, uma coisa agradável de se olhar enquanto você está trabalhando, algo para impressionar, mas o início e o fim, *o início e o fim*, é ajudar as pessoas quando a vida está em jogo. Mesmo as pessoas de quem você não gosta. Estrelas é fácil, pessoas é que é o difícil.

Parou de falar. Passaram-se vários segundos até os pássaros começarem a cantar de novo.

— Bom, pelo menos é isso o que eu penso — acrescentou ela, com um tom de quem desconfia que foi um pouco além do que pretendia.

Virou-se quando Tiffany nada respondeu e viu que ela tinha parado e estava de pé na trilha, parecendo uma galinha afogada.

— Você está bem, garota?

— Fui eu! — lamentou Tiffany. — O enxame *era* eu! Ele não estava pensando com o meu cérebro, ele estava usando os meus pensamentos! Ele estava usando o que encontrou na minha cabeça! Todos aqueles insultos, toda aquela... — Engoliu em seco. — Aquela... sordidez. Aquilo nada mais era do que eu mesma com...

— ...*sem* a sua parte que estava escondida — disse a Madame Cera do Tempo, bruscamente. — Lembre-se disso.

— Sim, mas vamos supor que... — Hesitou Tiffany, esforçando-se para deixar toda a dor sair.

— A parte que se escondeu era a parte importante — disse Madame Cera do Tempo. — Aprender a *não* fazer as coisas é tão difícil quanto aprender a *fazê-las*. Mais difícil, talvez. Haveria muito mais sapos neste mundo se eu não soubesse como *não* transformar as pessoas neles. E grandes balões cor-de-rosa, também.

— Não — disse Tiffany, estremecendo.

— É por isso que perambulamos por aí cuidando das pessoas e todo o resto — disse Madame Cera do Tempo. — Bem, e porque deixa as pessoas um pouco melhores, é claro. Mas ao fazer estas coisas você se mantém em seu centro, de maneira que não oscila. Isso ancora você. Faz com que permaneça humana e a impede de sair cacarejando por aí. Assim como a sua avó com as ovelhas, que para mim são tão estúpidas, teimosas e ingratas quanto os seres humanos. Você acha que se viu bem de perto e descobriu que é má? Rá! Eu já vi o mal e você não chega nem perto. Agora vai parar de se lamuriar?

— O quê? — explodiu Tiffany.

Madame Cera do Tempo riu, tal a súbita fúria de Tiffany.

— Sim, você é uma bruxa até os ossos. Você está triste, e por trás disso está uma você se vendo toda triste e pensando, Ah, pobre de mim, e por trás disso está uma *você* com raiva de *mim* por não dizer, não, não fique assim, pobrezinha. Deixe-me falar com aqueles Pensamentos Melhores Ainda, então, porque quero saber da garota que foi enfrentar uma rainha das fadas armada com nada mais do que uma frigideira, não de uma criança sentindo pena de si mesma e chafurdando na miséria!

— O quê? Eu *não* estou chafurdando na miséria! — gritou Tiffany, caminhando até ela até que ficassem a centímetros de distância. — E aquela conversa toda de ser legal com as pessoas, ahn?

No alto, folhas caíram das árvores.

— Isso não conta quando é outra bruxa, especialmente uma como você! — explodiu Madame Cera do Tempo, cutucando-a no peito com um dedo duro como madeira.

— Ah, é? É? E o que é que isso quer dizer?

Um cervo galopou pelo bosque. O vento aumentou em intensidade.

— Você não está prestando atenção, criança!

— Ora, o que eu perdi que *você* viu... velha?

— Posso ser velha, mas estou lhe dizendo que o enxame ainda está por aí! Você apenas o expulsou!

Pássaros voaram das árvores em pânico.

— Eu sei! — gritou Tiffany.

— Ah, sim? Mesmo? E como você sabe disso?

— Porque ainda tem um pouco de mim nele! Um pouco de mim que eu prefiro não conhecer, obrigada! Eu *sinto* que está por aí! Mas enfim, como *você* sabe?!

— Porque sou uma bruxa boa pra caramba, por isso — rosnou Madame Cera do Tempo, enquanto coelhos cavavam mais fundo para sair do caminho. — E o que você quer que eu faça em relação à criatura enquanto você fica aí sentada choramingando?

— Como você se atreve? Como se *atreve*? É minha responsabilidade! Eu vou lidar com isso, muitíssimo obrigada!

— Você? Um enxame? Vai precisar de mais do que uma frigideira! Eles não podem ser mortos!

— Eu vou encontrar uma maneira! Uma bruxa lida com as coisas!

— Rá! Gostaria de ver você tentar!

— Eu vou! — gritou Tiffany. Começou a chover.

— Ah, é? Então você sabe como atacá-lo, é?

— Não seja boba! Eu não sei! Ele pode ficar fora do meu caminho! Pode até mesmo afundar no chão! Mas vai vir atrás de mim, entendeu? De *mim*, de mais ninguém! Eu *sei* disso! E dessa vez vou estar pronta!

— Vai, mesmo? — perguntou Madame Cera do Tempo, cruzando os braços.

— Sim!

— *Quando?*

— Agora!

— Não!

A velha bruxa levantou a mão.

— Que a paz esteja neste lugar — disse ela em voz baixa. O vento diminuiu. A chuva parou. — Não, ainda não — continuou, enquanto a paz reinava mais uma vez. — O enxame não está atacando ainda. Você não acha isso estranho? Ele estaria lambendo as feridas, se tivesse língua. E você não está pronta ainda, não importa o que pensa. Não, nós temos uma outra coisa para fazer, não é?

Tiffany ficou sem palavras. A maré de indignação dentro dela estava tão quente que queimava seus ouvidos. Mas Madame Cera do Tempo estava sorrindo. Os dois fatos não funcionam bem juntos.

Seus Pensamentos Normais foram: "Acabei de ter uma baita discussão com a Madame Cera do Tempo! Dizem que se você a cortar com uma faca ela só sangra se quiser! Dizem que, quando alguns vampiros morderam *ela*, todos começaram a desejar chá e biscoitos doces. Ela pode fazer qualquer coisa, estar em qualquer lugar! E eu a chamei de velha!"

Seus Pensamentos Melhores foram: "Bem, ela é."

Seus Pensamentos Melhores Ainda foram: "Sim, ela *é* a Madame Cera do Tempo. E ela está querendo te deixar com raiva. Se você está tomada pela raiva, não sobra espaço para o medo."

— Mantenha essa raiva — disse Madame Cera do Tempo, como se estivesse lendo a sua mente. — Pegue-a com as mãos em concha e jogue no seu coração, lembre-se de onde ela veio, lembre-se da forma dela, guarde-a para quando precisar. Mas agora o lobo está em algum lugar da floresta, e você precisa cuidar do rebanho.

É a voz, percebeu Tiffany. Ela realmente fala com as pessoas como Vovó Dolorida falava com as ovelhas, exceto que praticamente sem falar palavrões. Mas eu me sinto... melhor.

— Obrigada.

— E isso inclui o Sr. Weavall.

— Sim — disse Tiffany. — Eu sei.

Capítulo 10

Desabrochando tarde

Foi um dia... interessante. *Todo mundo* nas montanhas tinha ouvido falar de Madame Cera do Tempo. Quem não tem respeito, dizia ela, não tem nada. Hoje, ela o teve de sobra. Até respingou um pouco em Tiffany.

Foram tratadas como realeza. Não do tipo que é arrastado para ser decapitado ou passar por coisas desagradáveis envolvendo ferro em brasa, mas o outro tipo, que faz as pessoas saírem atordoadas, dizendo: Ela realmente disse olá para mim, muito graciosamente! Eu nunca mais vou lavar a minha mão!

Não que muitas daquelas pessoas lavassem as mãos, pensou Tiffany, com a afetação de uma trabalhadora de laticínios. Mas as pessoas se aglomeravam em volta da casa, observando e ouvindo, e se aproximavam de Tiffany para perguntar coisas como Não gostaria de uma xícara de chá? Acabei de limpar a nossa xícara! E no jardim de toda casa por onde passavam, Tiffany percebeu, as colmeias ficavam subitamente agitadas.

Ela trabalhou, tentando manter a calma, tentando pensar no que estava fazendo. Tinha de fazer o papel de médico o melhor que podia e, se fosse algo meio gosmento, pensar em como tudo ficaria melhor depois que acabasse. Achava que Madame Cera do Tempo não aprovaria essa atitude. Mas Tiffany não gostava muito da atitude dela também. Ela mentia o tempo to... ela *não dizia a verdade* o tempo todo.

Por exemplo, havia o banheiro dos Raddles. A Srta. Plana havia explicado cuidadosamente para o Sr. e a Sra. Raddle, várias vezes, que ele ficava muito perto do poço e por isso a água potável estava cheia de pequenas, minúsculas criaturas que deixavam seus filhos doentes. Eles escutaram com muita atenção todas as vezes que ela explicou e mesmo assim nunca mudaram o banheiro de lugar. Mas Madame Cera do Tempo disse que era tudo causado por goblins que eram atraídos pelo cheiro; no momento em que deixou a casa, o Sr. Raddle e três amigos já estavam cavando um novo poço do outro lado do jardim.

— Isso *é* realmente causado por pequenas criaturas, sabe? — disse Tiffany, que uma vez entregou um ovo para uma professora itinerante para que pudesse entrar na fila e olhar através do "** Espantoso Dispositivo Mikroscópico! Um Zoológico em Cada Gota de Água Suja! **" Ela quase desmaiou de sede no dia seguinte. Algumas daquelas criaturas eram *cabeludas*.

— É mesmo? — perguntou Madame Cera do Tempo, com sarcasmo.

— Sim. É. E a Srta. Plana acredita em dizer a verdade!

— Bom. Ela é uma mulher boa e honesta — disse Madame Cera do Tempo. — Mas o que quero dizer é que você tem que contar às pessoas uma história que eles possam entender. Você teria que mudar muita coisa do mundo e talvez bater a cabeça gorda e estúpida do Sr. Raddle na parede algumas vezes até ele acreditar que dá para ficar doente bebendo animaizinhos invisíveis. E enquanto você estiver fazendo isso, os filhos deles ficarão mais doentes. Mas goblins, bem, isso faz sentido para eles *hoje*. Uma história faz as coisas acontecerem. E, quando encontrar Miss Tick amanhã, vou dizer a ela que passou da hora destes professores itinerantes começarem a aparecer por aqui.

— Está bem — disse Tiffany, relutante. — Mas você disse ao Sr. Umbril, o sapateiro, que suas dores no peito vão passar se ele caminhar até a cachoeira em Tumble Crag todos os dias durante um mês e jogar lá três pedrinhas brilhantes para os espíritos das águas! Isso não é medicar!

— Não, mas ele acha que é. Aquele homem passa muito tempo sentado, encurvado. Uma caminhada de oito quilômetros ao ar fresco todos os dias durante um mês vai deixá-lo em ótima forma — disse Madame Cera do Tempo.

— Ah — disse Tiffany. — Outra história?

— Se preferir — respondeu Madame Cera do Tempo, com os olhos brilhando. — E nunca se sabe, talvez os espíritos das águas fiquem gratos pelas pedras.

Olhou de soslaio para a expressão de Tiffany e deu um tapinha em seu ombro.

— Não se preocupe, mocinha. Veja deste modo. Amanhã, seu trabalho será tornar o mundo um lugar melhor. Hoje, meu trabalho é garantir que todo mundo chegue até ele.

— Bem, eu acho... — hesitou Tiffany, então parou. Olhou para os bosques no horizonte entre os pequenos vales e as encostas íngremes das montanhas.

— O enxame ainda está por aí.

— Eu sei — disse Madame Cera do Tempo.

— Está nos rondando, mas mantendo distância.

— Eu sei.

— O que aquilo acha que está fazendo?

— Tem um pouco de você lá dentro. O que *você* acha que está fazendo?

Tiffany tentou pensar. Por que não atacava? Ah, ela estaria mais bem preparada dessa vez, mas aquilo era forte.

— Talvez esteja esperando até que eu fique irritada de novo. Mas tenho pensado em uma coisa. Não faz sentido. Tenho pensado em... três desejos.

— Quais desejos?

— Eu não sei. Parece bobagem.

Madame Cera do Tempo parou.

— Não, não é. É uma parte profunda de você tentando lhe enviar uma mensagem. Apenas tente se lembrar. Porque, agora...

Tiffany suspirou.

— Sim, eu sei. O Sr. Weavall.

Nenhuma caverna de dragão foi abordada com tanto cuidado como aquela casa, com o jardim cheio de mato.

Tiffany parou na porta e olhou para trás, mas Madame Cera do Tempo tinha diplomaticamente desaparecido. Provavelmente havia encontrado alguém disposto a lhe oferecer uma xícara de chá e um biscoito doce, pensou ela. A bruxa só come isso!

Então, abriu o portão e seguiu pela trilha.

Não podia dizer: "Não é minha culpa." Não podia dizer: "Não é minha responsabilidade."

Podia dizer: "Vou lidar com isso."

Não precisava querer fazer isso. Mas *tinha* que fazer isso.

Tiffany respirou fundo e entrou na casinha escura.

O Sr. Weavall estava em sua cadeira, logo ao lado da porta, dormindo e mostrando ao mundo uma boca aberta cheia de dentes amarelos.

— Hum... olá, Sr. Weavall — falou Tiffany, mas talvez não alto o bastante. — Eu vim só, er, ver se você, se tudo está... se está tudo bem...

Houve um pequeno ronco e ele acordou, estalando os lábios para tirar o sono da boca.

— Ah, é você. Boa tarde pra você.

Ele ficou mais ereto na cadeira e olhou porta afora, ignorando-a.

Talvez não peça, pensou enquanto lavava, tirava o pó, ajeitava os travesseiros e, sem querer entrar em detalhes, esvaziava o penico. Mas quase gritou quando o braço disparou e agarrou seu pulso e o velho exibiu aquele seu olhar suplicante.

— Confere a caixa, Mary, está bem? Antes de ir? Eu ouvi uns barulhos ontem de noite, sabe. Podia ser um desses ladrões se esgueirando aqui dentro.

— Sim, Sr. Weavall — disse Tiffany, pensando: eunãoquero-estaraquieunãoqueroestaraqui!

Pegou a caixa. Não havia escolha.

Parecia pesada. Ficou de pé e levantou a tampa.

Após o ranger das dobradiças, houve silêncio.

— Você tá bem, menina? — perguntou o Sr. Weavall.

— Hum... — disse Tiffany.

— Tá tudo aí, não é? — insistiu o velho, ansioso.

A mente de Tiffany era uma poça de gosma.

— Hum... está tudo aqui — conseguiu dizer. — Hum... e agora é tudo de *ouro*, Sr. Weavall.

— Ouro? Rá! Não brinca comigo, menina. Nunca apareceu ouro algum no meu caminho!

Tiffany colocou a caixa no colo do velho, tão delicadamente quanto podia, e ele examinou seu conteúdo.

Tiffany reconheceu as moedas desgastadas. Os pictsies as usavam como pratos no morro. Houvera imagens gravadas sobre elas, que agora estavam gastas demais para que se visse qualquer coisa.

Mas ouro era ouro, com imagens ou não.

Virou a cabeça bruscamente e teve certeza de ter visto alguma coisa pequena e ruiva desaparecer nas sombras.

— Bem, e essa agora — disse o Sr. Weavall. — E essa agora.
— E isso pareceu esgotar a conversa por algum tempo. Então ele disse: — Dinheiro demais aqui pra pagar um enterro. Não me lembro de ter economizado isso tudo. Acho que você poderia enterrar um *rei* com essa quantidade de dinheiro.

Tiffany engoliu em seco. Ela não podia deixar as coisas dessa maneira. Simplesmente não podia.

— Sr. Weavall, tem uma coisa que eu preciso lhe contar.

E lhe contou. Contou-lhe tudo, não só as partes boas. Ele ficou sentado ouvindo atentamente.

— Bem, agora, isso é interessante — disse quando ela terminou.

— Hum... Sinto muito — disse Tiffany.

Não conseguia pensar em mais nada a dizer.

— Então, o que você está *dizendo*, certo, é que essa criatura fez você pegar o meu dinheiro para o enterro, certo, e você acha que essas fadas suas amigas encheram minha velha caixa com ouro, pra que você não ficasse encrencada, certo?

— Eu acho que sim.

— Bem, parece que eu preciso agradecer a você, então.

— *Quê?*

— Bem, me parece que, se você não tivesse pego a prata e o cobre, não teria espaço pra todo esse ouro, né? — disse o Sr.

Weavall. — E acho que o velho rei morto lá nas suas colinas não precisa mais dele agora.

— Sim, mas...

O Sr. Weavall mexeu na caixa e tirou uma moeda de ouro que valia mais do que a sua casinha.

— Uma coisinha pra você, então, menina. Compre umas fitas pro cabelo ou algo assim...

— Não! Não posso! Isso não seria justo! — protestou Tiffany, desesperada. A situação estava seguindo uma direção *completamente* errada!

— Não seria? — perguntou o Sr. Weavall, e seus olhos brilhantes a examinaram de forma demorada e astuta. — Bem, então vamos chamar isso de pagamento por essa pequena tarefa que você vai fazer pra mim, ahn? Você vai subir por essas escadas, o que eu não consigo mais fazer direito, e pegar o terno preto que está pendurado atrás da porta. E há uma camisa limpa no baú ao pé da cama. E você vai polir as minhas botas e me ajudar a ficar de pé, mas acho que consigo chegar até o final da trilha sozinho. Porque, sabe, isso é dinheiro demais pra pagar pelo funeral de um homem, mas acho que serve bem pra casar um. Por isso estou propondo que eu vá propor à Viúva Tussy que ela se case comigo!

A última frase exigiu um pouco de esforço, mas em seguida Tiffany disse:

— Você *vai*?

— E como vou — disse o Sr. Weavall, lutando para ficar de pé. — Ela é uma boa mulher que prepara uma torta de carne e cebola muito razoável e tem todos os dentes. Sei disso porque ela mostrou. O filho mais novo deu pra ela um conjunto de dentes comprado numa dessas lojas bacanas lá na cidade grande, e ela fica muito bonita com eles. E foi gentil o suficiente pra me emprestar eles uma vez que eu tava com um pedaço de carne de porco difícil de enfrentar. Um homem não esquece uma gentileza dessas.

— Er... você não acha que deveria pensar um pouco sobre isso? — disse Tiffany.

O Sr. Weavall riu.

— Pensar? Não tenho motivo pra ficar *pensando* sobre isso, mocinha! Quem é você pra dizer prum velho que nem eu que ele devia tá pensando? Eu tenho noventa e um! Preciso me levantar e fazer as coisas! Além disso, tenho motivos para acreditar, pelo brilho nos olhos dela, que a Viúva Tussy não vai torcer o nariz pra minha sugestão. Já vi um bom número de brilhos ao longo dos anos e esse foi um dos bons. E ouso dizer que de repente ter uma caixa de ouro vai vir bem a calhar, como meu velho pai diria.

Levou dez minutos para o Sr. Weavall mudar de roupa, com muita luta, linguagem inapropriada e sem a ajuda de Tiffany, que ele ordenou que virasse de costas e colocasse as mãos nos ouvidos. Então ela teve que ajudá-lo a sair para o jardim, onde ele jogou fora uma bengala e balançou o dedo para as ervas daninhas.

— E vou arrancar vocês todas amanhã! — gritou, triunfante.

No portão do jardim, ele agarrou o poste e forçou-se a ficar quase na vertical, ofegante.

— Tudo bem — disse, um pouco ansioso. — É agora ou nunca. Eu pareço bem, né?

— Você parece ótimo, Sr. Weavall.

— Tudo limpo? Tudo em cima?

— Er... sim — disse Tiffany.

— E o meu cabelo?

— Er... você não tem nenhum, Sr. Weavall.

— Ah, é. Sim, verdade. Eu vou ter que comprar uma, comé-quesechama, que nem um chapéu feito de cabelo? Você acha que eu tenho dinheiro suficiente pra uma?

— Uma peruca? Você poderia comprar milhares, Sr. Weavall!

— Rá! Certo. — Seus olhos reluzentes passearam pelo jardim. — Alguma flor desabrochou? Não consigo ver muito bem... Ah... óscululos, eu vi uma vez, feitos vidro, faz com que você veja como novo. É disso que eu preciso... tenho o bastante para óscululos?

— Sr. Weavall — disse Tiffany —, você tem o bastante para *qualquer coisa*.

— Ora, Deus te abençoe! — retrucou o Sr. Weavall. — Mas agora eu preciso de um baucuê de flores, menina. Não se pode fazer a corte sem flores, e eu não consigo ver nenhuma. Sobrou alguma?

Umas poucas rosas resistiam entre as ervas daninhas e arbustos do jardim. Tiffany foi buscar uma faca na cozinha e as transformou em um buquê.

— Ah, bom — disse o Sr. Weavall. — Desabrocharam tarde, assim como eu! — Segurou-as firmemente com a mão livre e, de repente, franziu a testa, fez silêncio e ficou parado como uma estátua.

— Gostaria que meu Toby e minha Mary pudessem ir ao meu casamento — disse, calmamente. — Mas eles estão mortos, sabe.

— Sim — disse Tiffany. — Eu sei, Senhor Weavall.

— E eu poderia desejar que minha Nancy estivesse viva, também, mas, como espero estar casando com outra senhora, esse não seria um desejo sensato, acho. Rá! Quase todo mundo que eu conheço tá morto. — O Sr. Weavall olhou para o ramo de flores por um instante e depois se endireitou novamente. — Ainda assim, não posso fazer nada quanto a isso, né? Nem mesmo com uma caixa cheia de ouro!

— Não, Sr. Weavall — disse Tiffany com a voz rouca.

— Ah, não chore, menina! O sol está brilhando, os pássaros estão cantando e o que é passado não pode ser consertado, ahn? — disse o Sr. Weavall jovialmente. — E a Viúva Tussy está esperando!

Por um momento pareceu entrar em pânico e, então, limpou a garganta.

— Não *cheiro* muito mal, né?

— Er... apenas a naftalina, Sr. Weavall.

— Naftalina? Naftalina tá bom. Certo, então! Estamos perdendo tempo!

Usando a bengala e balançando seu outro braço com as flores no ar para manter o equilíbrio, o Sr. Weavall partiu em uma velocidade surpreendente.

— Bem — disse Madame Cera do Tempo quando ele virou a esquina, quase voando. — Isso foi bom, não?

Tiffany olhou em volta rapidamente. Madame Cera do Tempo ainda não era visível em lugar algum, mas podia ser percebida em algum ponto. Tiffany olhou de soslaio para um velho muro coberto por um pouco de hera e foi só quando a velha bruxa se mexeu que Tiffany a viu. Ela não fizera nada com as roupas, nem qualquer tipo de magia, mas tinha simplesmente... se misturado.

— Er, sim — disse Tiffany, tirando um lenço e assoando o nariz.

— Mas isso a preocupa — disse a bruxa. — Você acha que *não deveria* ter acabado assim, certo?

— Não! — disse Tiffany com veemência.

— Teria sido melhor se ele tivesse sido enterrado em algum caixão barato pago pela aldeia, você acha?

— *Não!* — Tiffany torcia os dedos. Madame Cera do Tempo era mais afiada do que uma almofadinha de alfinetes. — Mas... tudo bem, só não parece... justo. Quer dizer, eu gostaria que os Feegles não tivessem feito isso. Tenho certeza que eu poderia ter... resolvido de alguma forma, economizado...

— É um mundo injusto, criança. Fique feliz por ter amigos.

Tiffany olhou para as copas das árvores.

— Sim — disse Madame Cera do Tempo. — Mas não lá em cima.

— Eu vou para longe — disse Tiffany. — Estive pensando e acho que vou embora para longe.

— De vassoura? — indagou Madame Cera do Tempo. — Elas não são rápidas o...

— Não! Para onde eu voaria? Para casa? Eu não quero aquilo indo para lá! De qualquer forma, não posso simplesmente sair voando com aquilo por aí! Quando... quando encontrá-lo, não quero estar perto de pessoas, entende? Sei o que eu... o que *aquilo* pode fazer quando está com raiva! Matou metade da Srta. Plana!

— E se ele o seguir?

— Bom! Vou levá-lo lá para cima, para algum lugar!

Tiffany apontou para as montanhas.

— Sozinha?

— Eu não tenho escolha, tenho?

Madame Cera do Tempo olhou por um bom tempo para ela.

— Não. Não tem. Mas eu também não. É por isso que *vou* com você. Não discuta, senhorita. Como me impediria, hein? Ah, isso me lembrou... as contusões misteriosas que aparecem na Sra. Towny são porque o Sr. Towny bate nela. E o pai do bebê da Srta. Rapidinho é o jovem Fred Turvey. Você pode mencionar isso para a Srta. Plana.

Enquanto falava, uma abelha saiu voando de sua orelha.

Isca, pensou Tiffany algumas horas mais tarde, quando se afastavam da casa da Srta. Plana rumo às charnecas mais altas. Me pergunto se sou uma isca, como nos velhos tempos, quando os caçadores amarravam um cordeiro ou cabrito para atrair os lobos.

Ela tem um plano para matar o enxame. Eu *sei* disso. Ela planejou alguma coisa. Ele vai vir atrás de mim e ela vai só gesticular com a mão.

Ela deve pensar que sou uma idiota.

Elas haviam discutido, é claro. Mas Madame Cera do Tempo fez uma desagradável observação pessoal. Foi: *Você tem 11 anos.* Assim mesmo. Você tem 11 anos e o que Miss Tick vai dizer aos seus pais? Desculpem, mas deixamos Tiffany ir sozinha enfrentar um monstro ancestral que não pode ser morto e o que sobrou dela está nesta jarra?

A Srta. Plana havia se juntado à discussão a essa altura, quase em lágrimas.

Se Tiffany não fosse uma bruxa, teria reclamado por serem todas tão *injustas*!

Na verdade, estavam sendo justas. Sabia que elas estavam sendo justas. Não pensavam apenas nela, mas nas outras pessoas. E Tiffany detestou-se — bem, um pouco — por não tê-lo feito. Mas foi desagradável da parte delas terem escolhido bem *este* momento para ser justas. *Isso* era injusto.

Ninguém dissera que ela tinha apenas 9 anos quando entrou no Reino das Fadas armada só com uma frigideira. Claro, ninguém soubera que ela estava indo para lá, exceto os Feegles, e ela era bem mais alta do que eles. Teria ido se soubesse o que a aguardava?, perguntou-se.

Sim. Teria.

E vai encarar o enxame, mesmo sem saber como vencê-lo?

Sim. Vou. Ainda há uma parte de mim nele. Eu posso ser capaz de fazer alguma coisa.

Mas não está nem um pouquinho feliz com o fato de Madame Cera do Tempo e a Srta. Plana terem ganhado a discussão e de que agora você esteja partindo muito bravamente mas acompanhada, *completamente* contra a sua vontade, pela mais poderosa bruxa viva?

Tiffany suspirou. É horrível quando seus próprios pensamentos se unem contra você.

Os Feegles não foram contra ela querer partir para encontrar o enxame. Foram contra o fato de não poderem ir junto. Isso era um insulto para eles, ela sabia. Mas, como a Madame Cera do Tempo havia dito, aquilo era bruaquice de verdade e não havia lugar para Feegles. Se o enxame atacasse lá fora, não em um sonho mas para valer, não haveria nada real contra o qual dar pontapés ou cabeçadas.

Tiffany tentou fazer um pequeno discurso, agradecendo-lhes por sua ajuda, mas Rob Qualquerum cruzou os braços e virou as costas. Tudo dera errado. Mas a velha bruxa tinha razão. Eles poderiam se machucar. O problema era que explicar a um Feegle como as coisas eram perigosas só os deixava mais entusiasmados.

Ficaram discutindo uns com os outros. O discurso não serviu de muita coisa.

Mas agora tudo isso havia ficado para trás, de mais de uma forma. As árvores ao lado da trilha eram menos frondosas e mais finas ou, se Tiffany soubesse mais sobre árvores, teria dito que os carvalhos davam lugar às sempre-vivas.

Podia sentir o enxame. Ele as seguia, mas a uma boa distância.

Se você tivesse que imaginar uma líder de bruxas, não imaginaria Madame Cera do Tempo. Talvez imaginasse a Sra. Tesourinha, que deslizava pelo chão como se estivesse sobre rodas e tinha um vestido negro como a escuridão de um porão bem profundo, mas a Madame Cera do Tempo era apenas uma velha de rosto enrugado e mãos ásperas em um vestido negro como a noite, que nunca é tão negra quanto as pessoas imaginam. E ele estava empoeirado e puído na bainha.

Por outro lado, pensaram seus Pensamentos Melhores, *você certa vez comprou para a Vovó Dolorida uma pastora de porcelana, lembra? Toda azul, branca e brilhante?*

Seus Pensamentos Normais pensaram: bem, sim, mas eu era muito mais nova.

Seus Pensamentos Melhores pensaram: *sim, mas qual era a verdadeira pastora? A senhora brilhante no belo vestido limpo e sapatos de fivela ou a velha que andava pela neve com botas cheias de palha e um saco sobre os ombros?*

Nesse ponto, Madame Cera do Tempo tropeçou. Recuperou o equilíbrio muito rápido.

— Pedras soltas perigosas neste caminho. Cuidado com elas.

Tiffany olhou para baixo. Não havia muitas pedras e elas não pareciam muito perigosas ou particularmente soltas.

Quantos anos tinha a Madame Cera do Tempo? Mais uma pergunta que desejava não ter feito. Ela era magra e rija, como a Vovó Dolorida, o tipo de pessoa que segue e segue; mas um dia Vovó Dolorida foi para a cama e nunca mais se levantou, assim, de repente...

O sol estava se pondo. Tiffany podia sentir o enxame, da mesma forma que se sente quando alguém está olhando para você. Ele ainda estava na floresta, que abraçava a montanha como um lenço.

Por fim, a bruxa parou em um ponto onde as rochas brotavam do gramado como pilares. Ela sentou-se com as costas apoiadas em uma grande rocha.

— Aqui vai ter que servir. Vai escurecer em breve e alguém pode acabar torcendo o tornozelo em uma dessas pedras soltas.

Havia enormes rochas ao redor, do tamanho de casas, que tinham rolado montanha abaixo no passado. A rocha dos picos começava não muito longe, uma parede de pedra que parecia pairar sobre Tiffany como uma onda. Era um lugar desolado. Todo som ecoava.

Sentou-se perto da Madame Cera do Tempo e abriu a bolsa que a Srta. Plana havia preparado para a viagem.

Tiffany não era muito experiente em coisas como essa, mas, de acordo com o livro de contos de fadas, a comida típica para levar em uma aventura era pão e queijo. Além de queijo duro.

A Srta. Plana havia feito sanduíches de presunto com picles e tinha colocado guardanapos. Era um pensamento estranho: estamos tentando encontrar uma maneira de matar uma criatura terrível, mas pelo menos não estaremos cobertas de farelos.

Havia uma garrafa de chá gelado e um saco de biscoitos. A Srta. Plana conhecia bem Madame Cera do Tempo.

— Não deveríamos acender uma fogueira? — sugeriu Tiffany.

— Por quê? É um longo caminho até as árvores para conseguir lenha, e haverá uma bela meia-lua em vinte minutos. Seu amigo está mantendo distância, e não há mais nada que vá nos atacar aqui em cima.

— Tem certeza?

— Eu ando com segurança pelas *minhas* montanhas — disse Madame Cera do Tempo.

— Mas não há trolls, lobos e outras coisas?

— Ah, sim. Vários.

— E eles não tentam atacá-la?

— Não mais — disse uma voz no escuro, cheia de satisfação.
— Pode me passar os biscoitos?

— Aqui estão. Quer um pouco de picles?

— Picles me dão gases; uma coisa terrível.

— Nesse caso...

— Ah, eu não estava *recusando* — disse Madame Cera do Tempo, pegando dois grandes pepinos em conserva.

Ah, *ótimo*, pensou Tiffany.

Ela havia trazido três ovos frescos. Pegar o jeito de como criar um embaralhado estava demorando demais. Era estúpido. Todas as outras meninas eram capazes de usá-los. Tinha certeza de que estava fazendo tudo certo.

Havia enchido o bolso de coisas aleatórias. Tirou-as sem olhar, passou a linha ao redor do ovo como já tinha feito uma centena de vezes, pegou os pedaços de madeira e moveu-os de forma que...

Poc!

O ovo rachou; o interior começou a escorrer.

— Eu falei a você — disse Madame Cera do Tempo, que tinha aberto um olho. — Eles são brinquedos. Paus e pedras.

— Alguma vez *usou* um? — perguntou Tiffany.

— Não. Não consegui pegar o jeito. Me atrapalhavam.

Madame Cera do Tempo bocejou, enrolou-se no cobertor, fez alguns *mnup, mnup* enquanto procurava uma posição confortável contra a rocha e, algum tempo depois, sua respiração ficou mais profunda.

Tiffany esperou em silêncio, debaixo do cobertor, até que a lua surgiu. Esperava que isso melhorasse as coisas, mas nada feito. Antes havia apenas escuridão. Agora havia sombras.

Ouviu um ronco ao seu lado. Daqueles bons e sólidos, como telas sendo rasgadas.

O silêncio se apoderou. Vinha pela noite em asas prateadas, quieto como a queda de uma pena, o silêncio transformado em pássaro, e pousou sobre uma rocha próxima. Virou a cabeça para olhar para Tiffany.

Havia mais do que mera curiosidade de pássaro naquele olhar.

A velha voltou a roncar. Tiffany esticou o braço, ainda olhando para a coruja, e sacudiu-a delicadamente. Como isso não funcionou, sacudiu-a com força.

Houve um som como o de três porcos colidindo. Madame Cera do Tempo abriu um olho e disse:

— Queem?

— Há uma coruja nos observando! E bem de perto!

De repente a coruja piscou, olhou para Tiffany como se estivesse surpresa em vê-la, abriu as asas e deslizou noite adentro.

Madame Cera do Tempo agarrou a garganta, tossiu uma ou duas vezes e disse com voz rouca:

— Claro que era uma coruja, criança! Levei dez minutos para atraí-la até tão perto! Agora fique quieta enquanto eu começo de novo, caso contrário terei de me contentar com um morcego e, quando fico em um morcego, seja pelo tempo que for, acabo achando que posso ver com os meus ouvidos, o que não é maneira de uma mulher decente se comportar!

— Mas você estava roncando!

— Eu *não* estava roncando! Eu estava apenas descansando suavemente enquanto atraía uma coruja para mais perto! Se você não tivesse me sacudido e a espantado, eu estaria lá em cima de olho em toda essa charneca.

— Você... toma controle da *mente* dela? — disse Tiffany, nervosa.

— Não! Eu não sou um dos seus enxames! Eu só... pego carona com ela, só... dou uma cutucadinha de vez em quando, ela nem sabe que estou lá. Agora tente descansar!

— Mas e se o enxame...?

— Se ele chegar perto sou *eu* que vou *lhe* avisar! — chiou a Madame Cera do Tempo, deitando-se. Em seguida, levantou a cabeça mais uma vez. — E eu *não* ronco!

Meio minuto depois, começou a roncar de novo.

Minutos depois a coruja voltou, ou talvez fosse uma coruja diferente. Flutuou para a mesma rocha, ficou ali por algum tempo e depois saiu voando. A bruxa parou de roncar. Na verdade, parou de respirar.

Tiffany chegou mais perto e finalmente baixou um ouvido até o peito magro para ver se havia um batimento cardíaco.

Seu próprio coração parecia apertado como um punho...

...por causa do dia em que encontrou Vovó Dolorida na casinha. Ela estava deitada em paz na estreita cama de ferro, mas Tiffany sabia que algo estava errado assim que pisou lá dentro...

Buum.

Tiffany contou até três.

Buum.

Bem, *foi* um batimento cardíaco.

Muito lentamente, como um galho crescendo, uma mão rígida se moveu. Deslizou como uma geleira para dentro de um bolso e saiu segurando um grande pedaço de papel no qual estava escrito:

Tiffany decidiu que era melhor não discutir. Mas puxou o cobertor sobre a velha e enrolou-se no seu próprio.

Sob a luz do luar, tentou novamente fazer seu embaralhado. Com certeza seria capaz de produzir *alguma coisa*. Talvez se...

Sob a luz do luar, com muito, muito cuidado...

Poc!

O ovo rachou. O ovo *sempre* rachava, e restava apenas um. Tiffany não se atrevia a tentar com um besouro, mesmo se pudesse encontrar um. Seria muito cruel.

Sentou-se e olhou pela paisagem de prata e negro, e seus Pensamentos Melhores Ainda pensaram: *o enxame não vai chegar perto.*

Por quê?

Pensou: *Não sei por quê. Mas sei. Vai manter distância. Ele sabe que Madame Cera do Tempo está comigo.*

Pensou: Como ele pode saber disso? Não tem mente. Não sabe o que *é* uma Madame Cera do Tempo!

Ainda pensando, pensaram seus Pensamentos Melhores Ainda.

Tiffany afundou-se contra a rocha.

Às vezes sua cabeça ficava muito... cheia...

E então era manhã, luz do sol, orvalho em seu cabelo, névoa saindo do chão como fumaça... e uma águia sentada sobre a rocha onde a coruja havia estado, comendo algo peludo. Ela podia ver cada pena de suas asas.

A águia engoliu, olhou para Tiffany com seus olhos desvairados de pássaro e bateu asas para longe, criando um redemoinho na névoa.

Ao seu lado, Madame Cera do Tempo voltou a roncar, o que fez Tiffany pensar que ela estava de volta ao próprio corpo. Deu uma cotovelada na velha e o som, que fora um *gnaaaargrgrgrgrg* regular, mudou de repente para um *blort*.

A velha sentou-se, tossiu e gesticulou irritada com a mão para que Tiffany lhe passasse a garrafa de chá. Não falou nada até ter bebido quase a metade.

— Ah, diga o que quiser, mas coelho tem um gosto muito melhor quando é cozido — suspirou, colocando a rolha de volta.

— E sem a pele!

— Você tomou... pegou *emprestada* a águia?

— Claro. Eu não podia esperar que a pobre coruja ficasse voando depois do amanhecer, só para ver se alguém vinha. Ela ficou caçando ratazanas a noite toda e, acredite, coelho cru é melhor do que ratazana. Não coma ratazanas.

— Eu não — disse Tiffany, falando sério. — Madame Cera do Tempo, eu *acho* que sei o que o enxame está fazendo. Está pensando.

— Eu pensei que não tivesse cérebro!

Tiffany deixou seus pensamentos falarem por si.

— Mas há um eco de mim nele, não? Deve haver. Há um eco de todos em quem... esteve. *Deve* haver um pouco de mim. Eu sei que o enxame está por aí e sabe que estou aqui com você. E está mantendo distância.

— Ah, é? E por quê?

— Porque tem medo de você, acho.

— Hmpf! E por que isso?

— Sim — disse Tiffany. — É porque eu tenho. Um pouco.

— Ah, querida. Você tem?

— Sim. Aquilo é como um cachorro que apanhou, mas não vai embora. Não entende o que fez de errado. Mas... tem alguma coisa lá que.. um pensamento que estou quase tendo...

Madame Cera do Tempo não disse nada. Seu rosto ficou inexpressivo.

— Você está bem? — perguntou Tiffany.

— Eu só estava lhe dando tempo para ter esse pensamento.

— Desculpe. Já se foi. Mas... nós estamos pensando sobre o enxame da maneira errada.

— Ah, sim? E por quê?

— Porque... — Tiffany lutou com a ideia. — Acho que é porque não queremos pensar a seu respeito da maneira certa. Tem algo a ver com... o terceiro desejo. E não sei o que isso significa.

A bruxa disse:

— Continue analisando esse pensamento. — Olhou para cima e acrescentou: — Temos companhia.

Tiffany levou vários segundos para detectar o que Madame Cera do Tempo tinha visto; uma forma na borda da floresta, pequena e escura. Estava se aproximando, mas de uma maneira um tanto incerta.

Terminou por formar a figura de Petulia, voando lenta e nervosamente poucos metros acima da urze. Às vezes pulava e forçava a vassoura por uma direção um pouco diferente.

Partiu de novo quando chegou perto de Tiffany e de Madame Cera do Tempo: pegou a vassoura depressa e apontou para uma grande rocha. Atingiu-a de leve e ficou parada, como se tentasse voar através da pedra.

— Hum, desculpe — ofegou. — Mas nem sempre consigo pará-la, e fazer isso é melhor do que carregar uma âncora... Hum.

Começou a fazer uma mesura para Madame Cera do Tempo, lembrou que era uma bruxa e, no meio do movimento, tentou transformar o gesto em uma curvatura, um evento que, no caso dela, você pagaria para ver. Acabou dobrada sobre si mesma, e, de algum lugar, veio uma vozinha:

— Hum, alguém pode me ajudar, por favor? Acho que o meu Octograma de Trimontane ficou preso na minha Bolsa das Nove Ervas...

Houve um minuto complicado enquanto elas a desembaraçavam, com Madame Cera do Tempo resmungando "brinquedos, apenas brinquedos" enquanto desenrolavam pulseiras e colares.

Petulia ficou de pé, com o rosto vermelho. Viu a expressão de Madame Cera do Tempo, arrancou o chapéu pontudo e segurou-o na frente do corpo. Isto era um sinal de respeito, mas significava que uma coisa afiada e pontiaguda de sessenta centímetros estava apontada para elas.

— Hm... Fui ver a Srta. Plana e ela disse você tinha vindo aqui para cima atrás de alguma coisa horrível. Hum... então achei que era melhor ver como você estava.

— Hum... isso foi muito gentil da sua parte — disse Tiffany, mas seus traiçoeiros Pensamentos Melhores pensaram: E o que você teria feito se ele tivesse nos atacado? Teve uma rápida imagem de Petulia de pé diante de alguma coisa horrível e enfurecida, mas não foi engraçado como tinha pensado. Petulia *teria* ficado diante da coisa, tremendo de terror, com os amuletos inúteis fazendo barulho, terrivelmente apavorada... mas não se afastaria. Ela achou que as pessoas poderiam estar enfrentando alguma coisa horrível aqui em cima e veio *mesmo assim*.

— Qual o seu nome, minha menina? — perguntou Madame Cera do Tempo.

— Hm, Petulia Cartilagem, madame. Estou aprendendo com Gwinifer Toutinegra.

— Velha Mãe Toutinegra? — indagou Madame Cera do Tempo. — Muito capaz. Uma boa mulher com porcos. Você fez bem em vir até aqui.

Petulia olhou, nervosa, para Tiffany.

— Hm, você está bem? A Srta. Plana disse que esteve... doente.

— Estou muito melhor agora, mas muito obrigada por perguntar mesmo assim — disse Tiffany miseravelmente. — Olha, eu sinto muito por...

— Bem, você estava doente — disse Petulia.

E isso era outra coisa sobre Petulia. Ela sempre queria pensar o melhor sobre todo mundo. Isto era um pouco preocupante se você soubesse que a pessoa sobre a qual ela estava se esforçando para ter bons pensamentos fosse você.

— Você vai voltar para casa antes dos Julgamentos? — continuou Petulia.

— Julgamentos? — questionou Tiffany, meio perdida.

— Os Julgamentos das Bruxas — disse Madame Cera do Tempo.

— Hoje — disse Petulia.

— Eu tinha me esquecido totalmente deles! — disse Tiffany.

— Eu não — disse a velha bruxa, com calma. — Nunca perco um. Nunca perdi uma em sessenta anos. Você faria um favor a uma pobre velha senhora, Srta. Cartilagem, e voaria nessa vassoura de volta até a casa da Srta. Plana? Diga a ela que Madame Cera do Tempo manda seus cumprimentos e pretende ir diretamente para os Julgamentos. Ela estava bem?

— Hm, ela estava fazendo malabarismos com bolas sem usar as mãos! — disse Petulia, espantada. — E, sabem de uma coisa? Eu vi uma *fada* em seu jardim! Uma azul!

— Sério? — disse Tiffany, com o coração pesado.

— Sim! Mas era meio desalinhada. E quando perguntei se era mesmo uma fada, disse que era... hum... "a fada das grandes, pontiagudas, horríveis e fedorentas urtigas da Terra do Tilintar" e me chamou de "sacripanta". Você sabe o que isso quer dizer?

Tiffany olhou para o rosto rosado e esperançoso. Abriu a boca para dizer: "Quer dizer alguém que gosta de fadas", mas parou a tempo. Isso não seria justo. Suspirou.

— Petulia, você viu um Nac Mac Feegle. *É* uma espécie de fada, mas não do tipo mais doce. Sinto muito. Eles são bons... bem, mais ou menos... mas não são muito agradáveis. E "sacripanta" é uma espécie de xingamento. Mas não acho que seja uma muito ruim.

A expressão de Petulia não mudou por algum tempo. Em seguida, ela disse:

— Então *era* uma fada?

— Bem, sim. Tecnicamente.

O rosto redondo e rosado sorriu.

— Bom, eu fiquei na dúvida, porque estava, hum, você sabe... tendo uma pequena briga com um dos anões de jardim da Srta. Plana.

— *Definitivamente* um Feegle — disse Tiffany.

— Ah, bem, acho que as grandes, pontiagudas, horríveis e fedorentas urtigas precisam de uma fada, como todas as outras plantas — disse Petulia.

Capítulo 11

Arthur

Depois que Petulia partiu, a Madame Cera do Tempo bateu os pés com força no chão e disse:

— Vamos, mocinha. São cerca de doze quilômetros até Sheercliff. Já terão começado quando chegarmos lá.

— Mas e o enxame?

— Ah, ele pode aparecer se quiser. — Madame Cera do Tempo sorriu. — Ah, não fique assim. Haverá mais de trezentas bruxas nos Julgamentos e estarão bem na parte central da região. É o máximo de segurança possível. Ou prefere encontrar o enxame *agora*? Provavelmente daria para fazer isso. Ele não parece se mover tão rápido.

— Não! — disse Tiffany, mais alto do que pretendia. — Não, porque... as coisas não são o que parecem. Poderíamos fazer tudo errado. Er... não sei explicar. É por causa do terceiro desejo.

— Aquele que você não sabe o que é?

— Sim. Mas vou saber em breve, espero.

A bruxa olhou para ela.

— Sim, também espero. Bem, não há sentido em ficar por aqui. Vamos andando.

E com isso ela pegou o cobertor e partiu como se puxada por uma corda.

— Nós nem comemos nada ainda! — disse Tiffany, correndo atrás dela.

— Eu comi um monte de ratazanas durante a noite — disse Madame Cera do Tempo, sem olhar para trás.

— Sim, mas você não as comeu de verdade, não é? Foi a coruja quem *realmente* comeu.

— Tecnicamente, sim. Mas, depois de achar que comeu ratazanas a noite toda, não é nenhuma surpresa que não queira comer nada pela manhã. Ou nunca mais.

Fez um gesto com a cabeça na direção da figura já distante de Petulia, indo embora.

— Amiga sua?

— Er... se ela é, eu não mereço — disse Tiffany.

— Humm. Bem, às vezes nós temos o que não merecemos.

Cera do Tempo conseguia se mover bem rápido para uma velha senhora. Caminhava pela charneca como se a distância fosse um insulto pessoal. Mas era boa em outra coisa também.

Sabia da importância do silêncio. Havia o farfalhar de sua longa saia roçando nas urzes, mas de alguma forma isso virava parte do ruído de fundo.

No silêncio, enquanto caminhava, Tiffany ainda podia ouvir as lembranças. Havia centenas delas, deixadas para trás pelo enxame. A maioria delas era tão fraca que não passava de uma leve sensação de desconforto em sua cabeça, mas o tigre ancestral era como fogo nas florestas da noite de seu cérebro; e logo atrás vinha o lagarto gigante. Os dois foram máquinas de matar, as criaturas mais poderosas de seu mundo. Ambos tomados pelo enxame. Morreram lutando.

Sempre tomando novos corpos, sempre levando os donos à loucura com um desejo de poder que sempre terminava por matá-los... e assim que Tiffany se perguntou por quê, uma lembrança disse: porque tem *medo*.

Medo de quê?, pensou Tiffany. É tão poderoso!

Quem sabe? Mas fica louco de medo. Completamente biruta!

— Você é Sensível Alvoroço, não é? — disse Tiffany, e seus ouvidos informaram que dissera isso em voz alta.

— Tagarela, não é? — comentou Madame Cera do Tempo. — Ele falou enquanto você dormia essa noite. Costumava ter uma opinião muito boa de si mesmo. Acho que é por isso que suas memórias persistem por tanto tempo.

— Só que ele na verdade é um tanto biruta — disse Tiffany.

— Bem, a memória desaparece — disse Madame Cera do Tempo. Parou e apoiou-se em uma rocha. Parecia sem fôlego.

— Está tudo bem, madame? — perguntou Tiffany.

— Melhor do que nunca — disse Cera do Tempo, bufando um pouco. — Apenas recuperando o fôlego. Enfim, faltam apenas dez quilômetros.

— Eu percebi que você está mancando um pouco.

— Percebeu, é? Então pare de perceber!

O grito ecoou pelas falésias, cheios de comando.

Cera do Tempo tossiu quando o eco morreu na distância. Tiffany estava pálida.

— Talvez — disse a velha bruxa — eu esteja apenas um pouco tonta. Provavelmente foram as ratazanas. — Tossiu de novo. — Os que me conhecem ou de alguma forma ganharam essa primazia me chamam de Vovó Cera do Tempo. Não me importaria se você fizesse o mesmo.

— *Vovó* Cera do Tempo? — disse Tiffany, retirada de seu estado de choque por este novo choque.

— Não *tecnicamente* — disse rapidamente Madame Cera do Tempo. — É o que chamam de título honorífico, como Velha Mãe Isso ou Aquilo ou Boa Coisinha ou Tia Fulana. Para mostrar que a bruxa tem... é totalmente... tem sido...

Tiffany não sabia se ria ou se caía em prantos.

— Eu *sei*.

— Sabe?

— Que nem a Vovó Dolorida — disse Tiffany. — Ela era a minha avó, mas todo mundo no Giz a chamava de Vovó Dolorida.

"Sra. Dolorida" não teria funcionado, Tiffany sabia. Era preciso uma palavra grande, quente, esvoaçante, aberta. Vovó Dolorida estava lá para todos.

— É como ser a avó de todos — acrescentou. E não acrescentou: *a que conta histórias!*

— Bem, isso mesmo. Acho que é assim. Que seja Vovó Cera do Tempo — disse Vovó Cera do Tempo, acrescentando rapidamente: — Mas não *tecnicamente*. Agora é melhor irmos andando.

Endireitou o corpo e partiu novamente.

Vovó Cera do Tempo. Tiffany experimentou o nome em sua cabeça. Não conheceu a outra avó, que morreu antes de ela nascer. Chamar outra pessoa de Vovó era esquisito, mas, estranhamente, parecia apropriado. E era *comum* ter duas.

O enxame as seguia. Tiffany sentia isso. Mas ainda mantinha distância. Bem, esse é um truque para que levassem aquilo até os Julgamentos, pensou. Vovó (seu cérebro vibrou quando pensou esta palavra) tem um plano. Deve ter.

Mas... as coisas não iam bem. Havia outro pensamento que não estava tendo com frequência. Um que se escondia sempre que ela o percebia. O enxame não estava agindo como deveria.

Apressou-se para ficar perto de Vovó Cera do Tempo.

À medida que se aproximavam dos Julgamentos, começavam a aparecer indícios. Tiffany viu pelo menos três vassouras lá no alto, indo no mesmo sentido. Haviam chegado a uma trilha propriamente dita, também, e grupos de pessoas estavam viajando na mesma direção; havia alguns chapéus pontudos entre elas, o que era um indício definitivo. A trilha desceu por alguns bosques, deu em uma colcha de retalhos de pequenas plantações e seguiu para uma sebe alta. Por trás da sebe vinha o som de uma banda de metais tocando uma série de Canções dos Espetáculos. Mas, a julgar pelo som, não havia ali dois músicos que houvessem chegado a um acordo em relação a qual Canção ou qual Espetáculo.

Tiffany deu um pulo quando viu um balão sobre as árvores, sendo soprado para longe pelo vento, mas logo percebeu que era só um balão e não um monte do que havia sobrado de algum Brian. Teve certeza disso porque o balão foi seguido por uma mistura de longo grito de raiva e rugido queixoso:

— AAaargqueroqueroooiriririrnaargggaaaaBALÃO! — que é o som tradicional de uma criança muito pequena aprendendo que, com balões, como acontece com a própria vida, é importante saber quando não soltar o barbante. Balões existem principalmente para ensinar isso às crianças pequenas.

No entanto, nesta ocasião, uma vassoura com uma passageira de chapéu pontudo subiu sobre as árvores, alcançou o balão e o rebocou de volta para o chão.

— Não costumava ser assim — resmungou Vovó Cera do Tempo quando chegaram a um portão. — Quando eu era menina, nós simplesmente costumávamos nos encontrar em alguma clareira em algum lugar, tudo por nossa conta. Mas agora, ah, não, tem que ser um Grande Dia Para Toda A Família. Rá!

Havia uma multidão em volta do portão que dava para o campo, mas alguma coisa naquele "Rá!" fez as pessoas se afastarem, como que por encanto, e as mulheres puxaram seus filhos um pouco mais para perto conforme Vovó caminhou até o portão.

Havia um rapaz lá vendendo bilhetes e desejando, agora, nunca ter nascido.

Vovó Cera do Tempo olhou para ele. Tiffany viu as orelhas do rapaz ficarem vermelhas.

— Dois bilhetes, meu jovem — disse Vovó. Pequenas lascas de gelo pularam de suas palavras.

— São, er, são, er... uma criança e um cidadão sênior? — O jovem tremia.

Vovó inclinou-se para a frente e perguntou:

— O que é um cidadão sênior, jovem?

— É como... sabe... pessoas mais velhas — murmurou o menino. Suas mãos tremiam.

Vovó inclinou-se mais para a frente. O menino queria *mesmo* dar um passo atrás, mas seus pés estavam enraizados no chão. Tudo o que pôde fazer foi dobrar-se para trás.

— Jovem — disse Vovó. — Eu não sou agora, nem jamais serei, um "pessoa mais velha". Vamos comprar dois bilhetes, que vejo nessa placa que custam um centavo cada. — Sua mão disparou, rápida como uma víbora. O rapaz fez um barulho como *gneeee* e saltou para trás. — Aqui estão dois centavos — disse Vovó Cera do Tempo.

Tiffany olhou para a mão de Vovó. O indicador e o polegar estavam juntos, mas não parecia haver qualquer moeda entre eles.

No entanto, o jovem, sorrindo horrivelmente, pegou a total ausência de moedas com muito cuidado entre *o próprio* polegar e o indicador. Vovó pegou dois bilhetes com a outra mão.

— Obrigado, meu jovem — disse, entrando no campo. Tiffany correu atrás dela.

— O que fez...? — Hesitou, mas Vovó Cera do Tempo pôs um dedo sobre os lábios, agarrou Tiffany pelo ombro e fez com que continuasse andando.

O bilheteiro ainda olhava para os dedos. Chegou a esfregá-los um no outro. Então deu de ombros, levou-os para cima da bolsa de couro onde ficava o dinheiro e os soltou.

Clink, clink...

A multidão em volta do portão engoliu em seco e uma ou duas pessoas começaram a aplaudir. O rapaz olhou em volta com um sorriso meio adoentado, como se fosse *óbvio* para ele que aquilo aconteceria.

— Ah, bem — disse Vovó Cera do Tempo, feliz. — E agora eu adoraria uma xícara de chá e talvez um biscoito doce.

— Vovó, há crianças aqui! Não são só bruxas!

As pessoas estavam olhando para elas. Vovó Cera do Tempo puxou o queixo de Tiffany para cima, para que pudesse olhar em seus olhos.

— Olhe em volta, ahn? Não há como andar aqui sem esbarrar em amuletos e varinhas e outras coisas! Ele será *obrigado* a manter distância, não?

Tiffany virou-se para olhar. Havia barracas por todo o campo. Muitas eram de coisas de parques de diversões que ela tinha visto antes em feiras agrícolas por todo o Giz: Jogue-Um-Centavo, Mergulho da Sorte, Pescaria de Piranhas, esse tipo de coisa. A Cadeira de Imersão era muito popular entre as crianças em dias quentes como aquele. Não havia uma barraca de leitura da sorte, porque nenhum adivinho apareceria em um evento com tantos visitantes qualificados para contra-argumentar e discutir, mas havia uma série de barracas de bruxas. Zakzak tinha uma enorme tenda, com um manequim do lado de fora usando um chapéu Arranha-Céus e uma capa Vagalhão de Zéfiro, que atraíra uma multidão de admiradores. As outras barracas eram menores, mas estavam cheias de coisas que brilhavam e tilintavam e eram um sucesso de vendas entre as bruxas mais jovens. Havia barracas cheias de apanhadores de sonhos e redes pega-maldição, incluindo os novos modelos autolimpantes. Mas era estranho pensar que bruxas compravam essas coisas. Eram como peixes comprando guarda-chuvas.

Certamente um enxame não viria até aqui. Com todas essas bruxas?

Virou-se para Vovó Cera do Tempo.

Que não estava lá.

É difícil encontrar uma bruxa nos Julgamentos das Bruxas. Ou seja, é muito fácil encontrar uma bruxa nos Julgamentos das Bruxas, mas muito difícil encontrar a que você está procurando, especialmente se você de repente se sente perdida, sozinha e começa a sentir o pânico se alastrar para dentro de você como uma samambaia.

A maioria das bruxas mais velhas estava sentada ao redor de mesas de cavalete, em uma enorme área isolada por cordas. Estavam bebendo chá. Chapéus pontudos balançavam enquanto línguas chicoteavam. Cada uma das presentes parecia capaz de falar e escutar todas as outras na mesa ao mesmo tempo, um talento que não se limita às bruxas. Não era um bom lugar para se procurar uma velha de preto com um chapéu pontudo.

O sol estava bem alto no céu agora. O campo estava enchendo. As bruxas circulavam para aterrissar em um terreno mais ao fundo e mais e mais pessoas entravam pelos portões. O barulho era intenso. Em todos os lugares, Tiffany via chapéus pretos correndo por aí.

Abrindo caminho pela multidão, Tiffany procurou desesperadamente por um rosto amigo, como Miss Tick, Srta. Plana ou Petulia. Se fosse preciso, um rosto hostil serviria, mesmo o da Sra. Tesourinha.

Tentou não pensar. Tentou não pensar que estava aterrorizada e sozinha naquela enorme multidão. E que, no alto da montanha, invisível, o enxame já sabia disso, porque ela era uma pequena parte dele.

Sentiu o enxame se agitar. Sentiu que começava a se mover.

Tiffany esbarrou em um grupo de bruxas tagarelas, de vozes estridentes e desagradáveis. Sentia-se doente, como se tivesse ficado no sol por muito tempo. O mundo estava girando.

O mais notável sobre um enxame, começou uma voz esganiçada em algum lugar na parte de trás de sua cabeça, *é que seus padrões de caça imitam os do tubarão comum, entre outras criaturas...*

— Eu não quero uma palestra, Sr. Alvoroço — murmurou Tiffany. — Não quero você na minha cabeça!

Mas a memória de Sensível Alvoroço nunca tinha prestado muita atenção nas outras pessoas quando ele estava vivo e não começaria agora. Continuou em seu silvo de vaidade: *... no sentido que, uma vez que tenha selecionado sua presa, ele ignorará completamente outros possíveis alvos...*

Ela podia ver do outro lado do campo dos Julgamentos e algo estava vindo. Movia-se pela multidão como o vento pela relva alta. Dava para traçar seu avanço através das pessoas. Algumas desmaiavam, outras gritavam e se viravam, outras mais saíam correndo. Bruxas paravam de fofocar, cadeiras eram derrubadas e uma gritaria começava. Mas este algo não atacava ninguém. Estava interessado apenas em Tiffany.

Como um tubarão, pensou Tiffany. O assassino do mar, onde coisas piores aconteciam.

Tiffany se afastou, o pânico aumentando. Esbarrou em bruxas que corriam na direção da confusão e gritou para elas:

— Vocês não podem pará-lo! Não sabem o que é! Vão fazer gestos e agitar varinhas brilhantes e aquilo continuará vindo! Continuará vindo!

Pôs as mãos nos bolsos e tocou sua pedra da sorte. E a linha. E o pedaço de giz.

Se isso fosse uma história, pensou amargamente, eu confiaria no meu coração e seguiria a minha estrela e todas essas coisas e tudo acabaria bem, nesse instante, graças à Mágikkkka tilintante. Mas você nunca está em uma história quando precisa.

História, história, história...

O terceiro desejo. O Terceiro Desejo. O terceiro desejo é o mais importante.

Nas histórias, o gênio, a bruxa ou o gato mágico... oferecem três desejos.

Três desejos...

Agarrou uma das bruxas que corriam e viu o rosto de Annagramma, que olhou para ela aterrorizada e tentou fugir para se esconder.

— Por favor, não faça nada comigo! Por favor! — gritou a garota. — Eu sou sua amiga, não sou?

— Se quiser ser, mas aquela não era eu e estou melhor agora — disse Tiffany, sabendo que estava mentindo. *Tinha sido* ela, e isso era importante. Tinha que se lembrar disso. — Rápido, Annagramma! Qual é o terceiro desejo? Rápido! Quando você ganha três desejos, qual é o terceiro desejo!?

O rosto de Annagramma virou a carranca ofendida que ela usava quando algo tinha a audácia de não ser compreensível.

— Mas por que v...?

— Não pense nisso, por favor! Apenas responda!

— Bem, er... poderia ser qualquer coisa... ficar invisível ou... ou loira, qualquer coisa... — balbuciou Annagramma, com a mente em chamas.

Tiffany balançou a cabeça e a deixou partir. Correu para uma velha bruxa que estava parada olhando para o tumulto.

— Por favor, senhora, isso é importante! Nas histórias, qual é o terceiro desejo?! Não me pergunte por quê, por favor! Apenas se lembre!

— Er... felicidade. É felicidade, não é? — disse a velha senhora. — Sim, com certeza. Saúde, riqueza e felicidade. Agora, se fosse você, eu...

— Felicidade? Felicidade... obrigada — disse Tiffany, procurando desesperadamente por mais alguém. Não era a felicidade, sabia disso em seus ossos. Não se obtém felicidade através de magia; e *aí* estava mais uma pista.

Miss Tick surgiu, correndo entre as barracas. Não havia tempo para mesuras. Tiffany puxou-a e gritou:

— OiMissTickSimEuEstouBemEsperoQueVocêEstejaBemTambémQualÉOTerceiroDesejoRápidoIssoÉImportantePorFavorNãoDiscutaOuFaçaPerguntasNãoHáTempo!

Miss Tick, para seu crédito, hesitou apenas por um instante ou dois.

— Ter mais uma centena de desejos, não é? — respondeu.

Tiffany olhou para ela e disse:

— Obrigada. Não é, mas isso é uma pista, também.

— Tiffany, há um... — começou Miss Tick.

Mas Tiffany tinha visto Vovó Cera do Tempo.

Ela estava de pé no meio do campo, em um grande quadrado por algum motivo isolado por cordas. Ninguém parecia notá-la. Estava observando as bruxas frenéticas em volta do enxame, em um ponto onde havia ocasionais lampejos e brilhos de magia. Ela exibia um olhar calmo, distante.

Tiffany empurrou para longe o braço de Miss Tick, passou por baixo da corda e correu até ela.

— Vovó!

Os olhos azuis se voltaram para Tiffany.

— Sim?

— *Nas histórias*, quando o gênio, o sapo mágico ou a fada madrinha concedem três desejos... qual é o terceiro?

— Ah, *histórias* — disse Vovó. — Essa é fácil. Em toda a história que merece ser contada, que conhece os meios do mundo, *o terceiro desejo é o que desfaz o mal causado pelos dois primeiros*.

— Sim! É isso! É isso! — gritou Tiffany, e as palavras se acumularam sobre a pergunta inicial. — Aquilo não é mau! Não pode ser! Não tem mente própria! São os desejos! Os *nossos* desejos! É como nas histórias, onde eles...

— Acalme-se. Respire fundo — disse Vovó. Girou Tiffany pelos ombros para que encarasse a multidão em pânico. — Você ficou assustada por um instante e agora aquilo está vindo e não vai voltar atrás, não mais, porque está em desespero. Nem mesmo *enxerga* a multidão, que não significa nada em sua própria concepção. É você que aquilo quer. É você que aquilo persegue. Você é quem deve confrontar. Está pronta?

— Mas e se eu perder...

— Não cheguei onde estou hoje achando que iria perder, mocinha. Você venceu uma vez e pode fazer isso de novo!

— Mas eu posso me transformar em algo terrível!

— E então me enfrentará — disse Vovó. — Me enfrentará em meu território. Mas isso não vai acontecer, não é? Você estava farta de bebês sujos e mulheres tolas? Então, isto são... as outras coisas. É meio-dia agora. Já deveriam ter começado os Julgamentos em si, mas, rá, parece que as pessoas esqueceram. Agora, então... você consegue ser uma bruxa à luz do meio-dia, longe de suas colinas?

— Sim! — Não havia outra resposta, não para Vovó Cera do Tempo.

Vovó Cera do Tempo curvou-se e deu alguns passos para trás.

— Ao seu tempo, então, madame.

Desejos, desejos, desejos, pensou Tiffany, distraída, mexendo nos bolsos em busca de coisas para fazer um embaralhado. O enxame não é mau. *Só nos dá o que achamos que queremos!* E o que as pessoas pedem? Mais desejos!

Você não poderia dizer: um monstro entrou na minha cabeça e me obrigou a fazer isso. Ela desejava aquele dinheiro. O enxame apenas seguiu o pensamento.

Você não poderia dizer: sim, mas eu *nunca* teria pego o dinheiro de fato! O enxame usava o que encontrava: os pequenos desejos secretos, as vontades, os momentos de raiva, todas as coisas que os seres humanos reais sabiam ignorar! Ele não deixava que você as ignorasse!

Então, enquanto ela se atrapalhava para amarrar as peças, o ovo escorregou de suas mãos, confiou na gravidade e se espatifou na ponta de sua bota.

Ela olhou para aquilo e a escuridão do desespero escureceu a luz do meio-dia. Por que eu tentei isso? Nunca fiz um embaralhado que funcionasse, então por que tentei? Porque acreditava que tinha que funcionar dessa vez, é por isso. Como em uma história. De repente, tudo... daria certo.

Mas isso não é uma história e não há mais ovos...

Houve um grito, mas no alto do céu; e o som tirou Tiffany de seu estupor em um piscar de olhos. Era um gavião, no centro do sol, ficando cada vez maior em seu mergulho rumo ao chão.

Subiu de novo após passar perto da cabeça de Tiffany, rápido como uma flecha. Ao passar, algo pequeno soltou-se das garras do gavião com um grito de "Diabos!"

Rob Qualquerum caiu como uma pedra, mas houve um *tump*! e de repente um balão de retalhos se abriu sobre ele. Dois, na verdade; ou, para falar de outra forma, Rob Qualquerum pegara "emprestado" os paraquedas de Hamish.

Ele se soltou assim que os balões abrandaram sua queda e caiu perfeitamente dentro do embaralhado.

— Achou que a gente ia abandonar você? — gritou, agarrando nos fios de linha. — Eu tô sob um geis! Vamos seguir com isso, agora mesmo!

— O quê? Eu não posso! — disse Tiffany, tentando se livrar dele. — Não com você aí dentro! Eu vou matar você! Eu sempre quebro os ovos! E que gesso?

— Num discute! — gritou Rob, pulando nas cordas. — Faz logo! Ou você num é a bruaca das colinas! E sei que é!

As pessoas passavam correndo. Tiffany forçou os olhos. Teve a impressão de ver o enxame, sob a forma de uma movimentação na poeira.

Olhou para o emaranhado em suas mãos e o rosto sorridente de Rob.

O momento ressoou.

Uma bruxa lida com as coisas, disseram seus Pensamentos Melhores. Supere o "eu não posso".

Tá...

Por que isso nunca funcionara antes? Porque não havia motivo para que funcionasse. Eu não *precisava* que funcionasse.

Preciso que isso me ajude agora. Não. Preciso que *eu* me ajude.

Então, *pense*. Ignore o barulho, ignore o enxame rolando em sua direção sobre a grama pisoteada...

Ela usou as coisas que tinha, então isso estava certo. Acalme-se. Desacelere. Olhe para o embaralhado. Pense sobre esse momento. Havia todas as coisas lá de casa...

Não. Não havia todas as coisas. Não mesmo. Dessa vez, sentiu a forma do que não estava lá...

...e puxou o cavalo de prata em volta de seu pescoço, partindo o cordão e pendurando-o nos fios.

De repente, seus pensamentos ficaram calmos e claros como gelo, brilhantes e reluzentes como precisavam ser. Vamos ver... isso fica melhor aqui... e isso deve ser puxado *assim*...

O movimento deu vida ao cavalo de prata. Ele girou suavemente, passando através dos fios *e* de Rob Qualquerum, que disse:

— Num doeu nem um pouco! Continua!

Tiffany sentiu um formigamento nos pés. O cavalo brilhava enquanto girava.

— Num quero te apressar! — disse Rob. — Mas depressa!

Estou longe de casa, pensou Tiffany, da mesma forma clara, mas eu a tenho nos olhos. Agora, abro meus olhos. Agora, abro meus olhos de nov...

Ahh...

Posso ser uma bruxa longe das minhas colinas? É claro que posso. Eu nunca a deixei, Terra Sob As Ondas...

Os pastores no Giz sentiram o chão tremer, como um trovão sob a turfa. Aves voaram dos arbustos. As ovelhas olharam para cima.

Uma vez mais, o chão tremeu.

Alguns disseram que uma sombra cruzou o sol. Alguns disseram que ouviram o som de cascos.

E um menino que tentava pegar lebres no pequeno vale do Cavalo disse que a encosta da montanha se abriu e dela saltou um cavalo, como uma onda tão alta quanto o céu, com uma crina como as ondas dos mares e um pelo branco como giz. Ele disse que o cavalo galopou no ar como a névoa e voou em direção às montanhas como uma tempestade.

Foi castigado por inventar histórias, é claro, mas achou que valeu a pena.

O embaralhado brilhava. A prata corria pelos fios de linha. Vinha das mãos de Tiffany, que cintilavam como estrelas.

Sob esta luz, viu o enxame alcançá-la e espalhar-se até tomar tudo à sua volta, a invisibilidade agora visível. Ondulava e refletia a luz de forma estranha. Nesses brilhos e reflexos haviam rostos, oscilando e esticando-se como reflexos na água.

O tempo passava lentamente. Podia ver, além da barreira de enxame, as bruxas olhando para ela. Uma tinha perdido o chapéu na confusão, mas ele estava suspenso no ar. Não tivera tempo de cair ainda.

Os dedos de Tiffany se moveram. O enxame brilhava no ar, perturbado como um lago atingido por uma pedra. Espirais chegavam até ela. Tiffany sentiu o pânico da coisa, sentiu seu terror por estar preso...

— Bem-vindo — disse Tiffany.

Bem-vindo?, disse o enxame com a voz da própria Tiffany.

— Sim. Você é bem-vindo neste lugar. Está seguro aqui.

Não! Nunca estamos seguros!

— Você está seguro aqui — repetiu Tiffany.

Por favor!, disse o enxame. *Nos dê abrigo!*

— O mago estava quase certo sobre você — disse Tiffany. — Você se escondia em outras criaturas. Mas ele não quis saber o *porquê*. Do quê você está se escondendo?

De tudo, disse o enxame.

— *Acho* que sei o que você quer dizer — disse Tiffany.

Sabe? Você sabe como é estar consciente de cada estrela, cada folha de grama? Sim. Você sabe. Você chama isso de "abrir os olhos novamente". Mas você o faz por um momento. Nos o temos feito por toda a eternidade. Sem dormir, sem descansar, apenas infinita... infinita experiência, infinita consciência. De tudo. O tempo todo. Como invejamos vocês, invejamos vocês! *Humanos de sorte, que podem fechar suas mentes para as profundezas frias e infinitas do espaço! Vocês têm essa coisa que chamam de... tédio? Este é o mais raro talento do universo! Nós escutamos uma música, que era assim: "Brilha, brilha, estrelinha..." Que poder! Que poder maravilhoso! Vocês conseguem pegar um bilhão de trilhões de toneladas de matéria, uma fornalha de força flamejante inimaginável, e transformá-la em uma pequena canção para crianças! Vocês constroem pequenos mundos, pequenas histórias, pequenas cascas em torno de suas mentes, que mantêm o infinito a uma distância segura e permitem que vocês acordem de manhã sem gritar!*

Completamente biruta!, disse uma voz alegre no fundo das lembranças de Tiffany. Não era possível manter o Dr. Alvoroço quieto.

Tenha pena de nós, sim, tenha pena de nós, disseram as vozes do enxame. *Não há defesa para nós, não há descanso, nem santuário. Mas você, você resistiu. Vimos isto em você. Você tem mentes dentro de mentes. Esconda-nos!*

— Você quer silêncio? — perguntou Tiffany.

Sim, e mais do que silêncio, disse a voz do enxame. *Vocês humanos são tão bons em ignorar as coisas. Vocês são quase cegos e quase surdos. Vocês olham para uma árvore e veem... apenas uma árvore, uma planta dura. Vocês não veem sua história, sentem o bombear da seiva, escutam cada inseto na casca, sentem a química das folhas, percebem as centenas de tons de verde, os pequenos movimentos para seguir o sol, o crescimento sutil da madeira...*

— Mas você não nos entende — disse Tiffany. — Eu não acho que algum ser humano poderia sobreviver a você. Você nos dá o que acha que queremos, assim que o queremos, como nos contos de fadas. E os desejos sempre dão errado.

Sim. Sabemos disto agora. Temos um eco de você agora. Temos... compreensão, disse o enxame. *Assim viemos até você com um desejo. É o desejo que conserta os anteriores.*

— Sim. Esse é sempre o último desejo, o terceiro desejo. É o que diz "Faça com que isso não tenha acontecido".

Ensine-nos como morrer, disseram as vozes do enxame.

— Eu não sei isso!

Todos os humanos o sabem. Vocês passam por este conhecimento todos os dias de suas vidas tão, tão curtas. Vocês sabem. Nós invejamos o seu conhecimento. Vocês sabem como acabar. São muito talentosos.

Eu *devo* saber como morrer, pensou Tiffany. Em algum lugar bem aqui dentro. Deixe-me pensar. Deixe-me ultrapassar o "eu não posso"...

Levantou o embaralhado brilhante. Raios de luz ainda brotavam de seu interior, mas ela já não precisava mais dele. Conseguia manter o poder no centro de si mesma. Era tudo questão de equilíbrio.

A luz minguou até apagar. Rob Qualquerum ainda estava pendurado nos fios, mas todo o seu cabelo havia se soltado da cabeça, como uma grande bola ruiva. Parecia atordoado.

— Eu poderia devorarrr um quibe — disse Rob.

Tiffany colocou o Nac Mac Feegle no chão, onde ele ficou no lugar, um tanto trêmulo; então, guardou o resto do embaralhado no bolso.

— Obrigada, Rob. Mas quero que vá agora. Isso pode ficar... sério.

Era, é claro, a coisa errada a dizer.

— Não vou embora! Eu prometi pra Jeannie que ia manter você a salvo! Vamos continuar com isso!

Não havia como convencê-lo. Rob estava parado com aquele seu jeito meio agachado, punhos fechados, queixo para cima, pronto para qualquer coisa e ardendo com desafio no olhar.

— Obrigada — disse Tiffany, voltando a ficar ereta.

A morte está bem atrás de nós, pensou. A vida termina e lá está a morte, no aguardo. Então... deve estar por perto. Muito perto.

Seria como... uma porta. Sim. Uma velha porta, de madeira velha. Escura, também.

Voltou-se. Atrás dela, havia uma porta negra no ar.

As dobradiças devem ranger, pensou.

Quando ela a abriu, as dobradiças rangeram.

Então..., pensou, isso não é exatamente *real*. Estou me contando uma história que posso entender, sobre portas, e enganando a mim mesma apenas o suficiente para que tudo funcione. Só tenho que me manter equilibrada sobre este aspecto para que ele continue a funcionar. E isso é tão difícil como não pensar em um rinoceronte cor-de-rosa. E se Vovó Cera do Tempo consegue fazer isso, eu também consigo.

Do outro lado da porta, areia negra estendia-se sob um céu de estrelas pálidas. Havia algumas montanhas no horizonte distante.

Você deve nos ajudar a atravessar, disseram as vozes do enxame.

— Se quer meu conselho, não devia fazer isso — disse Rob Qualquerum no tornozelo de Tiffany. — Não confio nadica de nada nesse sacripanta!

— Há uma parte de mim lá dentro. Eu confio nela. E eu disse que você não precisava vir, Rob.

— Ah, é? E vou ficar aqui vendo você passar por esse treco sozinha? Você vai ver que não vou deixar você agora!

— Você tem um clã e uma esposa, Rob!

— Sim, e por isso não vou desonrar os dois deixando você entrar pelo umbral da Morte sozinha — disse Rob com firmeza.

Então, pensou Tiffany ao olhar pela porta, é *isso* o que fazemos. Vivemos nos limites. Ajudamos aqueles que não conseguem encontrar o caminho...

Respirou fundo e deu um passo à frente.

Nada mudou muito. A areia era pedregosa sob seus pés e rangia quando ela andava, como era de se esperar; mas, quando era chutada para cima, caía lentamente como dente-de-leão, e por isso ela não esperava. O ar não estava frio, mas era fino e espinhoso de se respirar.

A porta se fechou suavemente às suas costas.

Obrigado, disseram as vozes do enxame. *O que fazemos agora?*

Tiffany olhou em volta e depois para as estrelas. Não eram as que conhecia.

— Você morre, eu acho.

Mas não há um "eu" para morrer. Há apenas nós.

Tiffany respirou fundo. O problema eram as palavras e ela era boa com palavras.

— Aqui está uma história na qual poderá acreditar. Uma vez éramos bolhas no mar, depois peixes, depois lagartos e ratos, e então macacos e centenas de coisas no meio. Esta mão uma vez foi uma barbatana, esta mão já teve garras! Na minha boca humana tenho os dentes pontudos de um lobo e os dentes de cinzel de um coelho e os dentes trituradores de uma vaca! Nosso sangue é tão salgado quanto o mar onde vivíamos! Quando estamos com medo, o cabelo na nossa pele se levanta, como fazia quando tínhamos pelo. Nós *somos* história! Nós ainda somos tudo o que já fomos no caminho até o que nos tornamos. Gostaria de ouvir o resto da história?

Conte-nos.

— Eu sou feita das memórias dos meus pais e avós, de todos os meus antepassados. Eles estão na minha aparência, na cor do meu cabelo. E sou feita de todos que conheci e que mudaram a minha forma de pensar. Então, quem é este "eu"?

O pedaço que acabou de nos contar esta história, disse o enxame. *O pedaço que é realmente você.*

— Bem... sim. Mas você deve ter isso também. Você sabe que diz que é "nós". Quem está dizendo isso? Quem está dizendo que você não é você? Você não é diferente de nós. Somos apenas muito, muito melhores em esquecer. E sabemos quando não escutar o macaco.

Você nos deixou confusos.

— A antiga parte do nosso cérebro que quer ser uma cabeça de macaco e ataca quando é surpreendida — disse Tiffany. — Reage. Não pensa. Ser humano é saber quando não ser o macaco ou o lagarto ou qualquer um dos outros velhos ecos. Mas quando *você* toma as pessoas, silencia a parte humana. Você escuta o macaco. O macaco não sabe do que precisa, apenas o que quer. Não, você não é um "nós". Você é um "eu".

Eu, mim. Eu, disse o enxame. *Quem sou eu?*

— Você quer um nome? Isso ajuda.

Sim. Um nome...

— Eu sempre gostei de Arthur, como nome.

Arthur. Eu gosto de Arthur, também. E se eu sou, eu posso parar. O que acontece a seguir?

— As criaturas que você... tomou; elas não morreram?

Sim, disse Arthur. *Mas nós... mas eu não via o que acontecia. Eles só deixavam de estar aqui.*

Tiffany olhou para a areia sem fim. Não via ninguém, mas havia algo lá que sugeria movimento. Uma eventual mudança na luz, talvez, como se ela estivesse captando vislumbres de algo que não devesse ver.

— Eu acho que você tem que atravessar o deserto.

O que há do outro lado?, perguntou Arthur.

Tiffany hesitou.

— Algumas pessoas acham que você vai para um mundo melhor. Outras acham que você volta para este em um corpo diferente. E algumas acham que simplesmente não há nada. Elas acham que você apenas para.

E o que você acha?, perguntou Arthur.

— Acho que não há palavras para descrevê-lo.

Isso é verdade?

— Acho que é por isso que você tem que atravessar o deserto. Para descobrir.

Não vejo a hora de fazê-lo. Obrigado.

— Adeus... Arthur.

Sentiu o enxame partir. Não restava muito sinal dele — o movimento de alguns grãos de areia, um chiado no ar —, mas o enxame se afastava lentamente pela areia negra.

— E boa viagem e bem feito pra ele! — gritou Rob Qualquerum.

— Não — disse Tiffany. — Não diga isso.

— Sim, mas ele matou gente pra continuar vivo.

— Ele não queria. Não sabia como as pessoas funcionavam.

— Isso foi uma grande bobajada que você falou pra ele, de qualquer maneira — disse Rob com admiração. — Nem mesmo um gonago podia pensar numa bobajada desse tamanho.

Tiffany se perguntou se tinha sido bobagem. Uma vez, quando os professores itinerantes vieram à aldeia, ela tinha pagado meia dúzia de ovos por uma aula matinal de ***Maravilhas do Niverso!!*** Havia sido caro, para educação, mas valido completamente a pena. O professor era meio maluca, até para um professor, mas o que ele havia dito parecera fazer sentido absoluto. Uma das coisas mais maravilhosas do universo, dissera, era que, mais cedo ou mais tarde, tudo era feito de todo o resto, ainda que levasse milhões e milhões de anos para isso acontecer. As outras crianças tinham rido ou discutido, mas Tiffany sabia antigas criaturinhas minúsculas eram agora o giz das colinas. Tudo dava essa volta, até as estrelas.

Aquela havia sido uma manhã muito boa. Especialmente porque ela acabou ganhando um dos ovos de volta, por apontar que "Universo" estava escrito errado.

Seria verdade? Talvez isso não importasse. Talvez só tivesse de ser verdadeiro o suficiente para Arthur.

Seus olhos, os olhos interiores que abriram duas vezes, estavam começando a se fechar. Ela conseguia sentir o poder se esvaindo. Não se pode ficar nesse estado por muito tempo. Você se torna tão consciente do universo que perde a consciência de si mesma. Como os humanos foram inteligentes ao aprender a fechar suas mentes. Havia algo mais maravilhoso no universo do que o tédio?

Tiffany se sentou, apenas por um momento, e pegou um punhado de areia. Ela subia por sobre a sua mão, espiralando como fumaça, refletindo a luz das estrelas; então, acomodavam-se como se tivessem todo o tempo do mundo.

Ela nunca tinha se sentido tão cansada.

Ainda ouvia as vozes em sua cabeça. O enxame tinha deixado memórias para trás, apenas algumas. Ela se lembrava de quando não havia estrelas ou coisas como o "ontem". Sabia o que estava além do céu e sob a grama. Mas não conseguia se lembrar de quando tinha dormido pela última vez; dormido *de verdade*, em uma *cama*. Estar inconsciente não contava. Ela fechou os olhos e então fechou os olhos de novo...

Alguém chutou seu pé com força.

— Num vá dormir! — gritou Rob Qualquerum. — Aqui não! Num pode dormir *aqui*! Levanta pra cuspir!

Ainda se sentindo zonza, Tiffany forçou-se a ficar de pé, através de delicados redemoinhos de poeira ascendente, e voltou-se para a porta escura.

Que não estava lá.

Havia suas pegadas na areia, mas seguiam apenas por alguns metros e, de qualquer forma, estavam desaparecendo lentamente.

Não havia nada ao seu redor além do deserto morto, seguindo pela eternidade.

Voltou-se para olhar para as montanhas distantes, mas sua visão foi bloqueada por uma figura alta, toda de preto e segurando uma foice, que não estava ali antes.

BOA TARDE, disse Morte.

Capítulo 12

O egresso

Tiffany olhava para o interior de um capuz preto. Havia um crânio nele, mas as órbitas dos olhos emanavam um brilho azul.

Ossos nunca assustaram Tiffany. Eram apenas giz que tinha saído andando por aí.

— Você é... — começou Tiffany, mas Rob Qualquerum deu um grito e pulou direto para o capuz.

Houve um baque. Morte deu um passo para trás e levou a mão esquelética até o capuz. Pegou Rob Qualquerum pelo cabelo e o segurou no ar enquanto o Nac Mac Feegle praguejava e dava pontapés.

ISSO É SEU?, perguntou Morte para Tiffany. A voz era pesada e tomava todo o espaço à sua volta, como um trovão.

— Não. Er... ele é de si próprio.

EU NÃO ESTAVA ESPERANDO UM NAC MAC FEEGLE HOJE, disse Morte. CASO CONTRÁRIO, TERIA USADO ROUPAS PROTETORAS, RÁ RÁ.

— Eles realmente são bem brigões — admitiu Tiffany. — Você é Morte, não é? Sei que pode parecer uma pergunta boba.

VOCÊ NÃO TEM MEDO?

— Ainda não. Mas, er... onde fica o egresso, por favor?

Houve uma pausa. Então Morte disse, com uma voz perplexa: ISSO NÃO SERIA ALGO MAGNÍFICO?

— Não — disse Tiffany. — Isso seria "egrégio". Todo mundo acha isso. Na verdade, significa saída.

Morte apontou com a mão que ainda segurava o incandescentemente raivoso Rob Qualquerum.

NAQUELA DIREÇÃO. VOCÊ TEM QUE CAMINHAR PELO DESERTO.

— Até aquelas montanhas?

SIM. MAS SÓ OS MORTOS PODEM TRILHAR AQUELE CAMINHO.

— Cê vai ter que me soltar mais cedo ou mais tarde, sua grande aula de anatomia! — gritou Rob. — E então cê vai levar uma surra!

— Havia uma porta aqui! — disse Tiffany.

AH, SIM, disse Morte. MAS HÁ REGRAS. A PORTA ERA UMA ENTRADA, VEJA BEM.

— Qual é a diferença?

UMA DIFERENÇA BEM IMPORTANTE, SINTO EM DIZER. VOCÊS TERÃO QUE ACHAR A SAÍDA SOZINHOS. E NÃO PEGUE NO SONO AQUI. O SONO AQUI NUNCA TERMINA.

Morte se foi. Rob caiu na areia e levantou-se pronto para lutar, mas estavam sozinhos.

— Você tem que fazer uma porta de saída — disse o Feegle.

— Não sei como! Rob, eu disse para não vir comigo. *Você* não pode sair?

— Sim. Acho que sim. Mas vou te manter em segurança. A kelda colocou um geis sobre mim. Tenho que salvar a bruaca das colinas.

— *Jeannie* lhe mandou fazer isso?

— É isso aí. E foi bem *clara*.

Tiffany deixou-se cair na areia de novo. Os grãos flutuaram ao seu redor.

— Nunca vou conseguir sair. Entrar, sim, *aquilo* não foi difícil...

Olhou em volta. Apesar de não muito perceptíveis, havia mudanças ocasionais na luz e pequenos jatos de poeira.

Pessoas que não podia ver estavam passando por ela. Estavam atravessando o deserto. Pessoas mortas, indo descobrir o que jazia além das montanhas...

Tenho onze anos, pensou. As pessoas ficarão chateadas. Pensou na fazenda e em como sua mãe e seu pai reagiriam. Mas não haveria um corpo, haveria? Então as pessoas teriam esperança de que ela voltaria, de que estaria apenas... desaparecida. Seria como a velha Sra. Happens na aldeia, que acendia uma vela na janela todas as noites para o filho que estava perdido no mar havia trinta anos.

Imaginou se Rob poderia enviar uma mensagem, mas o que ela poderia dizer? "Não estou morta, apenas presa"?

— Eu deveria ter pensado nas outras pessoas — disse, em voz alta.

— Bom, é, cê fez isso — disse Rob, sentando-se aos seus pés. — O seu Arthur foi embora feliz e cê impediu que mais gente morresse. Cê fez o que devia fazer.

Sim, pensou Tiffany. Isso é o que devemos fazer. E não há ninguém para protegê-la, porque é *você* quem deve fazer esse tipo de coisa.

Mas seus Pensamentos Melhores disseram: estou *feliz* por ter feito isso. Faria tudo de novo. Impedi o enxame de matar qualquer outra pessoa, mesmo o tendo atraído direto para os Julgamentos. Este pensamento foi seguido por uma lacuna. Havia surgido outro pensamento, mas estava muito cansada para tê-lo. Havia sido importante.

— Obrigado por ter vindo, Rob. Mas quando... puder sair, vá direto para Jeannie, entendeu? E diga a ela que fico grata por ela lhe ter enviado. Diga que eu gostaria de ter tido oportunidade de conhecê-la melhor.

— Ah, é. Já mandei os rapazes de volta, aliás. Hamish tá me esperando.

Neste momento, a porta apareceu e se abriu.

Vovó Cera do Tempo a atravessou e gesticulou com urgência.

— Algumas pessoas não usam o bom senso que têm! Vamos, agora mesmo! — ordenou. Atrás dela, a porta começava a se fechar, mas a bruxa se virou e bateu violentamente a bota contra o batente, gritando: — Ah, não, você não vai fechar, diabo!

— Mas... pensei que houvesse regras! — disse Tiffany, levantando e correndo para a frente, todo o cansaço sumindo de repente. Mesmo um corpo cansado quer sobreviver.

— Ah? É mesmo? — disse Vovó. — Você assinou alguma coisa? Fez algum tipo de juramento? Não? Então não são *suas* regras! Vamos, rápido! E você, o Sr. Qualquercoisa!

Rob Qualquerum pulou sobre sua bota segundos antes dela se afastar. A porta se fechou com outro clique, desapareceu e deixou-os em... uma luz muito fraca, parecia, um espaço de ar cinzento.

— Não vai demorar muito — disse Vovó Cera do Tempo. — Não costuma demorar. É o mundo voltando a tomar forma. Ah, não fique assim. Você mostrou-lhe o Caminho, certo? Por piedade.

Bem, eu já conheço isto. Você vai fazê-lo de novo, sem dúvida, por alguma outra pobre alma, abrir a porta para aqueles que não conseguem encontrá-la. Mas não se fala sobre isso, entendeu?

— Srta. Plana nunca...

— Não se fala sobre isso, eu disse. Sabe o que compõe uma boa parte de ser uma bruxa? É fazer as escolhas que devem ser feitas. As escolhas difíceis. E você fez isso... muito bem. Não há vergonha em ter piedade.

Espanou algumas sementes de grama de seu vestido.

— Espero que a Sra. Ogg tenha chegado. Preciso de sua receita de chutney de maçã. Ah... é melhor avisar a você. Quando chegarmos, talvez você fique um pouco tonta.

— Vovó? — chamou Tiffany, quando a luz começou a ficar mais brilhante, trazendo com ela o cansaço.

— Sim?

— O que *exatamente* acabou de acontecer?

— O que você acha que aconteceu?

A luz explodiu sobre eles.

Alguém enxugava a testa de Tiffany com um pano úmido.

Ela estava deitada, sentindo um bonito frescor. Havia vozes ao redor e ela reconheceu os típicos tons queixosos de Annagramma:

— ...E ela estava realmente criando a maior confusão na loja do Zakzak. Honestamente, eu não sei se ela é boa da cabeça! Acho que literalmente ficou pancada! Estava gritando coisas e usando algum tipo de, ah, eu não sei, algum truque camponês para nos fazer pensar que tinha transformado aquele idiota do Brian em um sapo. Bem, claro que ela não *me* enganou nem por um minuto...

Tiffany abriu os olhos e viu o rosto rosado e redondo de Petulia, cheio de preocupação.

— Hum, ela acordou! — disse a menina.

O espaço entre Tiffany e o teto foi preenchido por chapéus pontudos. Recuaram com relutância quando ela se sentou. Do alto deve ter parecido uma margarida negra, fechando e abrindo.

— Onde estou?

— Hum, na Tenda de Primeiros Socorros e Crianças Perdidas — disse Petulia. — Hum... você desmaiou quando Madame Cera do Tempo a trouxe de volta de... de onde quer que tenha ido. Todo mundo entrou aqui pra ver você!

— Ela disse que você, tipo, *arrastou* o monstro, tipo, pro Mundo Seguinte! — disse Lucy Warbeck, com os olhos brilhando. — Madame Cera do Tempo contou pra todo mundo!

— Bom, não foi bem... — começou Tiffany. Sentiu algo cutucar suas costas. Esticou o braço e sua mão voltou segurando um chapéu pontudo. Estava quase cinza, de tão velho, e muito maltratado. Zakzak não ousaria tentar vender algo assim, mas as outras meninas olharam para ele como cães famintos encarando a mão de um açougueiro.

— Hum, Madame Cera do Tempo lhe deu o chapéu dela — suspirou Petulia. — O próprio *chapéu*.

— Ela disse que você era uma bruxa nata e que nenhuma bruxa deve ficar sem chapéu! — disse Dimity Tumulto, olhando tudo com atenção.

— É um bom chapéu — disse Tiffany. Estava acostumada com roupas de segunda mão.

— É só um chapéu velho — disse Annagramma.

Tiffany olhou para a garota alta e permitiu-se sorrir lentamente.

— Annagramma? — disse, levantando a mão com os dedos abertos.

Annagramma recuou.

— Ah, não. Não faça isso! *Não* faça isso! Alguém a impeça de fazer isso!

— Você quer um *balão*, Annagramma? — disse Tiffany, escorregando para fora da mesa.

— Não! Por favor!

Annagramma deu mais um passo para trás, com os braços na frente do rosto, e caiu sobre um banco. Tiffany levantou-a e lhe deu tapinhas carinhosos na bochecha.

— Então não vou comprar um para você. Mas, *por favor*, aprenda o que "literalmente" significa, está bem?

Annagramma deu um sorriso meio congelado.

— Er, sim — conseguiu dizer.

— Bom. E então seremos amigas.

Tiffany deixou a menina ali parada e voltou para pegar o chapéu.

— Hum, você ainda deve estar meio tonta — disse Petulia. — Não deve estar entendendo direito as coisas.

— Rá, eu não estava assustada *de verdade*, sabe — insistiu Annagramma. — Foi tudo de brincadeira, claro.

Ninguém prestou atenção.

— Entendendo o quê? — disse Tiffany.

— É o chapéu dela *mesmo*! — falaram as meninas em coro.

— É, tipo, se esse chapéu pudesse falar, que histórias ele poderia, sabe, contar — explicou Lucy Warbeck.

— Foi só uma brincadeira — disse Annagramma para quem estivesse ouvindo.

Tiffany olhou para o chapéu. Estava muito maltratado e não muito limpo. Se esse chapéu pudesse falar, provavelmente resmungaria.

— Onde está Vovó Cera do Tempo agora?

As meninas engoliram em seco. Aquilo era quase tão impressionante quanto o chapéu.

— Hum... ela não se importa que você a chame assim? — perguntou Petulia.

— Ela me pediu que fizesse isso — respondeu Tiffany.

— É que ouvimos dizer que era preciso conhecê-la por, tipo, uns cem anos pra que ela deixasse que a chamassem assim... — disse Lucy Warbeck.

Tiffany deu de ombros.

— Bem, enfim. Vocês sabem onde ela está?

— Ah, tomando chá com as outras bruxas velhas e tagarelando sobre chutney e sobre como as bruxas de hoje não são como quando ela era menina — respondeu Lulu Querida.

— Quê? — questionou Tiffany. — Só tomando *chá*?

As jovens bruxas se entreolharam, perplexas.

— Hum, há pãezinhos, também — disse Petulia. — Se isso for importante.

— Mas ela abriu a porta para mim. A porta para... para fora do... do deserto! Depois disso você não pode simplesmente sentar e comer alguns *pãezinhos*!

— Hum, os que eu vi tinham glacê — arriscou Petulia, nervosa. — Não eram meros pãezinhos...

— Olha — disse Lucy Warbeck —, nós, na verdade, tipo, não vimos nada. Você só estava ali de pé com, tipo, um brilho ao redor e não podíamos passar por ele e aí Vov,... Madame Cera do Tempo se aproximou e entrou lá e vocês duas, tipo, *apareceram*. E então o brilho se fechou e desapareceu e você, tipo, caiu.

— O que Lucy falha em dizer com muita precisão — disse Annagramma — é que realmente não a vimos ir a lugar algum.

Estou dizendo isso como amiga, é claro. Havia apenas este brilho, que poderia ter sido *qualquer coisa.*

Annagramma seria uma boa bruxa, pensou Tiffany. Ela era capaz de contar histórias nas quais acreditava literalmente. E podia voltar atrás como uma bola.

— Não se esqueçam, eu vi o cavalo — disse Harrieta Fraude.

Annagramma revirou os olhos.

— Ah, sim, Harrieta acha que viu uma espécie de cavalo no céu. Só que não parecia um cavalo, diz ela. Ela afirma que parecia como um cavalo seria se você tirasse o cavalo em si e deixasse apenas a cavalice, certo, Harrieta?

— Eu não disse isso! — explodiu Harrieta.

— Bem, me *desculpe.* Foi o que pareceu.

— Hum, e algumas pessoas disseram que viram um cavalo branco pastando no campo ao lado, também — disse Petulia. — E um monte de bruxas mais velhas disseram que sentiram uma quantidade enorme de...

— Sim, algumas pessoas pensaram ter visto um cavalo em um campo, mas não está mais lá — disse Annagramma com a voz cantarolada que usava quando achava que algo era meio estúpido. — Isso deve ser muito raro na região, ver cavalos em campos. De qualquer forma, se realmente *houve* um cavalo branco, ele era cinza.

Tiffany sentou-se na beirada da mesa, olhando para os joelhos. A raiva que sentiu de Annagramma a tinha sacudido de volta à vida, mas agora o cansaço se esgueirava de volta.

— Imagino que nenhuma de vocês viu um homenzinho azul, com cerca de quinze centímetros de altura e cabelo ruivo? — perguntou em voz baixa.

— Alguém? — perguntou Annagramma, com alegria maliciosa. Houve um murmúrio geral de "não"

— Sinto muito, Tiffany — disse Lucy.

— Não se preocupe — disse Annagramma. — Ele apenas deve ter partido em seu cavalo branco!

Será como no caso do Reino das Fadas de novo, pensou Tiffany. Nem eu mesma consigo lembrar se foi real. Por que alguém acreditaria em mim? Mas ela tinha que tentar.

— Havia uma porta escura — disse, lentamente —, e além dela um deserto de areia negra, iluminado pelas estrelas no céu, e Morte estava lá. Nós conversamos.

— Vocês conversaram, é? — perguntou Annagramma — E o que foi dito, ora?

— Não "ora" — respondeu Tiffany. — Não falamos muito. Mas Morte não sabia o que era egresso.

— É a mesma coisa que "importante", não é? — disse Harrieta.

Fez-se silêncio, exceto pelo barulho dos Julgamentos do lado de fora.

— Não é culpa sua — disse Annagramma no que era, para ela, uma voz quase amigável. — É como eu disse: Madame Cera do Tempo bagunça a cabeça das pessoas.

— E quanto ao brilho? — indagou Lucy.

— Aquilo provavelmente era um raio globular — disse Annagramma. — São uma coisa muito estranha.

— Mas as pessoas estavam, tipo, batendo nele! Era duro como gelo!

— Ah, bem, pode ter parecido assim — disse Annagramma —, mas estava... afetando os músculos das pessoas, talvez. Só estou tentando ajudar. Vocês precisam ser sensatas. Ela só ficou lá parada. Vocês viram. Não havia portas ou desertos. Havia apenas ela.

Tiffany suspirou. Estava cansada. Queria apenas se arrastar para algum lugar. Queria ir para casa. Caminharia até lá naquele instante, se suas botas não tivessem ficado subitamente tão desconfortáveis.

Enquanto as meninas discutiam, desamarrou os cadarços e tirou uma delas.

Grãos de areia negro-prateada se espalharam. Quando caíram no chão, quicaram muito lentamente, espalhando-se pelo ar como névoa.

As meninas se viraram, observando em silêncio. Então Petulia se abaixou e pegou um punhado de areia. Quando levantou a mão, os finos grãos fluíram por entre seus dedos. Caíram lentamente como penas.

— Às vezes as coisas dão errado — disse ela, com a voz distante. — Madame Toutinegra me disse. Nenhuma de vocês esteve lá? Quando as pessoas idosas estão morrendo?

Houve um ou dois acenos de cabeça, mas todas observavam a areia.

— Às vezes as coisas dão errado — repetiu Petulia. — Às vezes elas estão morrendo, mas não partem porque não sabem o Caminho. Ela disse que é nesse momento que elas mais precisam de você por perto, para ajudá-las a encontrar a porta e não se percam na escuridão.

— Petulia, nós não deveríamos falar sobre isso — disse Harrieta, suavemente.

— Não! — disse Petulia, com o rosto vermelho. — Este é o momento para falar sobre isso, só aqui, só a gente! Porque ela disse que é a última coisa que você pode fazer por alguém. Ela disse que há um deserto negro que elas têm de atravessar, onde a areia...

— Rá! A Sra. Tesourinha diz que esse tipo de coisa é magia negra — disse Annagramma, com a voz aguda e repentina como uma faca.

— Ela diz? — perguntou Petulia, sonhadora como a areia que caía. — Bem, Mestra Toutinegra disse que às vezes a lua é luz e às vezes está nas sombras, mas que você deve sempre lembrar que é a mesma lua. E... Annagramma?

— Sim?

Petulia respirou fundo.

— Você *nunca* mais se atreva a me interromper de novo, pelo resto da sua vida. Não se atreva. Não se *atreva*! Falo sério.

Capítulo 13

Os Julgamentos das Bruxas

E, então... os Julgamentos propriamente ditos. Afinal, era esse o motivo da reunião naquele dia, não? Mas Tiffany, saindo da tenda com as meninas ao seu redor, sentiu um murmúrio no ar. Dizia: *ainda* tinha algum sentido nisso? Depois do que aconteceu?

Mesmo assim, as pessoas isolaram de novo uma área com cordas e várias bruxas mais velhas arrastaram suas cadeiras para perto. Parecia que os Julgamentos seriam realizados, afinal. Tiffany caminhou até a corda, encontrou um espaço e sentou-se na grama com o chapéu de Vovó Cera do Tempo à sua frente.

Escutava as outras meninas sentadas atrás dela e também um zumbido ou murmurar de frases sussurradas se espalhando pela multidão.

"*...Ela fez isso mesmo... não, é sério... todo o caminho até o deserto... vi a areia... suas botas estavam cheias dela, disseram...*"

Fofoca se espalha mais rápido entre bruxas do que um resfriado. Bruxas fofoqueiam como estorninhos.

Não havia jurados e nem prêmios. Os Julgamentos não eram assim, conforme dissera Petulia. O objetivo era mostrar o que você era capaz de fazer, mostrar o que havia se tornado, para que as pessoas fossem embora pensando coisas como: aquela Caramella Bottlethwaite... ela está ficando muito boa. Não era uma competição, na verdade. Ninguém *ganhava*.

E, se você acredita *nisso*, também acredita que a lua é empurrada pelo céu por um goblin chamado Wilberforce.

O que era de fato *verdade* era que uma das bruxas mais velhas geralmente abria a coisa toda com algum truque competente, mas não surpreendente. Algo que todo mundo já tivesse visto, mas continuava a apreciar. Isso quebrava o gelo. Dessa vez, quem faria as honras seria a velha Boa Atropelo e sua coleção de camundongos cantores.

Mas Tiffany não estava prestando atenção. Do outro lado do quadrado de cordas, sentada em uma cadeira e rodeada por bruxas mais velhas como uma rainha em seu trono, estava Vovó Cera do Tempo.

Os sussurros continuaram. Talvez abrir os olhos tivesse aberto seus ouvidos, também, porque Tiffany sentia que podia ouvir os sussurros de toda a área.

"*...Não teve treinamento algum, ela só foi e fez... você viu o tal cavalo?... Eu não vi cavalo nenhum!... Não só abriu a porta como entrou por ela!... Sim, mas quem foi lá resgatá-la? Esme Cera do Tempo foi!... Sim, é isso que estou dizendo, qualquer tolinha poderia ter aberto a porta por sorte, mas foi preciso uma bruxa de verdade para trazê-la de volta, isso é certo, isso é... enfrentou a coisa e a deixou por lá!... Eu não vi você fazer nada, Violet Pulsimone! Aquela criança... Havia um cavalo ou não?... Pretendia fazer o meu truque aa dança da vassoura, mas agora seria um desperdí-*

cio, claro... Por que Madame Cera do Tempo deu o chapéu para a menina, hein? O que ela quer que a gente pense? Ela nunca tira o chapéu para ninguém!"

Dava para sentir a tensão, lampejando de chapéu pontudo para chapéu pontudo como um relâmpago de verão.

Os camundongos fizeram o seu melhor com *Soprarei Bolhas Para Sempre*, mas era fácil ver que não estavam concentrados. Camundongos são altamente sensíveis e muito temperamentais.

Agora algumas pessoas se aproximavam de Vovó Cera do Tempo. Tiffany podia ver que algumas conversas animadas estavam acontecendo.

— Sabe, Tiffany — disse Lucy Warbeck, atrás dela —, tudo que você tem a fazer é, tipo, admitir o que fez. Todo mundo já está sabendo. Quero dizer, ninguém nunca, tipo, fez uma coisa *dessas* nos Julgamentos!

— E já está na hora da velha valentona perder — acrescentou Annagramma.

Mas ela não é uma valentona, pensou Tiffany. É durona e espera que as outras bruxas sejam duras, porque os limites não são lugar para pessoas que fraquejam. Tudo com ela é uma espécie de teste. E seus Pensamentos Melhores Ainda surgiram com um que ela não conseguira ter na tenda: *Vovó Cera do Tempo, você sabia que o enxame viria atrás apenas de mim, não sabia? Chegou a falar com o Dr. Alvoroço, você mesma comentou. Por acaso acabou de me transformar em seu truque para hoje? Quanto você adivinhou? Ou já sabia?*

— Você ganharia — disse Dimity Tumulto. — Até algumas das mais velhas gostariam de ver Madame Cera do Tempo perder a pose. Elas sabem que magia grande aconteceu aqui. Não restou um embaralhado intacto em *quilômetros*.

Então eu ganharia porque algumas pessoas não gostam de alguém?, pensou Tiffany. Ah, *sim*, isso seria *mesmo* algo do qual me orgulhar...

— Pode apostar que *ela* vai usar isso — disse Annagramma. — Pode esperar. Vai explicar como a pobre criança foi arrastada por um monstro até o Mundo Seguinte e ela a trouxe de volta. Isso é o que eu faria, se fosse ela.

Imagino que sim, pensou Tiffany. Mas você não é. E também não é eu.

Ela olhou para Vovó Cera do Tempo, que no momento despachava um par de bruxas idosas.

Pergunto-me, pensou, se elas estiveram dizendo coisas como "Esta menina precisa perder a pose, Madame Cera do Tempo". Mal este pensamento terminou de passar por sua cabeça, Vovó virou-se e olhou em seus olhos.

Os camundongos pararam de cantar, principalmente por constrangimento. Houve uma pausa e então as pessoas começaram a bater palmas, porque era o tipo de coisa a se fazer naquele tipo de situação.

Uma bruxa, alguém que Tiffany não conhecia, entrou na área isolada, ainda batendo palmas daquela forma agitada e com-os-braços-levantados-na-altura-dos-ombros que se usa quando se quer incentivar o público a aplaudir um pouco mais.

— Muito bem realizado, Doris, excelente trabalho, como sempre — vibrou ela. — Eles têm sido maravilhosos desde o ano passado, muito obrigado, maravilhoso, que bem executado... aham...

A mulher hesitou, enquanto atrás dela Doris Atropelo engatinhava, tentando apressar seus camundongos de volta para a caixa. Um deles estava histérico.

— E agora, talvez... alguma dama queira, er... tomar lugar, er... no palco? — disse a mestra de cerimônias, de forma tão brilhante quanto uma bola de vidro prestes a se quebrar. — Alguém?

Houve quietude e silêncio.

— Não sejam tímidas, senhoras! — A voz da mestra de cerimônias ficava mais tensa a cada segundo. Não é divertido tentar organizar uma feira repleta de organizadoras natas. — Que a modéstia não leve a melhor! Alguém?

Tiffany *sentiu* os chapéus pontudos se virando, alguns em sua direção, outros para Vovó Cera do Tempo. A apenas poucos metros de gramado de distância, Vovó levantou a mão para empurrar a mão de alguém de seu ombro, bruscamente, sem quebrar o contato visual com Tiffany. *E não estamos usando chapéus*, pensou a menina. *Você me deu um chapéu virtual uma vez, Vovó Cera do Tempo, e agradeço por isso. Mas não preciso dele hoje. Hoje, eu sei que sou uma bruxa.*

— Ah, vamos lá, senhoras! — insistiu a mestra de cerimônias, agora quase histérica. — Estes são os Julgamentos! Um local para competições amistosas e instrutivas em uma atmosfera de fraternidade e boa vontade! Certamente, uma senhora... ou moça, quem sabe...?

Tiffany sorriu. Deveria ser "sororidade", não "fraternidade". Somos irmãs, senhora, não irmãos.

— *Vamos*, Tiffany! — insistiu Dimity — Elas *sabem* que você é boa!

Tiffany balançou a cabeça.

— Ah, bem, é isso — disse Annagramma, revirando os olhos. — A velha mala bagunçou a cabeça da menina, como *sempre* acontece...

— Eu não sei quem bagunçou a cabeça de quem — explodiu Petulia, arregaçando as mangas. — Mas *eu* vou fazer o truque de porco.

Ficou de pé e houve um rebuliço geral na multidão.

— Ah, vejo que será... Ah, é você, Petulia — disse a mestra de cerimônias, um tanto decepcionada.

— Sim, Srta. Batente, e pretendo fazer o truque do porco — disse Petulia, bem alto.

— Mas, er, você não parece ter trazido um porco com você — retrucou a Srta. Batente, surpresa.

— Sim, Srta. Batente. Vou realizar o truque do porco... *sem um porco!*

Isso causou sensação e gritos de "Impossível!" e "Há crianças aqui, sabia?".

A Srta. Batente olhou em volta em busca de amparo, sem encontrá-lo.

— Ah, bem — disse, impotente. — Se tem certeza, querida...

— Sim. Tenho. Eu usarei... uma salsicha! — revelou Petulia, tirando uma do bolso e erguendo-a. Houve uma nova comoção.

Tiffany não viu o truque. Nem Vovó Cera do Tempo. Seus olhares eram como uma barra de ferro, e até mesmo a Srta. Batente instintivamente não evitou entrar na frente.

Mas Tiffany ouviu o guincho, o suspiro de espanto e então o rugir dos aplausos. As pessoas aplaudiriam qualquer coisa a essa altura, da mesma forma que água represada toma qualquer direção ao sair de uma barragem.

E *então* as bruxas começaram a se erguer para participar. A Srta. Plana fez malabarismos com bolas que paravam e invertiam a direção em pleno ar. Uma bruxa de meia-idade demonstrou uma nova maneira de impedir que as pessoas morressem engasgadas, o que nem sequer soa como magia até que você para e pensa até perceber que uma forma de transformar pessoas quase-mortas em pessoas totalmente vivas vale uma dúzia de feitiços que só fazem *plim!* E outras mulheres e meninas vieram, uma de cada vez, com grandes truques, dicas úteis, coisas que faziam *weee!*, curavam dor de dente ou, em um dos casos, explodiam...

...e, então, ninguém mais se voluntariou.

A Srta. Batente caminhou de volta para o centro do campo, quase embriagada de alívio por *terem* acontecido os Julgamentos, e fez um convite final a todas as senhoras "*ou mesmo moças*" que desejassem vir até o palco.

Fez-se um silêncio tão espesso que se poderia prender alfinetes nele.

E então ela disse:

— Ah, bem... Nesse caso, eu declaro os Julgamentos total e verdadeiramente encerrados. O chá será na grande tenda!

Tiffany e Vovó ficaram de pé ao mesmo tempo, no mesmo exato segundo, e curvaram-se uma para a outra. Então, Vovó virou-se e juntou-se às pessoas que debandavam para o chá. Era interessante ver como a multidão se afastava, todos de forma inconsciente, para deixá-la passar, como o mar se abrindo diante de um profeta particularmente competente.

Petulia foi cercada por outras jovens bruxas. O truque do porco tinha sido muito bem-feito. Tiffany entrou na fila para lhe dar um abraço.

— Mas *você* poderia ter vencido! — disse Petulia, com o rosto vermelho de felicidade e preocupação.

— Isso não importa. Realmente não — disse Tiffany.

— *Você jogou fora* — disse uma voz aguda atrás dela. — *Você tinha tudo nas mãos e jogou fora. Como se sente em relação a isso, Tiffany? Gosta de bancar a humilde?*

— Agora escute aqui, Annagramma — começou Petulia, apontando um dedo furioso.

Tiffany estendeu a mão e baixou o braço da menina. Então, virou-se e sorriu de forma tão feliz para Annagramma, que chegou a ser perturbador.

O que ela queria muito dizer era:

— Lá de onde eu venho, Annagramma, eles têm as Exibições de Cães Pastores. Os pastores viajam para lá, vindos de todas as partes, para mostrar seus cães, e ganham taças e cintos com fivelas de prata; prêmios de todos os tipos. Mas sabe qual era o grande prêmio, Annagramma? Não, você não saberia. Ah, havia jurados, mas eles não contavam, não para esse *grande* prêmio. Há... *Havia* uma velhinha sempre à frente da multidão, inclinando-se por cima dos obstáculos com o um cachimbo na boca e dois dos melhores cães pastores já criados sentados aos seus pés. Seus nomes eram Trovão e Relâmpago; eles se moviam tão rápido que deixavam fagulhas pelo ar, e seu pelo ofuscava o sol, mas a velhinha nunca, nunca os colocava nas Exibições. Ela sabia mais de ovelhas do que as próprias ovelhas. E o que todo jovem pastor queria, realmente *queria*, não era uma taça boba ou um cinto, mas vê-la tirar o cachimbo da boca ao sair da arena e dizer calmamente "Tá bom", porque isso significava que ele era um pastor de *verdade,* e todos os outros pastores saberiam disso também. E, se você dissesse a um deles que deveria desafiá-la, ele xingaria você, bateria o pé e diria que preferiria cuspir no sol até ele apagar. Como *ele* poderia ganhar? Ela *era* o pastoreio. Aquilo era o todo de sua vida. O que você tirasse dela, tiraria de si mesmo. Você não entende isso, não é? Mas é o coração, a alma e o centro de tudo! A alma... e... o... centro!

Mas isso seria um desperdício, por isso o que acabou dizendo foi:

— Ah, cale a boca, Annagramma. Vamos ver se sobrou bolo, está bem?

Lá no alto, um gavião piou. Ela olhou para cima.

O pássaro seguiu na mesma direção do vento e, zunindo pelo ar enquanto começava a planar, tomou a direção de casa.

Eles sempre estavam lá

Ao lado de seu caldeirão, Jeannie abriu os olhos.

— Ele tá vindo pra casa! — disse, lutando para ficar de pé. Gesticulou com a mão, cheia de urgência, para os Feegles que a observavam. — Não fiquem aí parados, babando! — ordenou. — Vão caçar alguns coelhos pra assar! Preparem o fogo! Fervam uma jarra de água, porque vou tomar um banho! Olha pra esse lugar, tá que nem uma estrumeira! Limpem tudo! Quero tudo brilhando pro Grande Homem! Vão roubar um pouco de Unguento Especial de Ovelha! Cortem uns ramos verdes, azevinho ou teixo, talvez! Lustrem os pratos de ouro! O local tem que ficar tinindo! O que tão esperando aí?

— Er, o que quer que a gente faça primeiro, kelda? — perguntou um Feegle, nervoso.

— Tudo!

Nos seus aposentos, a tigela de sopa de banho da kelda foi preenchida com água e ela se esfregou usando uma das velhas escovas de dentes de Tiffany, enquanto lá de fora chegavam os sons dos Feegles trabalhando duro com objetivos simultâneos. O cheiro de coelho assado começou a tomar o monte.

Jeannie colocou seu melhor vestido, arrumou o cabelo, pegou seu xale e saiu pelo buraco. Ficou ali parada, olhando para as montanhas. Cerca de uma hora depois, um ponto no céu começou a ficar maior e maior.

Como kelda, daria as boas-vindas a um guerreiro de volta ao lar. Como esposa, beijaria o marido e lhe daria uma bela bronca por ele ter ficado tanto tempo longe. Como mulher, achava que iria derreter de alívio, gratidão e alegria.

Capítulo 14

Rainha das abelhas

E, certa tarde, cerca de uma semana depois, Tiffany foi visitar Vovó Cera do Tempo.

Eram apenas vinte e cinco quilômetros voando de vassoura e, como Tiffany ainda não gostava de voar numa vassoura, a Srta. Plana a levou.

Foi a parte invisível da Srta. Plana. Tiffany apenas se deitou sobre a vassoura, segurando-se com os braços, as pernas, os joelhos e os ouvidos, se possível. Levou um saco de vômito, porque ninguém gosta de porcaria anônima caindo do céu. Também levou consigo um grande saco de juta, manuseado com cuidado.

Não abriu os olhos até que o barulho do vento tivesse parado e os sons à sua volta indicassem que provavelmente já estava bem perto do chão. Na verdade, a Srta. Plana foi muito suave. Quando despencou, por causa de uma câimbra nas pernas, a vassoura estava logo acima de um musgo bem espesso.

— Obrigada — disse Tiffany ao se levantar, porque é sempre recomendável ter boas maneiras com gente invisível.

Tinha um vestido novo. Era verde, como o anterior. O complexo mundo de favores, obrigações e presentes em que a Srta. Plana vivia e transitava tinha enviado em sua direção quatro metros de um tecido excelente (como recompensa pelo nascimento tranquilo do bebê da Srta. Rapidinho, um menino) e algumas horas de trabalho de costura (a perna ruim da Sra. Hunter está bem melhor, obrigada). Deu o vestido negro de presente. Quando estiver velha, vestirei a meia-noite, decidiu. Mas, por enquanto, já tivera trevas suficientes.

Estava em uma clareira na encosta de uma montanha, cercada por carvalhos e plátanos por quase todos os lados: a exceção era uma abertura na parte que dava para o declive, oferecendo uma ampla vista para a área rural lá embaixo. Os plátanos derramavam suas levíssimas sementes, que caíam preguiçosamente, despencando pelo pequeno jardim. Não havia cercas, e algumas cabras pastavam nas proximidades. Se você perguntasse por que as cabras não comiam o jardim em si, era porque tinha esquecido quem vivia ali. Havia um poço. E, claro, uma casinha.

A Sra. Tesourinha com certeza detestaria o lugar. Parecia saída de um livro de histórias. As paredes apoiavam-se umas sobre as outras, o telhado de palha escorregava como uma peruca vagabunda e as chaminés se erguiam em espiral. Seria o segundo pior tipo de casinha para aqueles que achavam que as feitas de doces faziam mal e engordavam.

Em uma casinha no meio da floresta, vivia a Velha Bruxa Má...
Parecia saída do tipo mais desagradável de conto de fadas.

As colmeias de Vovó Cera do Tempo ficavam meio escondidas em uma das laterais. Algumas eram do tipo antigo, de palha, mas a maioria era de madeira, com remendos aqui e ali. Trovejavam de agitação, mesmo naquela época, já perto do final do ano.

Tiffany virou-se de lado para observá-las, e os insetos saíram em uma onda escura. Zuniram em sua direção, formaram uma coluna e...

Ela caiu na gargalhada. Formaram uma bruxa de abelhas bem à sua frente; milhares de abelhas, todas a postos no ar. Tiffany levantou a mão direita. O zumbido aumentou e a bruxa-abelha levantou a própria mão direita. Tiffany virou-se de costas. A bruxa maior também, e as abelhas copiaram cuidadosamente cada ondulação e dobra de seu vestido. As que estavam nas beiradas zumbiram desesperadamente, tendo que voar mais rápido.

Cuidadosamente, Tiffany colocou o grande saco no chão e estendeu a mão para a figura. Com outro rugido de asas minúsculas, a bruxa-abelha tornou-se disforme por um instante e então se reagrupou um pouco mais adiante, com a mão estendida em sua direção. A abelha que era a ponta do seu dedo indicador pairava pouco à frente da unha de Tiffany.

— Vamos dançar? — chamou a garota.

Na clareira cheia de sementes rodopiantes, fez girar o enxame de abelhas. Elas acompanhavam muito bem. Moviam-se na ponta dos dedos, zumbindo; viravam quando ela se virava, embora sempre houvesse algumas abelhas tendo que trabalhar dobrado para recuperar o atraso.

Então a figura levantou os dois braços e girou no sentido oposto. As abelhas em seu "vestido" se espalharam de novo conforme a forma girava. Estavam aprendendo.

Tiffany riu e fez a mesma coisa. Abelhas e menina rodopiaram pela clareira.

Sentia-se feliz e se perguntou se já fora tão feliz antes. A luz dourada, as brácteas caindo, as abelhas dançando... tudo era uma coisa só. Isto era o oposto do deserto negro. Aqui, a luz estava em toda parte e a preenchia internamente. Era capaz de sentir a si mesma ali no lugar e ao mesmo tempo se ver de cima, girando com uma sombra que zumbia e brilhava, dourada, sempre que a luz atingia as abelhas. Momentos como este faziam tudo valer a pena.

Então, a bruxa feita de abelhas se aproximou de Tiffany, como se a observasse com seus milhares de pequenos olhos geométricos. Houve um leve sibilo no interior da figura e a bruxa-abelha explodiu em uma nuvem de insetos que se espalharam, zumbindo e correndo pela clareira até sumir de vista. O único movimento agora era o da rodopiante queda das sementes de plátanos.

Tiffany suspirou.

— Bem, algumas pessoas teriam achado isso assustador — disse alguém detrás dela.

Tiffany não se virou de imediato. Antes, disse:

— Boa tarde, Vovó Cera do Tempo.

E *então* se virou.

— *Você* já fez isso? — perguntou, ainda grogue de alegria.

— É rude começar com perguntas. É melhor entrar e tomar uma xícara de chá — disse Vovó Cera do Tempo.

Mal parecia que alguém *vivia* naquela casa. Havia duas cadeiras junto à lareira, uma delas de balanço, e, junto à mesa, mais duas do tipo normal, mas que mesmo assim oscilavam por causa do chão de pedra irregular. Havia um armário e um tapete de retalhos diante da enorme lareira. Uma vassoura estava encostada a um canto da parede, ao lado de algo misterioso e pontudo, oculto sob um pano. Havia um lance de escadas muito estreitas e escuras. E era isso. Não havia nada brilhante, nada novo e nada desnecessário.

— A que devo o prazer desta visita? — perguntou Vovó Cera do Tempo, tirando do fogo uma chaleira preta, escurecida por fuligem, e enchendo um bule igualmente preto.

Tiffany abriu o saco que trouxera consigo.

— Eu vim trazer o seu chapéu de volta.

— Ah. Veio? E por quê?

— Porque é o *seu* chapéu — disse Tiffany, colocando-o na mesa. — Mas obrigado pelo empréstimo.

— Ouso dizer que muitas jovens bruxas dariam seus dentes canídeos por gum velho chapéu meu — disse Vovó, levantando o já bem gasto chapéu.

— Dariam — disse Tiffany, *sem* adicionar "e se chamam dentes *caninos*". O que acrescentou foi: — Mas acho que todas têm que encontrar o seu próprio chapéu. O chapéu certo para elas, quero dizer.

— Vejo que você está usando agora um comprado em loja — disse Vovó Cera do Tempo. — Um daqueles Arranha-Céus. Com *estrelas* — acrescentou, com tanto ácido na palavra "estrelas" que teria derretido cobre, atravessado a mesa e o chão e derretido mais cobre no porão. — Acha que isso o torna mais mágico, é? *Estrelas?*

— Eu... achava quando o comprei. E por enquanto está bom.

— Até você encontrar o chapéu certo.

— Sim.

— Que não é o meu?

— Não.

— Certo.

A velha bruxa atravessou a sala e puxou o pano que cobria a coisa no canto. Revelou-se um enorme espeto de madeira, quase do tamanho de um chapéu pontudo em um suporte bem alto. Um chapéu estava sendo... *construído* sobre ele, com tiras finas de salgueiro, alfinetes e rígido pano preto.

— Eu faço os meus. Todos os anos. Não há chapéu como o chapéu que você mesma fez. Siga o meu conselho. Eu enrijeço a chita e a torno impermeável com um líquido especial. É incrível o que dá para colocar em um chapéu que você mesma faz. Mas você não veio falar sobre chapéus.

Tiffany deixou sair sua pergunta afinal.

— *Foi tudo real?*

Vovó Cera do Tempo serviu o chá, pegou sua xícara e pires e cuidadosamente derramou um pouco do líquido fora da xícara, no pires. Segurou-o no ar e, com cuidado, como alguém que lida com uma tarefa importante e delicada, soprou suavemente. Fez tudo isso devagar e com calma, enquanto Tiffany se esforçava para conter sua impaciência.

— O enxame não está mais por aí? — perguntou Vovó.

— Não. Mas...

— E como lhe parecia tudo? Quando estava acontecendo? *Parecia* real?

— Não. Parecia mais do que real.

— Bem, aí está, então — concluiu Vovó Cera do Tempo, tomando um gole do pires. — E a resposta é: se não foi real, não foi *falso*.

— Era como um sonho onde você está quase acordada e consegue controlá-lo, sabe? — disse Tiffany. — Se eu tivesse cuidado, daria tudo certo. Era como me fazer levantar no ar puxando meus cadarços com força. Ou contar uma história para mim mesma...

Vovó assentiu.

— Sempre há uma história. Tudo são histórias, na verdade. O sol nascendo todos os dias é uma história. Tudo contém uma história. Se você muda a história, muda o mundo.

— E qual era o seu plano para vencer o enxame? — indagou Tiffany. — Por favor. Eu preciso saber!

— Meu plano? — repetiu Vovó Cera do Tempo, inocentemente.

— Meu plano era deixar você cuidar disso.

— Sério? Então, o que você teria feito se eu tivesse perdido?

— O melhor que posso — respondeu Vovó, com calma. — O que sempre faço.

— Você teria me matado se eu tivesse me tornado o enxame de novo?

O pires estava firme na mão da velha bruxa. Ela olhava para o chá, pensativa.

— Eu a teria poupado, se pudesse. Mas não precisei, não é? O local dos Julgamentos era o melhor lugar para estar. Acredite, bruxas podem atuar em conjunto, se necessário. É mais difícil do que treinar gatos, mas pode ser feito.

— É que eu acho que nós... transformamos tudo em um pequeno espetáculo — confessou Tiffany.

— Ah, não. Transformamos tudo em um *grande* espetáculo! — disse Vovó Cera do Tempo, com enorme satisfação. — Trovões, relâmpagos, cavalos brancos e resgates maravilhosos! Muito bom, hein, por um centavo? E você vai aprender, minha menina, que um pouco de espetáculo de vez em quando não faz mal para a sua reputação. Ouso dizer que a Srta. Plana já descobriu isso a essa altura, agora que pode fazer malabarismos com bolas e tirar o chapéu ao mesmo tempo! Ouça o que estou dizendo!

Bebeu o chá do pires com delicadeza e apontou com o queixo para o velho chapéu sobre a mesa.

— Sua avó, *ela* usava um chapéu?

— Quê? Ah... geralmente não — disse Tiffany, ainda pensando sobre o grande espetáculo. — Ela costumava usar um saco velho como uma espécie de gorro quando o tempo estava muito ruim.

Ela dizia que chapéus não combinam com o vento forte do alto da montanha, que faz eles saírem voando.

— Ela fez do céu o chapéu dela, então — disse Vovó Cera do Tempo. — E ela usava capa?

— Rá, todos os pastores costumavam dizer que você só veria Vovó Dolorida de capa se estivesse chovendo pedras! — disse Tiffany com orgulho.

— Então ela fez do vento a sua capa, também — continuou Vovó Cera do Tempo. — É uma habilidade. A chuva não cai sobre uma bruxa se ela não quiser, embora eu pessoalmente prefira me molhar e ser grata.

— Grata pelo quê?

— Por poder me secar mais tarde. — Vovó Cera do Tempo pousou a xícara e o pires na mesa. — Criança, você veio aqui para aprender o que é verdade e o que não é, mas há pouca coisa que eu possa lhe ensinar que você ainda não saiba. Você apenas não sabe que sabe. E vai passar o resto da vida aprendendo o que no fundo você já sabe. E essa é a verdade.

Olhou para o rosto esperançoso de Tiffany e suspirou.

— Vamos lá para fora. Vou lhe dar a lição número um. É a única lição que existe. Não precisa anotar em caderno algum se estiver de olhos abertos.

Vovó abriu caminho até o poço no quintal dos fundos, procurou pelo chão e pegou um pedaço de pau.

— Varinha mágica. Está vendo?

Uma chama verde saltou da madeira, fazendo Tiffany dar um pulo.

— Agora tente você.

Não funcionou com ela, por mais que a sacudisse.

— Claro que não — disse Vovó. — É um pedaço de pau. Agora, talvez eu tenha feito uma chama sair dele, ou quem sabe eu tenha feito você *pensar* que fiz isso. Não importa. O que estou dizendo é que fui *eu*, não o pedaço de pau. Sintonize a sua mente do modo certo e você poderá fazer de um pedaço de pau a sua varinha, do céu o seu chapéu e de uma poça a sua... sua... er, qual é o nome daquelas taças metidas a besta?

— Er... cálice — disse Tiffany.

— Isso. Cálice mágico. Coisas não são importantes. Pessoas são. — Vovó Cera do Tempo olhou de soslaio para Tiffany. — E eu poderia ensiná-la a correr com a lebre por aquelas suas colinas, a voar sobre elas com o gavião. Poderia lhe contar os segredos das abelhas. Poderia lhe ensinar tudo isso e muito mais, se você fizesse só uma coisa, aqui e agora. Uma coisa simples, fácil de fazer.

Tiffany assentiu, os olhos arregalados.

— Você entende, então, que todas essas coisas brilhantes são apenas brinquedos e que brinquedos podem afastá-la do caminho?

— Sim!

— Então tire esse cavalo reluzente que você usa no pescoço, menina, e jogue-o no poço.

Obediente e um tanto hipnotizada pela voz, Tiffany levou as mãos à nuca e abriu o fecho.

As peças do cavalo prateado brilhavam enquanto ela o segurava sobre a água.

Olhou para ele como se o estivesse vendo pela primeira vez. E, então...

Ela testa as pessoas, pensou. *O tempo todo.*

— Bem? — disse a velha bruxa.

— Não — respondeu Tiffany. — Eu não posso.

— Não pode ou não quer? — perguntou Vovó bruscamente.

— Não posso — disse Tiffany, levantando o queixo. — E não vou!

Retirou a mão do poço e recolocou o colar no pescoço, olhando desafiadoramente para Vovó Cera do Tempo.

A bruxa sorriu.

— Muito bem — disse ela, em voz baixa. — Se você não sabe quando ser humana, não sabe quando ser bruxa. E quem tem muito medo de se afastar do caminho não chega a lugar algum. Posso vê-lo, por favor?

Tiffany fitou aqueles olhos azuis. Então, abriu o fecho e entregou a ela o colar. Vovó o ergueu diante dos olhos.

— Engraçado, não é, que pareça galopar quando a luz bate nele — disse a bruxa, observando-o oscilar de um lado para o outro. — Coisa muito bem-feita. Claro, não se parece com um cavalo, mas *é* certamente o que um cavalo *é*.

Tiffany olhou para ela, boquiaberta. Por um instante, Vovó Dolorida estava ali sorrindo, e então Vovó Cera do Tempo estava de volta. *Ela fez isso ou eu mesma fiz? E me atrevo a descobrir?*

— Eu não só vim trazer o chapéu de volta — conseguiu dizer, enfim. — Trouxe um presente, também.

— Estou certa de que não há razão alguma para que *me* tragam um presente — disse Vovó Cera do Tempo, fungando.

Tiffany ignorou isso, porque sua mente ainda estava aos rodopios. Pegou seu saco de novo e entregou para a Vovó um pacote pequeno e macio, que se mexia e mudava de forma em suas mãos.

— Eu devolvi a maioria das coisas para o Sr. Braçoforte. Mas achei que você poderia... encontrar certa *utilidade* nisso.

A velha desembrulhou lentamente o papel branco. A capa Vagalhão de Zéfiro se desenrolou sob seus dedos e preencheu o ar como fumaça.

— É adorável, mas eu não poderia usá-la — disse Tiffany enquanto o manto se amoldava às suaves correntes de vento da clareira. — É preciso inteireza para usar uma capa assim.

— Interesse? — perguntou Vovó Cera do Tempo, bruscamente.

— Ah... dignidade. Experiência. Sabedoria. Coisas do tipo.

— Ah — disse Vovó, relaxando um pouco. Olhou para a capa, que ondulava suavemente, e fungou. Realmente era uma criação maravilhosa. Os magos haviam conseguido acertar em alguma coisa, pelo menos, ao fazer isso. Este era um daqueles itens que preenchem uma lacuna em sua vida que você sequer sabia que existia.

— Bem, acho que há aqueles que podem usar uma capa como essa e aqueles que não podem — admitiu Vovó. Deixou que ela se enrolasse em seu pescoço e a afivelou ali com um broche em forma de meia-lua. — É um pouco grandiosa demais para alguém como eu. Meio extravagante. Eu poderia parecer fútil vestindo algo assim.

A frase foi dita como uma afirmação, mas continha uma insinuação de pergunta.

— Não, ela combina com você, mesmo — disse Tiffany alegremente. — Se você não sabe quando ser humana, não sabe quando ser bruxa.

Os pássaros pararam de cantar. No alto das árvores, os esquilos correram e se esconderam. Até o céu pareceu escurecer por um momento.

— Er... foi o que ouvi — disse Tiffany. E acrescentou: — De alguém que sabe dessas coisas.

Os olhos azuis fitaram os dela. Não havia segredos com Vovó Cera do Tempo. Ela enxergava o sentido de qualquer coisa que fosse dita.

— Talvez você queira aparecer de novo, às vezes — disse Vovó, virando-se lentamente e observando a capa desenhar curvas no ar. — É sempre muito quieto por aqui.

— Eu gostaria disso — disse Tiffany. — Devo avisar as abelhas antes de vir, para que você possa já ir preparando o chá?

Por um instante, Vovó Cera do Tempo a fitou fixamente; então, as rugas se desfizeram em um sorriso irônico.

— Esperta.

O que há dentro de você?, pensou Tiffany. Quem você realmente é, lá dentro? Você *queria* que eu ficasse com o seu chapéu? Você finge ser a grande bruxa malvada, mas não é. Você testa as pessoas o tempo todo, testa, testa, testa, mas na verdade quer que elas sejam espertas o suficiente para vencê-la. Porque deve ser difícil ser a melhor. Você não pode parar. Pode apenas ser derrotada, e você é muito orgulhosa para perder. Orgulho! Você o transformou em uma força terrível, mas ele a corrói. Será que não ri porque tem medo de escutar um cacarejar precoce?

Nós nos encontraremos de novo, algum dia. Ambas sabemos disso. Nós nos encontraremos de novo, nos Julgamentos das Bruxas.

— Sou esperta o bastante para saber como você consegue *não* pensar em um rinoceronte cor-de-rosa se alguém diz "rinoceronte cor-de-rosa". — Teve coragem de dizer em voz alta.

— Ah, isso é magia profunda, isso sim — disse Vovó Cera do Tempo.

— Não. Não é. Você não sabe como é um rinoceronte, sabe?

A luz do sol banhou a clareira, e a velha bruxa gargalhou, uma risada cristalina como um córrego da planície.

— Isso mesmo!

Capítulo 15

Um Chapéu Cheio de Céu

Era um daqueles dias estranhos de final de fevereiro, quando está um pouco mais quente do que deveria e, embora haja vento, ele parece estar sempre no horizonte e nunca perto de você.

Tiffany foi até as terras altas, onde, nos vales isolados, os novos cordeiros já haviam se firmado e corriam em bando, daquele jeito estranho e irregular só os cordeiros correm, que faz com que pareçam cavalos de balanço cobertos de lã.

Talvez aquele dia fosse diferente, porque as ovelhas adultas juntaram-se a eles, saltando com seus filhotes. Pulavam e rodopiavam, meio felizes, meio envergonhadas, grandes casacos de inverno subindo e descendo como as calças de um palhaço.

Tinha sido um inverno interessante. Ela aprendera um monte de coisas. Uma delas era que era possível ser a dama de honra de dois noivos que, juntos, somavam mais de 170 anos de idade. Dessa outra vez, o Sr. Weavall, com sua peruca girando na cabeça e seus grandes óculos refletindo a luz, *insistiu* em dar uma das peças de ouro à "nossa pequena ajudante", que compensou com folga todo o salário que ela nunca havia pedido e que a Srta. Plana não poderia ter pagado. Usou uma parte para comprar um boa capa marrom. Não ondulava e não esvoaçava às suas costas, mas era quente e grossa e a mantinha seca.

Ela aprendeu um monte de outras coisas também. Enquanto passava pelas ovelhas e seus cordeiros, gentilmente tocava as suas mentes, tão de leve que eles nem percebiam...

Tiffany havia ficado no alto das montanhas para a Vigília do Porco, que marcava oficialmente a mudança de ano.* Tivera muito o que fazer no festival e, de qualquer forma, aquela não era uma data muito comemorada no Giz. Mas a Srta. Plana a tinha dispensado de bom grado para o festival de nascimento dos cordeiros, que as pessoas idosas chamavam de Ovelhas Barrigudas. Era aí que o ano dos pastores começava. A bruaca das montanhas não podia perder isso. Era o momento em que, em quentes ninhos de palha protegidos do vento por obstáculos e barreiras de tojo cortado, o futuro acontecia. Ela o ajudara a acontecer, trabalhando com os pastores sob a luz da lanterna, lidando com os partos mais difíceis. Ela trabalhara com o chapéu pontudo na cabeça e sentia os pastores observando enquanto, com faca, agulha e linha e mãos e palavras suaves, salvava ovelhas da porta negra e ajudava novos cordeiros a virem para a luz. Era preciso oferecer a eles um espetáculo. Era preciso oferecer uma história. E, de manhã, ela caminhara de volta para casa com orgulho e sangue até os cotovelos, mas era o sangue da vida.

Algum tempo depois, ela foi até o monte dos Feegle e deslizou buraco abaixo. Planejava fazer isso já havia algum tempo e

---

* Em tempos antigos o último mês do ano era fevereiro, que era então o décimo-segundo mês. O ano começava em março. (N. T.)

tinha ido preparada: com lenços limpos e rasgados, além de um pouco de xampu de saponária feito com uma receita que a Srta. Plana lhe dera. Tinha a sensação de que Jeannie faria um bom uso destes presentes. A Srta. Plana sempre visitava as novas mães. Era a coisa certa a fazer.

Jeannie ficara feliz em vê-la. Deitada de bruços, para que pudesse colocar parte de seu corpo nos aposentos da kelda, Tiffany fora autorizada a segurar todos os oito exemplares do que ela se acostumou a chamar mentalmente de Robinhos, nascidos na mesma época que os cordeiros. Sete deles gritavam e lutavam entre si. A oitava ficava quieta, calmamente aguardando sua vez. O futuro acontecia.

Não era apenas Jeannie que pensava nela de forma diferente. As notícias tinham corrido. O povo do Giz não gostava de bruxas. Elas sempre vinham de fora. Sempre como estranhas. Mas então lá estava a *nossa* Tiffany, ajudando com o nascimento dos cordeiros como sua avó fazia, e dizem que ela esteve aprendendo bruxaria nas montanhas! Ah, mas ainda é a nossa Tiffany, isso ela é. Certo, reconheço que ela está usando um chapéu com estrelas enormes, mas ela faz um bom queijo e sabe conduzir o parto dos cordeiros e é *neta da Vovó Dolorida*, não é? E então passavam a mão no nariz, lembrando-se de várias coisas. Neta da Vovó Dolorida. Lembram-se do que a velha sabia fazer? Então, se ela for bruxa, será a *nossa* bruxa. E sabe tudo de ovelhas, se sabe. Rá, também ouvi dizer que elas tiveram uma espécie de grande teste para as bruxas lá no alto das montanhas e que nossa Tiffany mostrou a elas o que uma garota do Giz é capaz de fazer. São tempos modernos, certo? Temos uma bruxa agora, e ela é melhor do que todas as outras! Ninguém vai fazer pouco da neta da Vovó Dolorida!

No dia seguinte, ela voltaria para as montanhas. Foram três semanas movimentadas, e não só por causa dos partos. Roland a tinha convidado para tomar chá no castelo. Acabou sendo um pouco embaraçoso, como sempre são essas coisas, mas era engraçado como, em dois anos, ele passara de um idiota desajeitado para um jovem nervoso que esquecia o que estava falando quando ela sorria para ele. E eles tinham *livros* no castelo!

Ele timidamente a tinha presenteado com um Dicionário de Palavras Surpreendentemente Incomuns, e Tiffany fora precavida o suficiente para levar para ele uma faca de caça feita por Zakzak, que era excelente em lâminas, mesmo que fosse uma porcaria com magia. O chapéu não foi mencionado, muito educadamente. E, quando chegou em casa, ela encontrou no livro presenteado um marcador na seção P e um leve traço a lápis sublinhando o verbete "**Plongeon**: uma pequena reverência, a cerca de um terço da altura da tradicional. Não mais utilizada". Sozinha em seu quarto, ela enrubesceu. É sempre surpreendente quando lembramos que, enquanto observamos e pensamos sobre as pessoas, todas sábias e superiores, elas estão observando e pensando em você, também.

Escreveu isso em seu diário, que era muito mais grosso agora, com todas as ervas prensadas, notas extras e marcadores. Ele havia sido pisado por vacas, atingido por um raio e caído no chá. E não tinha um olho nele. Um olho teria sido arrancado logo no primeiro dia. Era um *verdadeiro* diário de bruxa.

Tiffany tinha parado de usar o chapéu, exceto em público, porque ele vivia sendo dobrado por portas baixas e completamente esmagado pelo teto do seu quarto. Ela o usava hoje, porém, agarrando-o ocasionalmente sempre que uma rajada tentava arrebatá-lo de sua cabeça.

Chegou ao local onde quatro rodas de ferro enferrujadas estavam semienterradas na relva e um fogão arredondado irrompia da grama. Ele serviu de assento.

O silêncio se espalhava em volta de Tiffany, um silêncio vivo, enquanto as ovelhas dançavam com seus cordeiros e o mundo avançava.

Por que você parte? Para que possa voltar. Para que possa ver o lugar de onde veio com novos olhos e cores diferentes. E as pessoas de lá veem você de forma diferente, também. Voltar ao ponto de partida não é a mesma coisa que nunca partir.

As palavras corriam pela mente de Tiffany enquanto ela observava as ovelhas e se descobria repleta de alegria: com os novos cordeiros, com a vida, com tudo. A alegria está para a diversão como o fundo do mar está para uma poça. É um sentimento interior que dificilmente pode ser contido, e dela saiu sob a forma de uma gargalhada.

— Voltei! — anunciou, para as colinas. — Melhor do que fui!

Arrancou o chapéu com estrelas. Não era um mau chapéu, para criar um espetáculo, embora as estrelas o deixassem parecido com um brinquedo. Mas nunca havia sido o *seu* chapéu. Não poderia ser. O único chapéu que vale a pena usar é o que você mesma fez, não o que você comprou e nem o que lhe foi dado. O seu próprio chapéu, para sua própria cabeça. O seu próprio futuro, não o de outra pessoa.

Atirou o chapéu estrelado o mais alto que pôde. Ele foi pego de jeito pelo vento. Tombou por um instante, foi levantado por uma rajada e, mergulhando e girando, foi soprado para longe pelas planícies e desapareceu para sempre.

E então Tiffany fez do céu um chapéu e se sentou no velho fogão redondo, escutando o vento correr pelos horizontes enquanto o sol se punha.

Enquanto as sombras se alongavam, várias pequenas formas saíram de um monte próximo e se juntaram a ela no lugar sagrado, para observar.

O sol se pôs, uma magia cotidiana, e a noite morna veio.

O chapéu ficou cheio de estrelas...

Nota do Autor

A Doutrina das Assinaturas mencionada no capítulo 3 realmente existe neste mundo, embora agora seja mais conhecida por historiadores do que por médicos. Por centenas de anos, talvez milhares, as pessoas acreditavam que Deus, que, claro, tinha criado tudo, tinha "assinado" cada coisa de forma que mostrasse para a humanidade para que ela poderia ser usada. Por exemplo, solidago é amarelo, então "deve" ser bom para icterícia, que deixa a pele amarelada (uma certa dose de adivinhação fazia parte, mas às vezes os pacientes sobreviviam).

Por uma incrível coincidência, o Cavalo escavado no Giz é bastante parecido com o Cavalo Branco Uffington, que neste mundo está escavado nas encostas perto da aldeia de Uffington, no sudoeste de Oxfordshire. Tem 115 metros de comprimento, vários milhares de anos de idade e foi escavado na montanha de tal forma que só é possível vê-lo por completo do alto. Isto sugere que: a) foi esculpido para que os deuses vissem; ou, b) voar foi inventado muito mais cedo do que pensamos; ou, c) as pessoas costumavam ser muito, muito mais altas.

Ah, e este mundo teve Julgamentos de Bruxas, também. Eles não eram divertidos.

Este livro foi composto na tipologia Minion
Pro Regular, em corpo 11/16, e impresso
em papel off-white no Sistema Cameron da
Divisão Gráfica da Distribuidora Record.